LES MENTEUSES

Tome 7 · Représailles

Déjà parus

1. *Confidences*
2. *Secrets*
3. *Rumeurs*
4. *Révélations*
5. *Vengeances*
6. *Dangers*

Les Menteuses

Tome 7
REPRÉSAILLES

SARA SHEPARD

*Traduit de l'anglais (États-Unis)
par Isabelle Troin*

Fleuve Noir

Titre original :

Heartless

Le Code de la propriété intellectuelle n'autorisant, aux termes de l'article L-122-5 (2ᵉ et 3ᵉ a), d'une part, que « les copies ou reproductions strictement réservées à l'usage privé du copiste et non destinées à une utilisation collective » et, d'autre part, que les analyses et les courtes citations dans un but d'exemple ou d'illustration, « toute représentation ou reproduction intégrale ou partielle, faite sans le consentement de l'auteur ou de ses ayants droit ou ayants cause, est illicite » (art. L.122-4).
Cette représentation ou reproduction, par quelque procédé que ce soit, constituerait donc une contrefaçon sanctionnée par les articles L.335-2 et suivants du Code de la propriété intellectuelle.

© 2010 by Alloy Entertainment and Sara Shepard. All rights reserved.
© 2010 Fleuve Noir, département d'Univers Poche,
pour la traduction française.

Photographie : Ali Smith
ISBN : 978-2-265-08856-6

Pour Gloria Shepard et Tommy Shepard

« Si seulement j'avais un cœur... »
L'Homme de Fer-Blanc, *Le Magicien d'Oz*

REMERCIEMENTS

Une fois de plus, le livre que vous tenez entre les mains a été difficile à peaufiner. Heureusement, de nombreuses personnes m'ont aidée. Mes brillants éditeurs chez Alloy : Lanie Davis, Sara Shandler, Josh Bank et Les Morgenstein, toujours fidèles au poste – que ferais-je sans eux ? Farrin Jacobs et Kari Sutherland chez Harper ont fait des corrections et émis des suggestions qui ont permis de transformer un second jet décent en un troisième jet fantastique. Sérieusement, l'équipe des « Menteuses » est l'équipe éditoriale de rêve.

Merci également à Andy McNicol et Anais Borja chez William Morris, deux supporters dévoués de cette série. Tout mon amour à mon mari Joel, source de tant de bonheur, et à mes parents Shep et Mindy pour la magnifique soirée donnée en l'honneur de mes livres en juin dernier – avec cocktails personnalisés et danses endiablées jusqu'au bout de la nuit (même si, sur la fin, on traînait un peu les pieds). Mille mercis à Libby Mosier et à ses filles Alison et Cat pour avoir organisé une fête à thème géniale à St. Davids, en Pennsylvanie – avec un QCM difficile sur les « Menteuses » et une chasse au trésor particulièrement ardue. J'embrasse tous les lecteurs qui m'ont envoyé des lettres ou mentionnée sur Twitter, ceux qui ont parlé de moi sur Facebook ou adapté puis chargé sur YouTube de petites vidéos à partir de scènes emblématiques des « Menteuses », et ceux qui ont manifesté leur affection pour la série de mille autres façons. Vous êtes vraiment les meilleurs.

Enfin, je dédie ce livre à ma grand-mère, Gloria Shepard, lectrice avide des « Menteuses » depuis le début, et à feu mon oncle Tommy Shepard, une source constante de gaieté et d'inspiration, et le plus grand fan de Michael Jackson et de *La Guerre des Étoiles* que j'aie jamais connu.

PERDUE ET RETROUVÉE

Vous est-il déjà arrivé que quelque chose de très important disparaisse comme ça, sans laisser de traces ? Par exemple, ce foulard vintage Pucci que vous portiez pour le bal des secondes. Il était à votre cou toute la soirée, mais au moment de rentrer à la maison, *pouf !* Envolé. Ou ce sublime médaillon en or reçu de votre grand-mère – à croire qu'il s'est fait pousser des jambes pour s'enfuir. Pourtant, les objets ne se volatilisent pas. Il faut bien qu'ils se trouvent quelque part.

Les choses que quatre jolies filles de Rosewood ont perdues sont autrement plus importantes qu'un foulard ou un bijou. La confiance de leurs parents. Leurs études dans une université de l'Ivy League. Leur pureté. Et elles pensaient même avoir perdu leur ancienne meilleure amie... sans en être sûres. L'univers la leur a-t-il rendue saine et sauve ? Mais souvenez-vous : l'équilibre naturel finit toujours par se rétablir. En général, lorsqu'une chose est retrouvée, une autre disparaît dans la foulée.

Et à Rosewood, cela pourrait être n'importe quoi. La réputation de quelqu'un. Sa santé mentale. Sa vie.

Aria Montgomery arriva la première. Elle déposa son vélo dans l'allée de graviers, s'assit sous un saule pleureur et fit courir ses doigts sur la pelouse soigneusement taillée. Hier encore, l'herbe douce avait un parfum d'été et de liberté, mais après tout ce qui s'était produit, son odeur ne parvenait plus à susciter la moindre jubilation chez Aria.

Emily Fields fut la suivante. Elle portait le même jean délavé et le même T-shirt jaune citron Old Navy que la veille au soir, tout froissés, comme si elle avait dormi avec.

— Hé, dit-elle nerveusement en se laissant tomber près d'Aria.

Au même moment, Spencer Hastings sortit de chez elle, l'air grave, et Hanna Marin fit claquer la portière de la Mercedes de sa mère.

Lorsqu'elles furent toutes réunies, Emily rompit le silence :

— Bon.

— Bon, répéta Aria.

Simultanément, elles pivotèrent pour regarder la grange au fond du jardin des Hastings. C'est là que la veille, Spencer, Aria, Emily, Hanna et Alison DiLaurentis, leur meilleure amie et la chef de leur petite bande, devaient donner une soirée pyjama très attendue pour fêter la fin des cours. Mais au lieu de faire les folles jusqu'à l'aube, elles s'étaient séparées brutalement avant minuit. Loin de constituer une parfaite introduction aux grandes vacances, leur petite fête avait été un vrai fiasco...

Aucune d'elles ne parvenait à soutenir le regard des autres. Ni à tourner la tête vers la grande maison victorienne des DiLaurentis, voisine de celle des Hastings. On les attendait pourtant là-bas, mais aujourd'hui, ce n'était pas Alison qui les avait invitées : c'était sa mère, Jessica. Vers 10 heures du matin, elle avait appelé chacune des filles :

Alison n'était pas rentrée après le petit déjeuner et elle se demandait si elle ne se trouvait pas chez l'une d'elles. Elle n'avait pas semblé trop inquiète quand les amies de sa fille avaient répondu qu'elles n'étaient pas ensemble. Mais quand elle avait rappelé quelques heures plus tard pour signaler qu'Alison manquait toujours à l'appel, sa voix était aiguë et vibrante de détresse.

Aria resserra sa queue-de-cheval.

— Aucune de nous n'a vu dans quelle direction Ali était partie, pas vrai ?

Les autres secouèrent la tête. Spencer tâta prudemment l'ecchymose violette qui était apparue sur son poignet le matin. Elle ne se souvenait pas s'être cognée. Et ses bras étaient tout égratignés, comme si elle s'était prise dans un roncier.

— Et elle n'a dit à personne où elle allait ? demanda Hanna.

Les autres haussèrent les épaules.

— Elle est sûrement en train de s'amuser quelque part, affirma Emily avec la voix de Bourriquet, tête baissée.

Les filles l'avaient surnommée « Brutus », comme si elle était le pit-bull personnel d'Ali. L'idée que celle-ci puisse leur préférer la compagnie de quelqu'un d'autre lui brisait le cœur.

— C'est sympa de sa part de nous avoir invitées, commenta amèrement Aria, donnant un coup de botte de moto dans une motte de terre.

Le soleil de juin mordait leur peau encore blafarde au sortir de l'hiver. Elles entendirent un bruit d'éclaboussures dans une piscine voisine et le ronronnement d'une tondeuse à gazon dans le lointain. C'était la sérénité estivale typique de Rosewood, une petite ville de banlieue proprette située à trente kilomètres de Philadelphie, en Pennsylvanie.

À cette heure-là, les filles auraient dû être à la piscine du Country Club local, à mater les beaux gosses qui, comme elles, fréquentaient l'Externat de Rosewood – un établissement privé très select. Il n'était pas trop tard pour y aller, mais s'amuser sans Ali... Sans chef de bande, elles se sentaient désorientées, telles des actrices privées de metteur en scène – ou des marionnettes sans marionnettiste.

La veille, Ali semblait plus irritable que d'habitude encore. Et distraite, aussi. Elle voulait fermer les volets pour les hypnotiser, mais Spencer avait insisté pour laisser les volets ouverts. Ali était alors partie brusquement sans dire au revoir. Toutes les filles avaient le cœur serré et pensaient savoir pourquoi elle les avait plantées là : elle avait trouvé mieux à faire, avec des amies plus âgées et beaucoup plus cool qu'elles.

Aucune des quatre ne l'aurait admis, mais toutes l'avaient senti venir. À l'Externat de Rosewood, Ali était celle qui lançait les modes, qui faisait fantasmer les garçons, qui décidait qui était populaire ou désespérément ringard. Elle pouvait charmer n'importe qui, depuis Jason, son frère aîné toujours de mauvais poil, jusqu'à la prof d'histoire la plus revêche.

L'année précédente, elle avait sorti Spencer, Hanna, Aria et Emily de l'ombre et les avait invitées dans son cercle intime. Tout avait été parfait pendant quelques mois. Les cinq filles régnaient sur les couloirs de l'externat, tenaient leur cour pendant les soirées de collégiens et obtenaient toujours leur place préférée au Rive Gauche, quitte à déloger les filles moins populaires.

Mais vers la fin de la 5e, Ali était devenue de plus en plus distante. Elle ne les appelait plus dès qu'elle était rentrée chez elle. Elle ne leur envoyait plus de textos en douce pendant les cours. Quand ses amies lui parlaient, son regard devenait vide, comme si elle était ailleurs. Tout ce qui continuait à l'intéresser, c'étaient leurs secrets les plus noirs et les mieux gardés.

Aria jeta un coup d'œil à Spencer.

— Hier soir, tu as couru après Ali quand elle a quitté la grange. Tu n'as vraiment pas vu par où elle était partie?

Elle dut crier pour couvrir le bruit d'une machine à désherber.

— Non, répondit Spencer tout bas en fixant ses tongs blanches J. Crew.

— Tu as couru après Ali? demanda Emily tout en tirant sur une de ses couettes blond-roux. Je ne m'en souviens pas...

— C'était juste après que Spencer a demandé à Ali de s'en aller, dit Aria, une pointe d'irritation dans la voix.

— Je ne pensais pas qu'elle me prendrait au mot, marmonna Spencer en arrachant un pissenlit jaune vif au pied du saule.

Hanna et Emily tripotaient leurs cuticules. Le vent tourna, apportant une odeur douceâtre de lilas et de chèvrefeuille. La dernière chose qu'elles se rappelaient, c'était cette drôle de séance d'hypnose. Ali avait compté à rebours à partir de cent, touché leur front du pouce et annoncé qu'elles étaient sous son pouvoir. Des heures plus tard, leur avait-il semblé, elles avaient émergé d'un long sommeil, complètement désorientées. Et Ali avait disparu.

Emily tira l'encolure de son T-shirt au-dessus de son nez, un geste qu'elle faisait souvent quand elle était inquiète. Le tissu sentait l'adoucissant et le déodorant.

— Qu'est-ce qu'on va raconter à sa mère?

— On couvre Ali, répondit Hanna sur un ton désinvolte. On lui dit qu'elle est avec ses copines de hockey.

Aria leva la tête et suivit distraitement des yeux un avion qui passait très haut dans le ciel sans nuages.

— Je suppose que tu as raison.

Mais au fond, elle n'avait pas envie de couvrir Ali. La veille, celle-ci avait fait des allusions directes concernant l'horrible secret du père d'Aria. Méritait-elle vraiment son aide après ça?

Emily observait un bourdon qui volait de fleur en fleur dans le jardin des Hastings. Elle non plus n'avait pas envie de couvrir Ali. Elle était à peu près certaine qu'elle se trouvait bel et bien avec ses copines de l'équipe de hockey – des lycéennes intimidantes qui fumaient des Marlboro par la fenêtre de leur Range Rover et allaient à des soirées avec des fûts de bière. Emily se demandait si c'était vraiment mal de sa part d'espérer qu'Ali aurait des ennuis à cause d'elles. Vouloir la garder pour elle seule faisait-il d'elle une mauvaise amie?

Spencer aussi boudait. Elle ne trouvait pas normal qu'Ali parte du principe qu'elles la couvriraient. La veille, avant que son amie puisse lui toucher le front et l'hypnotiser, Spencer avait eu un mouvement de recul. Elle en avait assez qu'Ali les contrôle, assez que tout se passe toujours comme Ali le désirait.

— Allez, les filles, les pressa Hanna, percevant la réticence des trois autres. Nous *devons* couvrir Ali.

La dernière chose que voulait Hanna, c'était donner à Ali une raison de les laisser tomber. Si jamais cela se produisait, elle redeviendrait grosse, laide, nulle et retomberait dans l'anonymat. Ou pis encore…

— Si nous ne la protégeons pas, elle risque de raconter à tout le monde…

Hanna n'acheva pas sa phrase, se contentant de jeter un coup d'œil à la maison des Cavanaugh, de l'autre côté de la rue. Depuis un an, personne ne l'entretenait plus. La pelouse de devant avait vraiment besoin d'être tondue, et le bas des portes du garage était marbré de moisissure verte.

Au printemps précédent, les filles avaient accidentellement rendu Jenna Cavanaugh aveugle, alors que l'adolescente et son frère se trouvaient dans leur cabane. Mais personne ne savait que c'étaient elles qui avaient lancé la fusée, et Ali leur avait fait promettre de ne jamais raconter ce qui s'était réellement produit, affirmant que ce secret scellerait leur amitié éternelle.

Que se passerait-il si elles n'étaient plus amies? Ali pouvait se montrer impitoyable envers les gens qu'elle n'aimait pas. Après avoir laissé tomber Naomi Zeigler et Riley Wolfe sans raison apparente au début de la 6e, elle les avait bannies de toutes les soirées, avait incité les garçons à leur faire des blagues téléphoniques, et même piraté leur page MySpace pour y écrire des choses aussi drôles que méchantes sur leurs secrets les plus embarrassants. Si ses quatre nouvelles meilleures amies tombaient en disgrâce à leur tour, quelles promesses Ali briserait-elle? Quels secrets révélerait-elle?

La porte de la maison des DiLaurentis s'ouvrit, et la mère d'Ali passa la tête dehors. Habituellement tirée à quatre épingles, Mme DiLaurentis s'était, ce jour-là, contentée d'attacher ses cheveux blonds en une queue-de-cheval lâche. Elle portait un short à l'ourlet effiloché très bas sur les hanches, et un T-shirt déformé par trop de lavages qui laissait entrevoir son ventre.

Les filles se levèrent et remontèrent l'allée dallée qui conduisait au porche. Comme d'habitude, le hall sentait l'adoucissant, et les murs étaient couverts de portraits d'Ali et de son frère Jason. Le regard d'Aria se posa automatiquement sur la photo de terminale du jeune homme, celle où il avait les cheveux en arrière et où l'ombre d'un sourire relevait les coins de sa bouche.

Avant que les filles puissent sacrifier au rituel en touchant le coin du bas à droite de leur photo préférée, prise durant leur séjour dans les Poconos en juillet de l'année précédente, Mme DiLaurentis les entraîna dans la cuisine et leur fit signe de s'asseoir à la grande table en bois. C'était bizarre de se trouver ici sans Ali, un peu comme si elles l'espionnaient. Il y avait des traces d'elle partout : une paire de sandales compensées Tory Burch turquoise près de la porte de la buanderie, un tube de sa crème pour les mains à la vanille sur la console du téléphone, et son bulletin scolaire – qui ne comportait que des A, bien entendu – accroché avec un aimant pizza sur la porte du réfrigérateur en alu brossé.

Mme DiLaurentis s'assit avec les filles et se racla la gorge.

— Je sais que vous étiez avec Alison hier soir. Êtes-vous certaines qu'elle ne vous a pas dit où elle allait ?

Les filles firent non de la tête, les yeux fixés sur les sets de table en toile de jute. Voyant que personne ne parlait, Hanna lâcha :

— Je crois qu'elle est avec ses copines de hockey.

Mme DiLaurentis déchirait distraitement un sac d'épicerie en papier.

— J'ai déjà appelé toutes les filles de l'équipe, plus ses copines de stage. Personne ne l'a vue.

Aria, Emily, Hanna et Spencer échangèrent des regards alarmés. Leur cœur fit un bond dans leur poitrine et se mit à battre plus vite. Si Ali n'était avec aucune de ses autres amies, où était-elle ?

Le sac en papier réduit à l'état de confettis, Mme DiLaurentis se mit à pianoter sur la table. Ses ongles n'étaient pas droits, comme si elle les avait rongés.

— Est-ce qu'elle vous a dit si elle comptait rentrer hier

soir ? J'ai cru la voir sur le seuil de la cuisine pendant que je parlais avec... (Elle se tut et jeta un coup d'œil à la porte de derrière.) Elle semblait perturbée.

— Nous ne savions pas qu'elle était repassée chez vous, marmonna Aria.

— Oh... (Mme DiLaurentis prit son café d'une main tremblante.) Ali vous a-t-elle parlé de quelqu'un qui lui faisait des misères ?

— Personne n'aurait osé, dit très vite Emily. Tout le monde adore Ali.

Mme DiLaurentis ouvrit la bouche pour protester, puis se ravisa.

— Je suis sûre que tu as raison. Et elle ne vous a jamais dit qu'elle voulait fuguer ?

Spencer ricana.

— Sûrement pas.

Seule Emily baissa les yeux. Parfois, Ali et elle parlaient de s'enfuir ensemble. Ces derniers temps, elles aimaient à s'imaginer prenant l'avion pour Paris et adoptant une nouvelle identité. Mais Emily n'avait jamais pris Ali au sérieux.

— Avait-elle l'air triste ? poursuivit Mme DiLaurentis.

L'expression des filles se fit encore plus stupéfaite.

— Triste ? finit par bredouiller Hanna. Genre... déprimée ?

— Absolument pas, affirma Emily, revoyant Ali faire une pirouette sur la pelouse la veille tant elle était contente que l'année scolaire soit terminée.

— Si quelque chose la tracassait, elle nous l'aurait dit, ajouta Aria, même si elle n'en était pas tout à fait sûre.

Depuis qu'Ali et elle avaient découvert le secret de son père, quelques semaines plus tôt, Aria évitait Ali. Elle avait espéré pouvoir tirer un trait sur cette histoire pendant leur soirée pyjama de la veille.

Le lave-vaisselle des DiLaurentis gronda et enclencha l'étape suivante de son programme. Le père d'Ali entra dans la cuisine, les yeux rouges et l'air paumé. Il jeta un coup d'œil gêné à sa femme, fit très vite demi-tour et sortit en grattant son grand nez aquilin.

— Vous êtes sûres que vous ne savez rien ? insista Mme DiLaurentis, le front plissé par l'inquiétude. J'ai cherché son journal, pensant qu'il contenait peut-être un indice, mais je ne l'ai trouvé nulle part.

Le visage d'Hanna s'éclaira.

— Je sais à quoi ressemble son journal. Vous voulez que je vous aide à chercher ?

Quelques jours auparavant, les filles avaient surpris Ali avec son journal, quand Mme DiLaurentis les avait fait monter dans la chambre de sa fille sans prévenir celle-ci. Ali était si absorbée par ce qu'elle écrivait qu'à l'entrée de ses amies, elle avait sursauté comme si elle avait oublié qu'elle les avait invitées.

Une minute plus tard, Mme DiLaurentis leur avait demandé de descendre parce qu'elle voulait sermonner sa fille au sujet de quelque chose, et quand Ali était finalement sortie dans le jardin, elle avait paru agacée par leur présence, comme si ses amies avaient fait quelque chose de mal en restant chez elle pendant que sa mère la réprimandait.

— Non, non, ça va aller, dit très vite Mme DiLaurentis en posant sa tasse de café.

— Je vous jure que ça ne me dérange pas, dit Hanna en repoussant sa chaise et en se dirigeant vers le couloir.

— Hanna ! aboya sèchement Mme DiLaurentis. J'ai dit non.

Hanna s'arrêta net. Quelque chose d'indescriptible passa sur le visage de la mère.

— D'accord, dit lentement Hanna en regagnant la table. Désolée.

Après ça, Mme DiLaurentis remercia les filles d'être passées. Elles sortirent en file indienne, clignant des yeux dans la vive clarté du soleil. Dans l'impasse, Mona Vanderwaal, une ringarde qui allait en classe avec elles, décrivait de grands huit avec sa trottinette Razor. Quand elle les aperçut, elle agita la main. Aucune des filles ne lui répondit.

Emily donna un coup de pied sur une dalle mal ajustée.

— Mme D. s'inquiète pour rien. Ali va bien.

— Elle n'était pas déprimée, renchérit Hanna. C'est vraiment nul de penser ça.

Aria fourra les mains dans les poches arrière de sa minijupe.

— Et si Ali avait vraiment fugué ? Peut-être pas parce qu'elle était malheureuse, mais parce qu'elle voulait vivre dans un endroit plus intéressant qu'ici. J'imagine que nous ne lui aurions même pas manqué.

— Bien sûr que si ! s'exclama Emily.

Et elle fondit en larmes.

Spencer leva les yeux au ciel.

— Mon Dieu, Emily ! Tu es vraiment obligée de chialer ?

— Fiche-lui la paix, aboya Aria.

Spencer tourna son regard vers Aria, qu'elle détailla de la tête aux pieds.

— Ton piercing est de travers, dit-elle méchamment.

Aria porta la main au bijou autocollant qu'elle portait sur la narine gauche. Il avait glissé presque jusqu'à sa joue. Elle le remit en place puis, gênée, l'enleva complètement.

Il y eut un bruissement et un *crunch* sonore. Pivotant, les filles virent Hanna plonger la main dans son sac et en sortir une poignée de Cheez-It. S'apercevant que les autres la fixaient d'un air désapprobateur, elle se figea.

— Quoi ? demanda-t-elle, sur la défensive, une marque orange autour de la bouche.

Ses amies ne répondirent pas.

Un moment, elles gardèrent le silence. Emily sécha ses larmes. Hanna prit une autre poignée de Cheez-It en douce. Aria tritura les boucles de ses bottes de moto. Et Spencer croisa les bras d'un air agacé, comme si les autres l'ennuyaient prodigieusement. Sans Ali, elles se sentaient... nulles. À côté de la plaque même.

Un rugissement assourdissant s'éleva dans le jardin de derrière des DiLaurentis. Les filles se retournèrent et virent une bétonnière rouge stationnée près d'un grand trou. Les parents d'Ali faisaient construire un pavillon pour vingt personnes. Un ouvrier maigrichon et mal rasé, aux cheveux blonds mi-longs rassemblés en queue-de-cheval, leva ses lunettes de soleil à verres miroir vers les filles et leur adressa un sourire lubrique, révélant une dent de devant en or. Son collègue chauve, gras et couvert de tatouages, en marcel et jean déchiré, les siffla ouvertement.

Mal à l'aise, les filles frissonnèrent. Ali leur avait raconté que les ouvriers lui lançaient des commentaires salaces chaque fois qu'elle passait devant eux. Puis l'un des hommes fit signe au conducteur de la bétonnière, qui recula lentement. Un épais flot gris foncé se déversa dans le trou.

Ali leur parlait de ce projet de construction depuis des semaines. Il y aurait un Jacuzzi d'un côté et une cheminée ouverte de l'autre. Des plantes, des buissons et des arbres tout autour du pavillon créeraient une atmosphère tropicale et sereine.

— Ali va adorer ce pavillon, dit Emily avec assurance. Elle pourra y organiser les meilleures soirées de Rosewood.

Les autres acquiescèrent prudemment. Elles espéraient qu'Ali les inviterait – et que ce n'était pas la fin d'une époque.

Puis elles se séparèrent, et chacune rentra chez elle. Désœuvrée, Spencer se réfugia dans sa cuisine et, par la baie vitrée de derrière, observa la grange où avait eu lieu la maudite soirée pyjama. Qu'est-ce que ça pouvait bien faire si Ali les laissait tomber ? Les autres seraient probablement effondrées, mais en fin de compte, cela vaudrait peut-être mieux. Spencer en avait assez qu'Ali lui donne des ordres et la manipule.

Quand elle entendit un reniflement, l'adolescente sursauta. Sa mère était assise au comptoir de la cuisine, les yeux dans le vague et le regard vitreux.

— Maman ? appela doucement Spencer.

Mais Mme Hastings ne réagit pas.

Aria descendit l'allée des DiLaurentis. Alignées le long du trottoir, les poubelles attendaient le passage des éboueurs. Un des couvercles était tombé, et Aria aperçut un flacon de médicaments vide sur un sac en plastique noir. L'étiquette avait été partiellement arrachée, mais on pouvait encore y lire le nom d'Ali en majuscules. Aria se demanda si c'était des antibiotiques ou des antihistaminiques – les attaques de pollen étaient mauvaises à Rosewood en cette saison.

Assise sur l'un des rochers du jardin des Hastings, Hanna attendit que sa mère vienne la chercher. Mona Vanderwaal tournait toujours en rond dans l'impasse avec sa trottinette. Se pouvait-il que Mme DiLaurentis ait raison ? Quelqu'un avait-il osé faire du mal à Ali, comme Ali et les autres en faisaient à Mona ?

Emily prit son vélo et le poussa vers la lisière des bois au fond du jardin des DiLaurentis. Elle voulait prendre le raccourci pour rentrer chez elle. Les ouvriers faisaient une pause. Le maigrichon à la dent en or chahutait avec un moustachu, sans prendre garde au béton qui coulait dans le trou. Leurs voitures – une Honda cabossée, deux pick-up et une Jeep Cherokee au pare-chocs couvert d'autocollants – étaient garées le long du trottoir. Au bout de la file se trouvait une berline noire ancienne, vaguement familière. Elle était beaucoup plus jolie que les autres, et en passant devant, Emily put voir son reflet dans les portières étincelantes. Elle avait une mine pensive. Que ferait-elle si Ali ne voulait plus être son amie ?

Tandis que le soleil montait toujours plus haut dans le ciel, chacune des quatre filles se demanda ce qui se passerait si Ali les plantait du jour au lendemain, comme elle l'avait fait avec Naomi Zeigler et Riley Wolfe. Mais aucune d'entre elles ne prêta vraiment attention à l'angoisse de Mme DiLaurentis. En tant que mère, il était normal qu'elle se fasse du souci pour sa fille.

Aucune d'elles n'aurait pu prédire que le lendemain, la pelouse des DiLaurentis serait envahie par la presse et la police. Toutes ignoraient où Ali se trouvait, et qui l'adolescente comptait retrouver quand elle avait quitté la grange ce soir-là.

En ce beau jour de juin, le premier des grandes vacances, elles mirent de côté les inquiétudes de Mme DiLaurentis. Il n'arrivait jamais rien de grave dans un endroit comme Rosewood. Rien de grave non plus aux filles comme Ali. *Elle va bien*, se disaient ses amies. *Elle va revenir.*

Trois ans et demi plus tard, les événements venaient peut-être de leur donner raison.

1

NE RESPIREZ PAS

Emily Fields ouvrit les yeux et regarda autour d'elle. Elle gisait au milieu du jardin de derrière des Hastings, entourée par un mur de fumée et de flammes. Des branches d'arbre rabougries craquaient et tombaient sur le sol avec un fracas assourdissant. Les bois irradiaient une chaleur qui donnait l'impression d'être mi-juillet et non fin janvier.

Les anciennes amies d'Emily, Aria Montgomery et Hanna Marin, se trouvaient non loin de là, vêtues de robes de soirée tachées et toussant sans pouvoir s'arrêter. Des sirènes hurlaient, et les gyrophares tournoyaient dans le lointain. Quatre ambulances déboulèrent sur la pelouse des Hastings, sans prendre garde aux massifs de fleurs et aux buissons parfaitement taillés. Un homme en blouse blanche fit irruption à travers le nuage de fumée.

— Vous allez bien ? s'écria-t-il en s'agenouillant près d'Emily.

La jeune fille avait l'impression de se réveiller après avoir dormi un an. Quelque chose d'énorme venait de se passer... mais quoi ?

L'ambulancier lui prit le bras avant qu'elle ne s'évanouisse de nouveau.

— Vous avez inhalé beaucoup de fumée, s'égosilla-t-il. Votre cerveau n'a plus assez d'oxygène. Vous faites des micro-pertes de connaissance.

Il plaça un masque à oxygène sur son visage.

Une deuxième personne apparut dans le champ de vision d'Emily. C'était un policier que la jeune fille ne reconnut pas, un homme aux cheveux argentés, aux yeux verts et à l'air gentil.

— Y avait-il quelqu'un d'autre dans les bois à part vous quatre ? cria-t-il pour se faire entendre.

Emily entrouvrit les lèvres, cherchant une réponse qui lui semblait au-dessus de ses forces. Puis, comme si quelqu'un avait actionné un interrupteur, tout ce qui s'était passé les dernières heures lui revint en mémoire.

Les messages de « A », leur nouveau bourreau, déclarant que Ian Thomas n'avait pas tué Alison. Le registre qu'Emily avait trouvé au Radley, et dans lequel apparaissait régulièrement le nom de Jason DiLaurentis – indiquant que le jeune homme avait peut-être été traité là du temps où l'hôtel était encore une clinique psychiatrique. Ian affirmant par messagerie instantanée que Jason et Darren Wilden, le policier chargé d'enquêter sur le meurtre d'Ali, avaient tué l'adolescente, et qu'ils ne reculeraient devant rien pour préserver leur secret.

Et puis, l'étincelle. L'horrible odeur de soufre. Les quatre hectares d'arbres qui avaient pris feu.

Les filles avaient couru à l'aveuglette jusqu'au jardin des Hastings, rattrapant Aria qui avait coupé à travers bois depuis sa nouvelle maison dans une rue voisine. Elle était avec une fille qu'elle avait découverte cernée par l'incendie. Une fille qu'Emily avait cru ne jamais revoir.

Emily se redressa maladroitement et souleva son masque à oxygène.

— Alison! cria-t-elle. N'oubliez pas Alison!

Le policier pencha la tête sur le côté, et l'ambulancier mit une main derrière son oreille.

— Qui?

Emily se retourna pour désigner l'endroit où Ali s'était écroulée. Surprise, elle recula d'un pas. La jeune fille avait disparu.

— Non…, chuchota-t-elle. (Elle fit volte-face. Les ambulanciers aidaient ses amies à monter à l'arrière de leurs véhicules.) Aria! s'époumona-t-elle. Spencer! Hanna!

Ses amies se tournèrent vers elle.

— Ali! glapit Emily en désignant la pelouse vide. Vous avez vu où est passée Ali?

Aria fit un signe de dénégation. Hanna plaqua son masque à oxygène sur le bas de son visage, ses yeux dardant dans tous les sens d'un air inquiet. Spencer blêmit de terreur, mais les ambulanciers qui l'entouraient la poussèrent à l'intérieur de leur véhicule.

Désespérée, Emily reporta son attention sur l'homme qui s'était occupé d'elle. Son visage se découpait contre la silhouette en flammes du moulin des Hastings.

— Alison est là! Nous venons de la voir!

L'ambulancier la dévisagea, hésitant.

— Vous parlez d'Alison DiLaurentis, la fille qui… est morte?

— Elle n'est pas morte, gémit Emily, manquant trébucher sur une racine saillante comme elle reculait. (Elle désigna l'incendie d'un grand geste.) Elle est juste blessée! Elle a dit que quelqu'un essayait de la tuer!

— Mademoiselle. (Le policier lui posa une main sur l'épaule.) Il faut vous calmer.

Quelque chose craqua non loin d'elle. Emily se retourna. Quatre journalistes se tenaient près de la terrasse des Hastings, bouche bée.

— Mademoiselle Fields? appela une femme en se précipitant pour lui brandir son micro sous le nez. (Un cameraman et un perchiste accoururent également.) Qu'avez-vous dit? Qui venez-vous de voir?

Le cœur d'Emily battait la chamade.

— Il faut aider Alison!

La jeune fille regarda de nouveau autour d'elle. Le jardin des Hastings grouillait de flics et d'ambulanciers. Par contraste, celui de l'ancienne maison des DiLaurentis était vide et plongé dans le noir. Quand Emily vit une silhouette filer derrière la grille de fer forgé qui séparait les deux propriétés, son cœur fit un bond. *Ali?* Mais ce n'était qu'une ombre projetée par le gyrophare d'une voiture de police.

D'autres journalistes se rassemblèrent autour d'Emily, arrivant depuis la rue et s'écoulant de chaque côté de la maison des Hastings. Le hurlement d'une sirène annonça l'arrivée des pompiers; ils sautèrent de leur camion et déroulèrent un long tuyau qu'ils dirigèrent vers les bois. Un journaliste chauve d'une cinquantaine d'années toucha le bras d'Emily.

— À quoi ressemblait Alison? Où était-elle passée pendant tout ce temps?

— Ça suffit, intervint le policier en repoussant tout le monde. Laissez-la respirer!

Le journaliste lui fourra son micro sous le nez.

— Allez-vous vérifier les affirmations de Mlle Fields? Allez-vous chercher Alison?

— Qui a allumé le feu? L'avez-vous vu? hurla une autre voix par-dessus le vacarme des lances à incendie.

L'ambulancier entraîna Emily à l'écart de la petite foule.
— Il faut vous éloigner d'ici.

La jeune fille poussa un gémissement fiévreux, scrutant désespérément l'herbe vide à ses pieds. Il s'était produit exactement la même chose quand ses amies et elle avaient vu le corps de Ian, pâle et boursouflé, dans les bois la semaine précédente. Lui aussi s'était volatilisé. Ça ne pouvait pas se reproduire. C'était impossible.

Emily avait passé des années à soupirer après Ali, à mémoriser chaque trait de son visage, chaque cheveu sur son crâne. Et la fille découverte dans les bois était son portrait craché. Elle avait la même voix sexy, un peu rauque, et quand elle avait essuyé la suie qui maculait ses joues, elle l'avait fait avec les petites mains délicates d'Ali.

Ils avaient atteint l'ambulance. Un autre homme en blouse blanche remit le masque à oxygène sur la bouche et le nez d'Emily, puis la guida vers une couchette à l'arrière du véhicule. Lui et ses collègues s'installèrent dans les sièges voisins et bouclèrent leur ceinture de sécurité. Une sirène hurla, et l'ambulance quitta lentement le jardin.

Comme elle tournait dans la rue, Emily remarqua une voiture de police par la fenêtre arrière. Ses phares étaient éteints, tout comme sa sirène. Et elle ne se dirigeait pas vers la maison des Hastings.

Emily reporta son attention sur cette dernière, cherchant Ali du regard encore une fois. Mais elle ne vit qu'un attroupement de curieux : Mme McClellan, qui habitait plus bas dans la rue ; M. et Mme Vanderwaal, dont la fille Mona avait été le « A » original, debout près de la boîte aux lettres. Emily ne les avait pas revus depuis l'enterrement de Mona, quelques mois plus tôt. Même les Cavanaugh étaient là, observant les flammes d'un air horrifié. Mme Cavanaugh avait une main protectrice sur l'épaule de sa fille Jenna. Malgré les grosses lunettes de soleil Gucci qui dissimulaient ses yeux aveugles, Jenna semblait fixer Emily.

Mais Ali ne se trouvait nulle part dans ce chaos. Une fois de plus, elle avait disparu.

2

$\mathcal{P}$ARTIE EN FUMÉE

Environ six heures plus tard, aux urgences de l'hôpital de Rosewood. Une infirmière guillerette, aux longs cheveux bruns coiffés en queue-de-cheval, écarta le rideau qui délimitait la petite alcôve occupée par Aria. Elle tendit un porte-bloc à Byron Montgomery, le père de la jeune fille, en lui demandant de signer au bas du document qui y était clipé.

— Mis à part les bleus sur ses jambes et toute la fumée qu'elle a inhalée, elle est en pleine forme, dit l'infirmière.

— Dieu merci, soupira Byron en s'exécutant d'un geste ample.

Lui et Mike, le frère d'Aria, étaient arrivés à l'hôpital peu de temps après que l'ambulance y avait déposé la jeune fille. Ella, la mère d'Aria, passait la nuit dans le Vermont avec son horrible petit ami, Xavier, et Byron lui avait dit qu'il était inutile qu'elle revienne précipitamment.

L'infirmière se tourna vers Aria.

— Votre amie Spencer veut vous voir avant que vous ne partiez. Elle est au deuxième étage. Chambre 206.

— D'accord, dit Aria d'une voix tremblante, déplaçant ses jambes sous le drap rêche.

Byron se leva de la chaise en plastique blanche placée près du lit, et croisa le regard de sa fille.

— Je t'attends dans le hall du rez-de-chaussée. Prends ton temps.

Aria se leva lentement. Elle passa les doigts dans ses cheveux noir bleuté ; de petits flocons de suie et de cendres tombèrent en pluie sur le drap. Quand elle se pencha pour saisir les vêtements propres que lui avait apportés Byron, ses muscles la lancèrent comme si elle avait escaladé le mont Everest. Elle n'avait pas fermé l'œil de la nuit, trop occupée à se repasser le film de ce qui était arrivé dans les bois.

Même si ses anciennes amies avaient été amenées aux urgences elles aussi, chacune d'elles avait été casée dans un coin différent de la grande salle, aussi Aria n'avait-elle pas pu parler aux autres. Chaque fois qu'elle avait tenté de se lever, une infirmière avait fait irruption dans sa petite chambre pour lui dire de se détendre et de dormir. *Ben voyons*. Comme s'il y avait la moindre chance qu'elle y parvienne.

Aria ne savait absolument pas quoi penser de l'épreuve qu'elle venait de vivre. Elle était en train de courir à travers la forêt en direction de la grange des Hastings, avec, dans sa poche arrière, le morceau de drapeau de la Capsule temporelle qu'elle avait volé à Ali en 6e. Elle n'avait pas regardé le carré de tissu bleu vif une seule fois en quatre ans, mais Hanna était convaincue que les dessins qui y figuraient pouvaient leur fournir une indication sur le meurtrier d'Ali.

Soudain, comme elle venait de glisser sur des feuilles mouillées, une odeur âcre de gaz avait empli ses narines, et elle avait entendu le cliquetis métallique d'un briquet qu'on allume. Tout autour d'elle, les bois s'étaient enflammés, l'éblouissant et lui brûlant la peau. Puis elle avait entendu quelqu'un appeler désespérément au secours. Quelqu'un dont tout le monde pensait avoir retrouvé le corps au fond du trou dans l'ancien jardin des DiLaurentis. *Ali.*

Du moins Aria l'avait-elle cru sur le coup. À présent... à présent, elle ne savait plus.

La jeune fille se regarda dans le miroir accroché à la porte. Ses joues étaient creuses, ses yeux bordés de rouge. Le docteur qui l'avait soignée lui avait expliqué qu'il était courant d'avoir des hallucinations après avoir inhalé de la fumée toxique : privé d'oxygène, le cerveau déraillait complètement.

Et de fait, Aria avait suffoqué dans la forêt. Ali lui était apparue floue et irréelle, un peu comme dans un rêve. Elle ignorait qu'il était possible d'avoir des hallucinations de groupe, mais ses amies et elle devaient toutes penser à Ali la veille.

Une fois habillée, Aria se dirigea vers la chambre de Spencer au deuxième étage. M. et Mme Hastings étaient affalés dans la salle d'attente de l'autre côté du hall, en train de consulter leurs BlackBerry. Hanna et Emily se trouvaient déjà dans la chambre, vêtues d'un jean et d'un pull comme Aria, mais Spencer était toujours dans son lit en blouse d'hôpital. Elle avait une perfusion plantée dans le bras, des cernes violets et une grosse ecchymose sur la mâchoire.

— Tu vas bien ? s'exclama Aria, choquée.

Personne ne lui avait dit que Spencer était blessée.

Son amie acquiesça faiblement et utilisa la petite télécommande posée sur sa table de nuit pour redresser le haut de son lit en position semi-assise.

— Je vais beaucoup mieux maintenant. Il paraît que les inhalations de fumée peuvent affecter les gens de manières très différentes.

Aria regarda autour d'elle. La chambre empestait la maladie et la Javel. Dans un coin, un moniteur surveillait les signes vitaux de Spencer ; dans un autre, des boîtes de gants chirurgicaux étaient empilées sur un petit évier chromé. Les murs étaient « vert wasabi », et près de la fenêtre à rideaux fleuris, une affiche expliquait aux patientes comment s'auto-examiner les seins tous les mois. Bien entendu, un gamin avait dessiné un pénis dessus.

Emily était assise sur une chaise d'enfant près de la fenêtre, ses cheveux blond-roux emmêlés, ses lèvres fines toutes craquelées. Elle se dandina, mal à l'aise : son corps athlétique de nageuse était trop large pour le siège. Hanna se tenait près de la porte, adossée sous une affichette déclarant que tous les employés devaient porter des gants. Ses yeux noisette étaient vides, presque vitreux. Elle paraissait encore plus frêle que d'habitude, flottant dans son jean skinny en denim indigo.

Sans un mot, Aria sortit le drapeau d'Ali de son sac en peau de yak et l'étala sur le lit de Spencer. Les autres s'approchèrent pour regarder.

Le tissu bleu vif était couvert de dessins au marqueur argenté. Il y avait un logo Chanel, un monogramme Vuitton, et le nom d'Ali en grosses lettres rondes. Un puits à vœux en pierre, avec son petit auvent en bois et sa poulie, dans un coin. Aria en suivit les contours du bout du doigt. Elle ne voyait là aucun indice criant sur ce qui avait bien pu arriver à Ali la nuit de sa disparition. C'était le même genre de motifs que tous les élèves dessinaient sur leur morceau de drapeau.

Spencer toucha le bord du tissu.

— J'avais oublié qu'Ali faisait des lettres rondes.

Hanna frissonna.

— Rien que de voir son écriture, j'ai l'impression qu'elle est ici avec nous.

Les autres filles levèrent la tête et échangèrent un regard effrayé. De toute évidence, elles pensaient la même chose. *Comme elle était avec nous dans les bois il y a quelques heures.*
Elles parlèrent en même temps.
— Il faut…, commença Aria.
— Qu'avons-nous…? chuchota Hanna.
— Le docteur a dit…, siffla Spencer.
Elles s'interrompirent et s'entre-regardèrent, aussi pâles que la taie d'oreiller sous la tête de Spencer.
Ce fut Emily qui brisa le silence :
— Il faut faire quelque chose, les filles. Ali est là-dehors. Nous devons la retrouver. Quelqu'un sait si des gens la cherchent dans les bois ? J'ai dit aux flics que nous l'avions vue, mais ils n'ont pas bougé.
Le cœur d'Aria fit un saut périlleux. Spencer ouvrit de grands yeux incrédules.
— Tu l'as dit aux flics ? répéta-t-elle, écartant une mèche de cheveux blond foncé qui lui tombait dans les yeux.
— Évidemment.
— Mais… Emily…
— Quoi ? aboya la jeune fille, dévisageant Spencer comme si une corne de licorne venait de lui pousser sur le front.
— Em, ce n'était qu'une hallucination. Les docteurs l'ont dit. Ali est morte.
— Mais nous l'avons toutes vue, pas vrai ? répliqua Emily en roulant des yeux fous. Vous ne pensez quand même pas que nous avons eu exactement la même hallucination ?
Spencer la fixa sans ciller. Quelques secondes de tension s'écoulèrent. Dehors, un bipeur se déclencha. Quelqu'un poussa un lit d'hôpital aux roulettes grinçantes dans le couloir.
Emily gémit. Ses joues étaient devenues rose vif. Elle se tourna vers Aria et Hanna.

— Vous croyez qu'Ali était réelle, n'est-ce pas ?

— Je suppose que ça aurait pu être elle, admit Aria, se laissant tomber dans un fauteuil roulant près de la minuscule salle de bains. Mais d'après le docteur, c'était juste une hallucination due à la fumée que nous avons inhalée. Et ce serait plus logique. Sinon, comment aurait-elle pu disparaître ?

— Oui, acquiesça faiblement Hanna. Et où se serait-elle cachée pendant tout ce temps ?

Emily se gifla violemment les cuisses, faisant trembler le pied à perfusion près d'elle.

— Hanna, tu as dit que tu avais vu Ali penchée sur toi à l'hôpital après ton accident. C'était peut-être bien elle.

Mal à l'aise, Hanna tripota le talon de sa botte en daim.

— Hanna était dans le coma quand elle a vu Ali, rappela Spencer. De toute évidence, c'était un rêve.

Sans se laisser troubler, Emily désigna Aria.

— Tu as sorti quelqu'un des bois la nuit dernière. Si ce n'était pas Ali, qui était-ce ?

Aria haussa les épaules et passa les mains sur les rayons d'une des roues du fauteuil. Dehors, le soleil se levait à peine. BMW, Mercedes et Audi rutilantes s'alignaient dans le parking de l'hôpital. C'était fou que tout puisse avoir l'air aussi normal après une nuit aussi démente.

— Je ne sais pas, avoua Aria. Il faisait si sombre dans les bois ! Et… oh merde ! (Elle fouilla dans la poche intérieure de son sac.) J'ai trouvé ça hier soir.

Elle ouvrit la main, révélant à ses amies la chevalière familière de l'Externat de Rosewood. Orné d'une pierre bleue l'anneau était gravé au nom de IAN THOMAS, à l'intérieur. Lorsque les filles avaient découvert le corps du jeune homme la semaine précédente, il l'avait au doigt.

— Elle était juste par terre, expliqua Aria. Je ne comprends pas que les flics ne l'aient pas trouvée.

Emily hoqueta. Spencer parut perplexe. Hanna saisit vivement la chevalière et la tint dans la lumière au-dessus du lit de Spencer.

— Elle est peut-être tombée du doigt de Ian quand il s'est enfui?

— Qu'allons-nous en faire? interrogea Emily. La remettre à la police?

— Sûrement pas, siffla Spencer. Ça ne te semble pas un peu bizarre qu'on trouve le corps de Ian dans les bois, qu'on fasse fouiller les lieux par la police, qu'il n'y ait plus rien et que tout à coup, on découvre sa chevalière? Ça va nous donner l'air suspect. Aria, tu n'aurais pas dû la ramasser du tout. C'est un indice dans une affaire criminelle.

Aria croisa les bras sur son sweat-shirt Fair Isle.

— Comment étais-je censée le savoir? se défendit-elle. Alors, que veux-tu que j'en fasse? Que j'aille la remettre là où je l'ai ramassée?

— Non, répondit Spencer. À cause de l'incendie, les bois vont grouiller de flics. Ils pourraient te voir et te poser des questions. Mieux vaut que tu la gardes pour l'instant.

Emily s'agita impatiemment sur sa petite chaise.

— Tu as vu Ali juste après avoir trouvé la chevalière, pas vrai, Aria?

— Je n'en suis pas sûre, admit la jeune fille. (Elle tenta de se remémorer ces minutes de panique, mais la scène devenait de plus en plus floue dans son esprit.) En fin de compte, je ne l'ai jamais touchée...

Emily se leva.

— C'est quoi votre problème? s'exclama-t-elle. Pourquoi vous mettez-vous tout à coup à douter de ce que nous avons vu?

— Em, dit gentiment Spencer. Ne t'énerve pas.

— Je ne m'énerve pas ! cria Emily, le rose vif de ses joues faisant ressortir ses taches de rousseur.

Elles furent interrompues par une alarme qui se mit à hurler dans une chambre voisine. Des infirmières se précipitèrent en aboyant des instructions. L'estomac d'Aria se noua. Elle se demanda si quelqu'un était en train de mourir.

Quelques instants plus tard, le silence retomba. Spencer se racla la gorge.

— Le plus important, c'est de découvrir qui a mis le feu. C'est là-dessus que la police doit se concentrer pour le moment. Quelqu'un a essayé de nous tuer la nuit dernière.

— Pas juste quelqu'un, chuchota Hanna. *Eux.*

Spencer regarda Aria.

— Nous avons réussi à contacter Ian dans la grange, lui expliqua-t-elle. Il nous a tout dit. Il est certain que ce sont Jason et Wilden les coupables. Tout ce dont nous avons parlé hier soir est vrai, et ils veulent nous faire taire.

La poitrine d'Aria se souleva, la jeune fille se rappelait autre chose.

— Quand j'étais dans les bois, j'ai vu quelqu'un mettre le feu.

Spencer se redressa encore, les yeux grands comme des soucoupes.

— Quoi ?

— Tu as vu son visage ? s'exclama Hanna.

— Je n'en sais rien.

Aria ferma les yeux pour dissiper l'horrible souvenir. Quelques instants après avoir découvert la chevalière de Ian, elle avait aperçu quelqu'un juste devant elle dans les bois, une capuche relevée dissimulant son visage. Aussitôt, elle avait eu la sensation inexplicable qu'elle le connaissait.

Quand elle avait réalisé ce qu'il était en train de faire, elle s'était figée – incapable de l'arrêter. En quelques secondes, les flammes s'étaient répandues sur le sol, filant avidement vers ses pieds.

Aria sentait le regard de ses amies posé sur elle. Elles attendaient une réponse.

— La personne avait une capuche, admit-elle. Mais je suis presque sûre que c'était...

Un long grincement l'empêcha d'achever sa phrase. Lentement, la porte de la chambre de Spencer s'ouvrit. Une silhouette se découpa sur le seuil, éclairée par-derrière par les néons du couloir. Quand Aria vit son visage, son cœur fit un bond dans sa poitrine.

Ne t'évanouis pas, s'exhorta-t-elle comme la tête lui tournait. C'était l'une des personnes contre lesquelles « A » les avait mises en garde. La personne qu'Aria était presque sûre d'avoir vue dans les bois. Un des assassins d'Ali.

L'agent Darren Wilden.

— Salut, les filles, lança-t-il en entrant.

Ses yeux verts brillaient, et le froid avait rougi son beau visage anguleux. Son uniforme de la police de Rosewood soulignait sa silhouette athlétique.

Il s'avança en roulant des mécaniques et s'arrêta près du lit de Spencer. Alors seulement, il remarqua l'expression hostile des filles.

— Quoi?

Les filles échangèrent des regards horrifiés. Finalement, Spencer se racla la gorge et lança :

— On sait ce que vous avez fait.

Wilden se pencha vers elle en prenant garde à ne pas heurter le pied à perfusion.

— Excuse-moi?

— Je viens de sonner l'infirmière, poursuivit Spencer en

projetant sa voix comme on lui avait appris à le faire sur scène au club de théâtre de l'Externat. Elle va appeler la sécurité avant que vous puissiez nous faire du mal. Nous savons que c'est vous qui avez mis le feu. Et nous savons pourquoi.

Des plis profonds barrèrent le front de Wilden. Une veine se gonfla dans son cou.

Le cœur d'Aria battait si fort qu'il couvrait tous les autres sons dans la pièce. Personne ne bougeait. Plus Wilden foudroyait les filles du regard, plus Aria sentait sa tension augmenter.

Finalement, le jeune homme se redressa.

— Le feu dans les bois? (Il renifla d'un air dubitatif.) Vous êtes sérieuses?

— Je vous ai vu acheter du propane chez Home Depot, dit Hanna d'une voix tremblante, les épaules crispées. Vous en avez chargé trois bouteilles dans le coffre de votre voiture, bien assez pour cramer toute la forêt. Et pourquoi ne vous a-t-on pas vu sur place hier soir après l'incendie? Tous les autres flics de Rosewood ont rappliqué aussitôt.

— J'ai vu votre voiture s'éloigner en trombe de chez les Hastings, intervint Emily d'une voix flûtée, les genoux remontés contre sa poitrine. Comme si vous fuyiez après avoir commis votre crime.

Aria jeta un coup d'œil surpris à son amie. Elle-même n'avait rien vu de tel.

Wilden s'appuya contre le petit lavabo en métal dans le coin.

— Les filles... Pourquoi aurais-je mis le feu?

— Pour couvrir ce que vous avez fait à Ali, répondit Spencer. Vous et Jason.

Emily se tourna vers Spencer.

— Il n'a rien fait à Ali, puisqu'elle est vivante.

Wilden sursauta et reporta son attention sur Emily. Il la dévisagea longuement, puis balaya les autres filles du regard d'un air blessé.

— Vous croyez vraiment que j'ai tenté de vous tuer? demanda-t-il.

Les filles acquiescèrent de façon presque imperceptible. Il secoua la tête.

— Mais j'essaie de vous aider! (Ne recevant pas de réponse, il soupira.) Misère. D'accord. J'étais avec mon oncle hier soir quand l'incendie s'est déclenché. Je vivais avec lui quand j'étais au lycée, et il est très malade. (Il fourra les mains dans les poches de sa veste et en sortit un morceau de papier.) Tenez.

Toutes se penchèrent pour voir. C'était un ticket de caisse de CVS.

— À 21 h 57, j'étais en train d'acheter ses médicaments. Et j'ai entendu dire que le feu avait pris aux alentours de vingt-deux heures. On doit même me voir sur la vidéo de sécurité du magasin. Comment aurais-je pu me trouver à deux endroits en même temps?

La pièce s'emplit soudain de l'odeur entêtante de l'eau de Cologne de Wilden. De nouveau, Aria fut prise de vertige. Était-il possible que Wilden ne soit pas la personne qu'elle avait vue allumer le feu dans les bois?

— Quant au propane, reprit le jeune homme en touchant le gros bouquet de fleurs qui trônait sur la table de chevet de Spencer, Jason DiLaurentis m'a demandé de le lui acheter pour sa maison au bord du lac, dans les Poconos. Il a été occupé ces derniers temps, et nous sommes de vieux copains, alors j'ai proposé de m'en charger.

Surprise par la nonchalance de Wilden, Aria jeta un coup d'œil aux autres filles. La veille, découvrir que Wilden et Jason étaient amis leur était apparu comme une révélation, un pas de géant dans la résolution du mystère. À présent, dans la lumière du jour et après l'aveu spontané de Wilden, ça ne semblait plus important du tout.

— Et pour ce que vous nous accusez d'avoir fait à Alison... (Wilden se dirigea vers un petit plateau à roulettes sur lequel étaient posés une carafe d'eau et deux gobelets en polystyrène. Il secoua la tête d'un air confondu.) C'est dingue de penser que j'aurais pu lui faire du mal. Et Jason était le frère d'Ali ! Vous le croyez vraiment capable de l'avoir tuée ?

Aria ouvrit la bouche pour protester. La veille, Emily avait trouvé un registre d'admission datant de l'époque où le Radley était une clinique psychiatrique. Le nom de Jason DiLaurentis y revenait régulièrement. Or, dans ses messages à Aria, le nouveau « A » avait insinué que Jason cachait quelque chose – sans doute un problème avec Ali. Il avait également révélé à Emily que Jenna et Jason se disputaient chez les Cavanaugh.

Aria ne voulait pas croire que le jeune homme soit coupable. Elle avait le béguin pour lui depuis très longtemps, et la semaine précédente, ils étaient sortis ensemble quelques fois. Mais quand elle s'était rendue à son appartement de Yarmouth le vendredi, Jason avait pété les plombs.

Wilden secouait la tête d'un air incrédule. Il semblait si atterré qu'Aria se demanda s'il y avait quoi que ce soit de vrai dans tout ce que « A » leur avait fait gober. D'un coup, leurs belles théories paraissaient franchement fumeuses. Aria jeta un coup d'œil interrogateur à ses amies et vit qu'elles aussi étaient rongées par le doute.

Wilden referma la porte de la chambre, puis se retourna vers elles et les foudroya du regard.

— Laissez-moi deviner, dit-il à voix basse. C'est le fameux nouveau « A » qui vous a mis ces idées dans la tête ?

— « A » est sérieux, protesta Emily. (Wilden leur avait déjà affirmé plusieurs fois qu'il ne s'agissait que d'un copieur, quelqu'un qui s'amusait à les tourmenter mais qui n'avait aucun rapport avec toute cette affaire.) Et il a pris des photos de vous, ajouta-t-elle.

Elle fouilla dans sa poche, en sortit son Nokia et chercha dans son menu déroulant le MMS montrant Wilden à confesse. Aria aperçut le message de « A » qui accompagnait l'image : *Je suppose qu'on a tous des raisons de se sentir coupables, pas vrai ?*

— Vous voyez ? dit Emily en agitant son portable sous le nez de Wilden.

Le jeune homme détailla le petit écran sans broncher.

— J'ignorais que c'était un crime d'aller à l'église.

Les sourcils froncés et l'expression orageuse, Emily rangea son Nokia dans son sac de natation. Un long silence suivit. Wilden se pinça l'arête du nez entre le pouce et l'index. On aurait dit que tout l'oxygène de la pièce s'était évaporé.

— Écoutez. Il faut que je vous dise pourquoi je suis venu. (Ses iris étaient si foncés qu'ils paraissaient noirs.) Vous devez cesser de dire que vous avez vu Alison.

Les filles échangèrent des regards surpris. Spencer parut quelque peu apaisée. Elle fixa Emily en haussant un sourcil parfaitement épilé, d'un air qui signifiait : « Je te l'avais bien dit. » Comme c'était prévisible, Emily fut la seule à protester :

— Vous voulez que nous mentions ?

— Vous ne l'avez pas vue, répliqua Wilden d'une voix bourrue. Si vous persistez à affirmer le contraire, vous allez attirer sur vous une attention dont vous ne voulez pas. Vous vous souvenez comment les gens ont réagi quand vous avez dit que vous aviez vu le corps de Ian ? Ce sera dix fois pire.

Aria se dandina en tripotant la manche droite de son

sweat à capuche. Wilden leur parlait comme un flic des mauvais quartiers de Philadelphie à des dealers de crack. Mais qu'avaient-elles fait de si répréhensible ?

— Ce n'est pas juste ! protesta Emily. Ali a besoin de nous !

Wilden leva les mains vers le plafond « couleur popcorn » d'un air vaincu. Ses manches roulées au-dessus de ses coudes révélaient un tatouage en forme d'étoile à huit branches. Aria vit qu'Emily le regardait aussi, et à juger la façon dont son amie plissait les yeux, elle n'était pas fan.

— Je vais vous dire quelque chose qui est censé rester secret, ajouta Wilden en baissant la voix. Nous avons reçu les analyses d'ADN du corps que les ouvriers ont trouvé dans le trou. Ça colle parfaitement avec Alison, les filles. Elle est morte. Alors, écoutez mes conseils, d'accord ? Je dis ça uniquement dans votre intérêt.

Sur ces mots, il ouvrit son téléphone à clapet, sortit à grands pas et claqua la porte de la chambre derrière lui. Les gobelets en polystyrène vacillèrent sur le plateau à roulettes.

Aria reporta son attention sur ses amies. Spencer avait les lèvres pincées. Hanna se rongeait nerveusement l'ongle du pouce. Emily clignait des yeux, hébétée.

— Et maintenant, on fait quoi ? chuchota Aria.

Emily continua à cligner des yeux sans réagir. Spencer tripota sa perfusion. Hanna semblait sur le point de s'évanouir. Toutes leurs théories soigneusement échafaudées venaient littéralement de partir en fumée. Wilden n'avait peut-être pas mis le feu – mais Aria avait bien vu quelqu'un dans les bois. Et malheureusement, ça ne pouvait signifier qu'une chose.

Le coupable courait encore. La personne qui avait tenté de les tuer était toujours dans la nature, et peut-être n'attendait-elle qu'une occasion de recommencer.

3

*S*I SEULEMENT QUELQU'UN AVAIT ARNAQUÉ SPENCER QUELQUES ANNÉES PLUS TÔT...

Alors que le pâle soleil hivernal disparaissait derrière l'horizon, Spencer se tenait dans le jardin de la propriété familiale, observant les dégâts causés par le feu. Ses parents étaient avec elle. Le maquillage de Mme Hastings avait coulé, et ses cheveux pendaient mollement sur ses épaules – pour une fois, elle ne s'était pas fait faire de brushing par Uri ce matin. Et pour une fois, l'écouteur Bluetooth de M. Hastings n'était pas vissé dans son oreille. Sa bouche tremblait légèrement, comme s'il se retenait de pleurer.

Autour d'eux, tout n'était que ruines. Une brume grise et âcre flottait encore au-dessus des grands arbres calcinés. Du moulin, il ne restait plus guère qu'une carcasse noircie dont les flammes avaient dévoré la roue. La pelouse était zébrée par les traces de pneus des ambulances, des camions de pompiers et des voitures de police. Des mégots de cigarettes, des gobelets Starbucks vides et même une canette de bière, laissés là par les curieux qui s'étaient attardés longtemps après que Spencer et ses amies avaient été conduites aux urgences, jonchaient l'herbe piétinée.

Mais le pire, c'était les dégâts de l'incendie sur la grange transformée en appartement – une bâtisse qui datait de 1756. La moitié de la structure demeurait intacte, même si les bardeaux peints en rouge vif avaient viré au gris toxique. Le toit avait pratiquement disparu ; le verre plombé des fenêtres avait explosé, et la porte d'entrée n'était plus qu'un tas de cendres.

De là où elle se tenait, Spencer pouvait voir directement dans la grande pièce à vivre. Une énorme flaque, vestige des dizaines de mètres cubes d'eau dont les pompiers s'étaient servis pour éteindre le feu, stagnait encore sur le plancher en bois exotique. Le lit à baldaquin, le beau canapé en cuir et la table basse en acajou étaient bons à jeter. Tout comme le bureau autour duquel Spencer, Emily et Hanna s'étaient pressées la veille pour discuter avec Ian par messagerie instantanée.

Mais apparemment, cette conversation n'avait servi à rien. Jason et Wilden n'avaient pas tué Ali. Et Spencer était retournée à la case départ.

Elle se détourna de la grange, les yeux larmoyants à cause de la fumée. L'endroit où ses amies et elle s'étaient écroulées après avoir fui les flammes se trouvait plus près de la maison. Comme le reste du jardin, il était jonché de détritus et de suie. Dans l'herbe piétinée, plus aucune trace du corps d'Ali. Et quoi de plus normal, puisque la jeune fille n'avait jamais été là : ses amies avaient juste été victimes d'une hallucination, un effet secondaire de l'inhalation d'une grande quantité de fumée. Des ouvriers avaient retrouvé le corps décomposé d'Ali dans l'ancien jardin des DiLaurentis, des mois auparavant.

— Je suis vraiment désolée, chuchota Spencer alors

qu'un bardeau se détachait de la grange et s'écrasait sur le sol avec fracas.

Sa mère lui prit la main. Son père lui toucha l'épaule. Avant que la jeune fille puisse réagir, ils l'enveloppèrent de leurs bras dans une étreinte tremblante.

— Je ne sais pas ce que nous aurions fait s'il t'était arrivé quelque chose, sanglota Mme Hastings.

— Quand nous avons vu l'incendie et entendu que tu étais peut-être blessée...

M. Hastings n'acheva pas sa phrase.

— Le moulin et la grange n'ont pas d'importance, reprit Mme Hastings d'une voix enrouée. Toute la propriété aurait bien pu brûler. L'essentiel, c'est que tu sois saine et sauve.

La gorge nouée, Spencer s'accrocha à ses parents.

Ces dernières vingt-quatre heures, ils avaient été merveilleux. Ils avaient passé toute la nuit à son chevet, regardant sa poitrine se soulever et s'abaisser au rythme de sa respiration laborieuse. Ils avaient harcelé les infirmières pour qu'on lui apporte de l'eau dès qu'elle avait soif, des analgésiques dès qu'elle avait mal et d'autres couvertures quand elle avait froid. Une fois l'autorisation de sortie signée par le docteur cet après-midi-là, ils l'avaient emmenée à la Crèmerie, son glacier préféré dans le Vieil Hollis, et lui avaient offert deux boules au sirop d'érable.

C'était un changement énorme. Depuis des années, ils la traitaient comme une enfant non désirée dont ils toléraient la présence sous leur toit de mauvaise grâce. Et quand Spencer avait avoué avoir copié, sur un ancien devoir de sa sœur Melissa, l'essai qui lui avait valu une Orchidée d'or, ils l'avaient pratiquement reniée.

Mais maintenant, ils avaient une bonne raison de la détester, et dès que Spencer la leur révélerait, toute leur sollicitude, toutes leurs marques d'affection se volatiliseraient. La jeune fille les serra très fort contre elle, savourant ces dernières secondes avant qu'ils cessent de lui parler à tout jamais. Elle avait repoussé ce moment le plus longtemps possible, mais elle devait bien finir par avouer.

Se dégageant de leur étreinte, elle recula et carra les épaules.

— J'ai quelque chose à vous dire, lança-t-elle d'une voix encore rauque à cause de la fumée qui s'attardait dans l'air.

— C'est à propos d'Alison? (La voix de Mme Hastings monta en flèche dans les aigus.) Spence, tu sais bien que…

La jeune fille secoua la tête.

— Non, coupa-t-elle. C'est autre chose.

Elle jeta un coup d'œil aux branches noircies qui se tendaient vers le ciel. Puis la vérité se déversa de sa bouche en une cascade tumultueuse. Elle raconta comment, après avoir découvert que sa grand-mère ne lui laissait rien dans son testament, Melissa avait suggéré qu'elle pouvait être une enfant adoptée. Comment elle s'était inscrite sur un site Internet qui mettait en contact les enfants adoptés et leur mère biologique. Comment, quelques jours plus tard, elle avait reçu un message l'informant que sa mère biologique avait été retrouvée. Comment sa visite à Olivia Caldwell s'était si bien passée qu'elle avait aussitôt décidé de s'installer à New York pour vivre près d'elle.

Spencer parlait à toute allure, craignant de fondre en larmes si elle s'interrompait ne fût-ce qu'une seconde. Elle n'osait pas non plus regarder ses parents, de peur que leur expression dévastée ne lui brise le cœur.

— Olivia avait oublié un dossier qui contenait la carte de visite de son agent immobilier. Alors, je l'ai appelé. Il m'a trouvé un appartement, et je lui ai donné les coordonnées du compte épargne qui devait servir à financer mes études pour qu'il puisse prélever la caution et le premier mois de loyer, poursuivit Spencer d'une voix étranglée, en recroquevillant ses orteils à l'intérieur de ses bottes en daim gris.

Un écureuil fila à travers les broussailles couvertes de suie. M. Hastings poussa un grognement. Sa femme ferma les yeux et pressa une main sur son front. Le cœur de Spencer se serra. *Nous y voilà. Début de l'opération : tu n'es plus notre fille.*

— La suite, vous la devinez. (Elle soupira, fixant le nichoir perché près de la terrasse. Pas un seul oiseau ne s'en était approché depuis que les Hastings étaient dans le jardin.) L'agent immobilier était de mèche avec Olivia. Ils ont vidé le compte et disparu.

Elle déglutit péniblement.

Tout était figé et silencieux. À présent que le soleil était presque couché, la grange ressemblait à une relique de ville fantôme, ses fenêtres pareilles à deux orbites vides dans le crâne d'un squelette.

Spencer risqua un coup d'œil vers ses parents. Son père était livide. Sa mère aspirait ses joues comme si elle venait de manger quelque chose d'acide. Ils échangèrent un regard nerveux, puis se tournèrent vers le jardin de devant, peut-être pour vérifier l'absence de camionnettes de presse. Depuis le retour de Spencer, les journalistes se succédaient pour demander à la jeune fille si elle avait vraiment vu Ali dans les bois.

M. Hastings prit une grande inspiration.

— Spencer... Ce n'est pas grave, pour l'argent.

Surprise, la jeune fille cligna des yeux.

— On doit pouvoir retrouver ce qu'il est devenu, expliqua son père en agitant les mains. Peut-être même le récupérer. (Il leva les yeux vers la girouette sur le toit de la maison.) Mais... je suppose que nous aurions dû le voir venir.

Spencer fronça les sourcils, se demandant si la fumée lui avait endommagé le cerveau.

— Qu... quoi?

Son père se dandina et jeta un coup d'œil à sa mère.

— Je savais que nous aurions dû lui en parler il y a des années, Veronica, marmonna-t-il.

— Je ne pouvais pas deviner ce qui arriverait, se défendit Mme Hastings.

La température était si basse que ses mots formaient de petits nuages blancs en sortant de sa bouche.

— Me parler de quoi? demanda Spencer sur un ton pressant.

Un début de migraine lui martelait les tempes. Chaque fois qu'elle inspirait, elle ne sentait que l'odeur des cendres.

— Nous devrions rentrer, suggéra distraitement Mme Hastings. Il fait affreusement froid.

— Me parler de quoi? répéta Spencer en plantant ses pieds dans le sol.

Elle n'irait nulle part tant qu'elle n'aurait pas obtenu de réponse.

Sa mère hésita longuement. Un craquement résonna à l'intérieur de la grange. Enfin, Mme Hastings s'assit sur l'un des gros rochers disposés çà et là dans le jardin.

— Ma chérie, Olivia est bien ta mère.

Spencer écarquilla les yeux.

— Quoi?

— Disons plutôt que c'est elle qui t'a donné le jour, corrigea M. Hastings.

Spencer fit un pas en arrière, et une petite branche craqua sous le talon de sa botte.

— Donc, j'ai bien été adoptée? Olivia m'a dit la vérité?

C'est pour ça que je me sens si différente de vous? C'est pour ça que vous avez toujours préféré Melissa : parce que je ne suis pas vraiment votre fille ?

Mme Hastings fit tourner son solitaire de trois carats autour de son doigt. Quelque part au fond des bois, une branche d'arbre s'écrasa sur le sol avec un fracas assourdissant.

— Je ne pensais pas que nous en discuterions aujourd'hui.

Elle prit une grande inspiration pour se calmer, secoua ses mains et leva le menton. De son côté, M. Hastings frotta nerveusement ses mains gantées. Ils avaient l'air tellement perdu, tous les deux... Rien à voir avec les parents toujours calmes et sûrs d'eux que Spencer connaissait si bien.

— La naissance de Melissa a été compliquée.

Les mains de Mme Hastings battaient la mesure sur le rocher. Son regard se porta sur l'avant de la maison alors qu'une vieille Honda cabossée ralentissait devant leur allée. Mus par la curiosité, les voisins saisissaient le moindre prétexte pour jeter un coup d'œil chez eux.

— Les docteurs m'ont dit qu'une nouvelle grossesse mettrait ma vie en danger. Mais nous voulions un autre bébé. Aussi avons-nous fait appel à une mère porteuse. En gros, nous avons utilisé un de mes ovules et le... tu sais quoi de ton père. (Mme Hastings baissa les yeux, trop bien élevée et trop pudique pour prononcer le mot « sperme ».) Mais nous avions besoin de quelqu'un pour porter l'enfant à ma place. C'est comme ça que nous avons rencontré Olivia.

— Nous lui avons fait passer un tas de tests pour nous assurer qu'elle était en bonne santé. (M. Hastings s'assit près de sa femme sur le rocher, sans remarquer que ses mocassins A. Testoni sur mesure s'enfonçaient dans la gadoue noirâtre.) Elle satisfaisait toutes nos exigences, et elle semblait désireuse de nous rendre service. Mais à l'approche du terme, elle est devenue... exigeante. Elle nous a réclamé plus d'argent, menaçant de s'enfuir avec toi au Canada si nous ne le lui donnions pas.

— Alors, nous le lui avons donné, balbutia Mme Hastings. (Elle enfouit son visage dans ses mains.) Et après l'accouchement, elle t'a bien remise à nous, de toute évidence. Mais... elle s'était montrée si possessive à la fin que nous n'avons pas voulu que tu aies de contacts avec elle. Nous avons décidé de ne pas t'en parler. Parce que dans le fond, tu es bien notre fille et pas la sienne.

— Mais tout le monde ne l'a pas compris, enchaîna M. Hastings en frottant ses cheveux poivre et sel. (Son téléphone sonna dans sa poche, jouant les premières mesures de la Cinquième de Beethoven. Il l'ignora.) Ta grand-mère, par exemple. Elle trouvait que ça n'était pas naturel, et elle ne nous a jamais pardonné d'avoir procédé ainsi. Après la lecture de son testament, nous aurions dû tout te raconter. Apparemment, Olivia attendait une opportunité semblable depuis très longtemps.

Le vent retomba, et l'air devint étrangement immobile. Rufus et Béatrice, les chiens de la famille, grattèrent à la porte de derrière : sans doute voulaient-ils sortir pour voir ce que faisaient leurs maîtres.

Spencer observait ses parents, bouche bée. M. et Mme Hastings semblaient épuisés, comme si leur aveu les avait vidés de toutes leurs forces. Visiblement, ils n'avaient pas parlé de tout ça depuis une éternité. Le regard de Spencer fit la navette entre eux tandis que la jeune fille s'efforçait d'assimiler ce qu'elle venait d'apprendre. Individuellement, les mots avaient un sens, mais elle ne parvenait pas à les appréhender dans leur ensemble.

— Donc, Olivia m'a portée, dit-elle lentement.

Un frisson qui ne devait rien au froid parcourut son échine.

— Oui, acquiesça Mme Hastings. Mais nous sommes tes parents, Spencer. Tu es notre fille.

— Nous te voulions tellement! Et faire appel à Olivia était la seule solution, renchérit M. Hastings en levant les yeux vers les nuages violacés. Ces derniers temps, nous avons oublié à quel point la famille est une chose importante. Et après tout ce que tu as subi, entre Alison, Ian et cet incendie... (Il secoua la tête, jetant un nouveau coup d'œil à la grange calcinée et aux bois ravagés par le feu. Un corbeau décrivait un cercle au-dessus d'eux en poussant un croassement sinistre.) Nous aurions dû être là pour toi. Jamais nous n'avons voulu que tu te sentes mal-aimée.

Mme Hastings prit la main de Spencer d'un geste hésitant et la pressa très fort.

— Et si... on repartait sur de nouvelles bases? Tu veux bien? Tu crois que tu pourrais nous pardonner?

Le vent se remit à souffler, et l'odeur de fumée s'intensifia. Deux feuilles noircies volèrent jusque dans l'ancien jardin des DiLaurentis et se posèrent près du trou au fond duquel on avait retrouvé le corps d'Ali.

Spencer tripota le bracelet d'hôpital en plastique qui encerclait toujours son poignet, partagée entre choc, compassion et colère. Durant les six derniers mois, ses parents lui avaient retiré le privilège d'habiter dans la grange; ils avaient fait opposition à ses cartes de crédit, vendu sa voiture et répété à maintes reprises qu'elle était morte pour eux.

C'est normal que j'aie pensé que vous n'étiez pas ma vraie famille, avait-elle envie de hurler. *Oui, vous auriez dû être là pour moi, et vous ne l'avez pas été!* Et maintenant, ils voulaient qu'elle efface leur ardoise et qu'elle fasse comme si de rien n'était ?

Mme Hastings se mordait la lèvre en torturant une branche qu'elle avait ramassée par terre. M. Hastings semblait retenir son souffle. La décision appartenait à Spencer. Elle pouvait choisir de taper du pied et de rester furieuse… mais elle voyait la douleur et le regret sur leur visage. Ils étaient sincères. Plus que tout, ils espéraient qu'elle leur pardonne. Et n'était-ce pas ce qu'elle désirait le plus au monde : des parents qui l'aimaient et voulaient d'elle ?

— Oui, lâcha enfin Spencer. Je vous pardonne.

Ses parents poussèrent un gros soupir de soulagement et la prirent dans leurs bras. Son père déposa un baiser sur son front. Il sentait son after-shave Kiehl's préféré.

Spencer avait l'impression de flotter hors de son corps. La veille, en découvrant que le compte destiné à financer ses études avait été vidé, elle avait pensé que sa vie était finie. Elle avait réellement cru que « A » était à l'origine de toutes ces manigances, et qu'il l'avait punie parce qu'elle n'avait pas fait assez d'efforts pour retrouver le véritable assassin d'Ali. Mais en fin de compte, perdre cet argent était peut-être la meilleure chose qui pouvait lui arriver.

Comme M. et Mme Hastings reculaient pour mieux contempler leur fille cadette, Spencer leur adressa un sourire tremblant. Ils voulaient d'elle. Ils voulaient vraiment d'elle.

Puis un petit vent souffla à travers le jardin, apportant une nouvelle senteur familière aux narines de la jeune fille. On aurait dit… le savon à la vanille qu'Ali utilisait autrefois. Spencer frémit tandis que l'image de son amie couverte de suie et suffoquant dans la fumée s'imposait à son esprit.

Elle ferma les yeux pour chasser cette vision. *Non*. Ali était morte. Spencer avait halluciné. Un point, c'est tout.

4

EST-CE QUE PRADA FAIT AUSSI DES CAMISOLES DE FORCE ?

Une odeur de café français Starbucks fraîchement moulu montait depuis le rez-de-chaussée. Assise sur son lit, Hanna Marin profitait des dernières minutes qui lui restaient avant de devoir se lever et se préparer pour aller en cours. MTV2 hurlait dans le lointain. Son pinscher nain, Dot, dormait d'un sommeil agité dans son panier Burberry. Hanna venait de se vernir les ongles avec un rose Dior. À présent, elle parlait au téléphone avec son nouveau petit ami, Mike Montgomery.

— Merci encore pour les produits Aveda.

Elle jeta un coup d'œil aux flacons qui encombraient sa table de nuit. La veille, quand elle avait quitté l'hôpital, Mike lui avait offert un panier cadeau de luxe contenant un masque rafraîchissant pour les yeux, une crème nourrissante pour le corps à la menthe et au concombre, et un petit appareil de massage en bois. Hanna avait déjà utilisé les trois dans un effort désespéré pour effacer l'incendie de son esprit. Les docteurs avaient attribué l'étrange apparition d'Ali à une inhalation massive de fumée, mais ça semblait encore si réel…

D'une certaine façon, Hanna était consternée que ça ne le soit pas. Après toutes ces années, elle éprouvait encore le désir brûlant qu'Ali voie de ses propres yeux combien elle avait changé. Quand son amie avait disparu, Hanna était encore un vilain petit canard grassouillet – sans aucun doute la plus disgracieuse des filles de leur bande. Ali ne cessait de la taquiner au sujet de ses cheveux frisés et de ses problèmes d'acné. Elle n'avait sans doute jamais pensé qu'Hanna se transformerait en un magnifique cygne, mince et populaire. Parfois, Hanna avait l'impression qu'elle n'y croirait elle-même que lorsque Ali le lui aurait confirmé. Ce qui, évidemment, ne pouvait plus arriver.

— De rien, répondit Mike, arrachant la jeune fille à sa rêverie. Et je te préviens : j'ai envoyé des messages Twitter méga-juteux à certains journalistes qui attendaient devant les urgences. Juste pour qu'ils se concentrent sur autre chose que l'incendie.

— Quoi, par exemple ? demanda Hanna, intriguée.

Mike avait l'air de mijoter quelque chose.

— « Hanna Marin en pourparlers avec MTV pour une émission de téléréalité », récita le jeune homme. « On parle d'un contrat de plusieurs millions. »

— Génial.

Hanna poussa un soupir de soulagement et agita ses mains pour faire sécher son vernis.

— J'en ai envoyé un autre sur moi. « Mike Montgomery refuse un rencard avec un top modèle croate. »

— Quoi ? Ça ne ressemble pas au Mike Montgomery que je connais, susurra Hanna.

— Quel mec irait chercher des top modèles croates alors qu'il a déjà Hanna Marin ? répliqua Mike.

Hanna était au comble du ravissement. Si quelqu'un lui avait dit, un mois plus tôt, qu'elle sortirait aujourd'hui avec Mike Montgomery, elle en aurait avalé ses bandes blanchissantes de surprise. Elle n'avait dragué Mike que parce que sa demi-sœur Kate lui courait après elle aussi. Mais ce faisant, elle avait fini par l'apprécier. Avec ses yeux bleu glacier, ses lèvres pleines et son sens de l'humour irrévérencieux, il était devenu pour elle bien davantage que le petit frère de son ancienne amie Aria.

Hanna se leva, se dirigea vers sa penderie et caressa le morceau de drapeau d'Ali, empoché à l'hôpital pendant qu'Aria regardait ailleurs. Elle n'en éprouvait aucune culpabilité : après tout, ce n'était pas comme s'il avait vraiment appartenu à Aria.

— Au fait, j'ai entendu dire que vous receviez des messages d'un nouveau « A », lança Mike, soudain sérieux.

— Je n'ai rien reçu du tout, dit Hanna sans mentir.

Depuis qu'elle avait acheté un iPhone et changé de numéro, « A » lui fichait la paix. Une liberté bienvenue comparée à l'ancien « A » qui, malheureusement, s'était révélé être son ancienne meilleure amie Mona Vanderwaal – une chose à laquelle Hanna s'efforçait de ne pas penser.

— Pourvu que ça dure !

— N'hésite pas à me dire si je peux faire quoi que ce soit, offrit Mike. Botter les fesses de quelqu'un, par exemple.

— Oooh, se pâma Hanna, rose de plaisir.

Aucun de ses petits amis précédents n'avait jamais proposé de défendre son honneur. Elle fit un bruit de baiser dans le téléphone, promit à Mike de le retrouver l'après-midi pour boire un *latte* au Steam et raccrocha.

Elle descendit prendre son petit déjeuner tout en passant une brosse dans ses longs cheveux auburn. Une odeur de menthe et de fruits frais planait dans la cuisine. Sa future belle-mère Isabel et sa presque demi-sœur Kate étaient déjà à table, mangeant des bols de fromage blanc et des dés de melon – une combinaison qu'Hanna trouvait parfaitement vomitive.

Lorsqu'elles virent la jeune fille sur le seuil, Isabel et Kate se levèrent d'un bond.

— Comment te sens-tu ? s'exclamèrent-elles en même temps.

— Bien, répondit sèchement Hanna en continuant à brosser sa chevelure.

Comme elle s'y attendait, Isabel frémit : elle avait la phobie des germes et ne supportait pas qu'on touche ses cheveux en présence de nourriture.

Hanna se laissa tomber sur une chaise vide et s'empara de la cafetière. Isabel et Kate se rassirent, et il y eut une longue pause, comme si l'arrivée d'Hanna avait interrompu une conversation à son sujet. Sa belle-mère et sa demi-sœur étaient sans doute en train de dire du mal d'elle. *Ce serait bien leur genre*, songea Hanna.

Tom Marin fréquentait Isabel depuis des années – même Ali avait rencontré Isabel et Kate quelques mois avant sa disparition. Mais ils n'avaient commencé à vivre ensemble à Rosewood que lorsque la mère d'Hanna avait été mutée à Singapour et que son père avait accepté un poste à Philadelphie.

C'était déjà assez difficile que Tom Marin ait décidé d'épouser une infirmière au bronzage orange appelée Isabel – une sacrée dégringolade niveau standing après la mère d'Hanna, si glamour et professionnellement accomplie – mais que cette femme ait en outre une fille grande, ultramince et du même âge qu'Hanna frisait l'intolérable.

Deux semaines s'étaient écoulées depuis l'emménagement de Kate. Désormais, Hanna devait endurer le *medley* de chansons d'*American Idol* que sa presque demi-sœur chantait chaque jour sous la douche, l'après-shampoing à l'œuf cru et à l'odeur nauséabonde qu'elle confectionnait pour entretenir le brillant de ses cheveux, et les félicitations dont son père la bombardait chaque fois qu'elle levait le petit doigt, comme si c'était Kate sa fille et pas Hanna.

Sans compter que Kate avait copiné avec les nouveaux faire-valoir d'Hanna, Naomi Zeigler et Riley Wolfe, et révélé à Mike qu'Hanna était sortie avec lui pour gagner un pari. D'un autre côté, pendant une soirée, Hanna avait raconté à tout le monde que Kate avait de l'herpès. Donc, elle pouvait peut-être considérer qu'elles étaient quittes.

— Tu veux du melon? demanda Kate d'une voix sucrée, en poussant le compotier vers Hanna avec ses bras d'une minceur agaçante.

— Non, merci, répliqua Hanna sur le même ton.

Apparemment, le cessez-le-feu conclu au Radley était toujours en vigueur – Kate avait même souri en voyant Hanna et Mike ensemble –, mais Hanna préférait ne pas s'y fier.

Puis Kate hoqueta.

— Oups, souffla-t-elle en tirant vers elle le cahier Opinions du *Philadelphia Sentinel*.

Elle tenta de le replier avant qu'Hanna voie les gros titres, mais trop tard. Une photo montrant Hanna, Spencer, Emily et Aria debout devant les bois en feu s'étalait sur la première page. « Combien de mensonges les laisserons-nous raconter? » titrait l'article. Et en plus petit : « Selon ses meilleures amies, Alison DiLaurentis se serait relevée d'entre les morts. »

— Je suis désolée, dit Kate en posant son bol de fromage blanc sur le journal.

— C'est bon, aboya Hanna en tentant de masquer son embarras.

Ces journalistes, vraiment! N'y avait-il pas de sujets plus importants à traiter, avec tout ce qui se passait dans le monde? Et puis, ce n'était qu'une hallucination due à la fumée!

Kate mit un cube de melon dans sa bouche.

— J'aimerais t'aider, Han. Si tu veux que je sois ton porte-parole auprès de la presse, tu n'as qu'un mot à dire. Je m'en chargerai volontiers.

— Je n'en doute pas, répliqua Hanna, sarcastique.

Kate ne savait plus quoi faire pour attirer l'attention sur elle.

Puis Hanna remarqua une photo de Wilden sur la partie encore visible de la première page du cahier Opinions. « La police de Rosewood fait-elle vraiment tout son possible? » disait la légende.

Ça, c'était un article qu'Hanna voulait lire. Wilden n'avait peut-être pas tué Ali, mais il se comportait très bizarrement depuis quelques semaines. Par exemple, un matin, il avait ramené Hanna chez elle après son jogging en conduisant au double de la vitesse autorisée et en manquant percuter une voiture qui arrivait en sens inverse. Et la veille, c'était avec tant de véhémence qu'il avait demandé aux filles de cesser de raconter qu'Ali était vivante! Essayait-il vraiment de les protéger, ou avait-il des raisons personnelles de les faire taire? Et s'il était innocent, qui diable avait allumé cet incendie... et pourquoi?

— Hanna. Tu es levée. Tant mieux.

Hanna pivota sur sa chaise. Son père se tenait sur le seuil de la cuisine, vêtu d'une chemise et d'un pantalon à fines rayures. Ses cheveux étaient encore humides après la douche.

— On peut te parler une minute? demanda-t-il en s'approchant de la table et en se servant une tasse de café.

Hanna baissa le journal. « *On* » ?

Tom Marin tira une chaise, qui racla bruyamment contre le carrelage.

— Il y a quelques jours, j'ai reçu un mail du Dr Atkinson.

Il fixait Hanna comme si elle était censée comprendre.

— Qui ça ? demanda la jeune fille.

— Le psychologue que l'Externat, intervint Isabel avec sa voix de Madame Je-Sais-Tout. Il est très gentil. Kate l'a rencontré quand elle a visité le lycée. Il insiste pour que les élèves l'appellent Dave.

Hanna réprima son envie de ricaner. Cette sainte-nitouche de Kate s'était-elle mis tout le personnel de l'Externat dans la poche ?

— Le Dr Atkinson te surveille de loin depuis plusieurs mois, poursuivit Tom Marin. Il s'inquiète beaucoup pour toi, Hanna. Il pense que tu es atteinte de stress post-traumatique dû à la mort d'Alison et à ton accident de voiture.

Hanna fit tourner ce qui restait de café au fond de sa tasse.

— Le SPT, ce n'est pas ce truc dont souffrent les soldats qui rentrent du front ?

Tom Marin fit tourner l'anneau de platine qu'il portait à la main droite. C'était un cadeau d'Isabel ; le jour de son mariage, il l'enfilerait à son annulaire gauche. *Pouah !*

— Apparemment, ça peut affecter toute personne qui a vécu quelque chose de vraiment terrible, expliqua-t-il. Les victimes ont des sueurs froides, des palpitations cardiaques, et elles n'arrêtent pas de revivre ce qui leur est arrivé.

Hanna suivit de l'index les veines du bois de la table. D'accord, elle repensait souvent au moment où Mona l'avait renversée avec sa voiture. Mais n'importe qui aurait eu du mal à oublier à sa place.

— Je me sens très bien, pépia-t-elle.

— Au début, je n'ai pas prêté attention à ce mail, poursuivit M. Marin sans lui prêter attention. Mais hier, avant que tu sortes de l'hôpital, j'ai interrogé un psychiatre. Les sueurs froides et les palpitations ne sont pas les seuls symptômes du SPT. Il peut se manifester de bien d'autres façons. Par exemple, par des comportements alimentaires autodestructeurs.

— Je n'ai pas de troubles de l'alimentation, aboya Hanna, horrifiée. Vous me voyez manger tout le temps !

Isabel se racla la gorge en jetant un regard entendu à Kate. Celle-ci enroula une mèche châtaine brillante autour de son doigt.

— C'est que, Hanna... (Elle la fixa de ses grands yeux bleus.) Tu m'as plus ou moins dit le contraire.

La mâchoire d'Hanna lui en tomba.

— Tu leur as raconté ?

Quelques semaines plus tôt, dans un moment de folie passagère, Hanna avait révélé à Kate qu'elle faisait des crises de boulimie autrefois, et qu'elle avait l'habitude de se faire vomir pour ne pas prendre de poids.

— Je pensais que c'était pour ton bien, souffla Kate sur un ton d'excuse. Je te le jure.

— D'après le psychiatre, les mensonges peuvent aussi être un symptôme, reprit M. Marin. D'abord, tu as dit à tout le monde que tu avais vu le corps de Ian Thomas dans les bois, et maintenant, tes copines et toi prétendez avoir vu Alison. Voici ce qui m'a fait repenser aux mensonges que tu nous as racontés – à nous, ta famille : quand tu t'es éclipsée de notre dîner pour aller à une soirée de ton école cet automne, quand tu as volé du Percocet à la clinique pour les grands brûlés et des bijoux chez Tiffany, quand tu as embouti la voiture de ton petit ami, quand tu as dit à toute ta classe que Kate avait... (Il n'acheva pas sa phrase, ne voulant pas prononcer le mot « herpès » tout haut.) D'après le Dr Atkinson, mieux vaudrait que tu t'éloignes de toute cette fureur médiatique. Que tu passes quelques semaines dans un endroit où tu pourras te détendre et te concentrer sur tes problèmes.

Le visage d'Hanna s'éclaira.

— À Hawaii, par exemple ?

Son père se mordit la lèvre inférieure.

— Non. Dans un établissement spécialisé.

— Un quoi ?

Hanna reposa violemment son mug. Du café lui éclaboussa la main et lui brûla le côté de l'index.

M. Marin glissa une main dans sa poche et en sortit un dépliant. Deux blondes se promenaient sur un sentier bordé d'herbe tandis que le soleil se couchait à l'arrière-plan. Elles avaient toutes deux des mèches mal faites et de gros mollets. « Le Sanctuaire d'Addison-Stevens », était-il écrit en cursive, au bas de la photo.

— C'est le meilleur du pays, poursuivit M. Marin. Ils traitent toutes sortes de problèmes : les difficultés d'apprentissage, les troubles alimentaires ou obsessionnels compulsifs, la dépression... Et ce n'est pas trop loin d'ici, juste de l'autre côté de la frontière du Delaware. Une aile entière est réservée aux jeunes patientes comme toi.

Hanna fixa sans réagir la couronne de fleurs séchées qu'Isabel avait accrochée au mur à la place de la pendule en acier brossé de sa mère quand elle avait pris possession de la maison.

— Je n'ai pas de problèmes, couina-t-elle. Je n'ai pas besoin d'aller à l'asile.

— Ce n'est pas un asile, dit Isabel d'une voix apaisante. Considère plutôt ça comme... un spa. Les gens l'appellent le Canyon Ranch du Delaware.

Hanna mourait d'envie de tordre le cou maigre et orange de sa future belle-mère. C'était une blague? En bordure de Rosewood se trouvait un immeuble moche et décrépit baptisé Résidence Berlitz, et que les gens appelaient le Berlitz-Carlton. Mais personne ne prenait ça au sens littéral.

— C'est peut-être le bon moment pour toi de quitter Rosewood, ajouta Kate sur un ton sentencieux, comme si elle savait mieux qu'Hanna ce qui était bon pour elle. Et surtout, de fuir les journalistes.

— Quelqu'un a appelé hier soir pour savoir si tu voulais donner une interview à Nancy Grace, renchérit Isabel.

— Ça ne va faire qu'empirer, conclut M. Marin.

— Et ne t'en fais pas, dit Kate en portant un autre morceau de melon à sa bouche. Naomi, Riley et moi serons toujours là à ton retour.

— Mais…, protesta Hanna.

Comment son père pouvait-il croire ces sornettes? D'accord, elle avait menti deux ou trois fois – mais toujours pour une bonne raison. À l'automne, elle était partie au milieu de leur dîner au Bec Fin parce que « A » l'avait prévenue que Sean Ackard, qui venait juste de la plaquer, se trouvait à la soirée de charité Foxy avec une autre fille. Elle avait raconté à tout le monde que Kate avait de l'herpès parce qu'elle était certaine que sa presque demi-sœur s'apprêtait à révéler ses troubles alimentaires. Qui s'en souciait? Ça ne signifiait pas qu'elle souffrait de stress post-traumatique.

Une fois de plus, tout cela lui rappelait combien son père et elle s'étaient éloignés l'un de l'autre. Avant le divorce de ses parents, Hanna et Tom Marin étaient inséparables. Mais dès qu'Isabel et Kate avaient surgi dans la vie de ce dernier, Hanna s'était sentie aussi dépassée que les vestes à épaulettes. Pourquoi son père la détestait-il à ce point maintenant?

Soudain, elle eut un étourdissement. *Évidemment.* « A » avait fini par la retrouver. Elle se leva brusquement de table, faisant vaciller la théière en céramique posée près de son assiette.

— Cette lettre ne vient pas du Dr Atkinson. C'est quelqu'un d'autre qui l'a écrite pour me causer du tort.

Isabel croisa ses mains sur la table.

— Qui donc?

Hanna déglutit péniblement.

— « A ».

Kate se couvrit la bouche de sa main. Tom Marin posa sa tasse devant lui.

— Hanna, dit-il comme s'il s'adressait à une enfant de maternelle. « A », c'était Mona. Et elle est morte, tu te souviens?

— Non, contra la jeune fille. Il y a un nouveau « A ».

Kate, Isabel et M. Marin échangèrent des regards nerveux, comme si Hanna était un animal sauvage et imprévisible qui avait besoin d'une fléchette de tranquillisant dans le postérieur.

— Ma chérie..., commença son père. Ça n'a pas de sens.

— C'est justement ce qu'il veut! se lamenta Hanna. Pourquoi refuses-tu de me croire?

Soudain, un vertige la saisit. Ses jambes mollirent, et ses oreilles bourdonnèrent. Les murs parurent se refermer sur elle tandis que l'odeur du thé à la menthe lui soulevait l'estomac.

En un clin d'œil, elle se retrouva sur le parking de l'Externat plongé dans le noir. Le SUV de Mona fonçait sur elle, ses phares pareils à deux yeux brûlants de haine. Les paumes d'Hanna devinrent moites. La gorge en feu, elle aperçut le visage de Mona derrière le volant, une grimace diabolique aux lèvres. Elle se couvrit la tête et attendit le choc. Quelqu'un hurla. Au bout de quelques instants, elle réalisa que c'était elle.

La vision passa aussi vite qu'elle avait commencé. Quand Hanna ouvrit les yeux, elle gisait sur le sol, se tenant la poitrine. Ses joues lui paraissaient chaudes et mouillées. Kate, Isabel et son père étaient penchés sur elle, le front plissé d'inquiétude, tandis que Dot léchait frénétiquement ses chevilles nues.

Tom Marin aida sa fille à se redresser et à s'asseoir sur une chaise.

— Je pense vraiment que ce serait mieux, dit-il gentiment.

Hanna voulait protester, mais elle savait que ça ne servirait à rien.

Profondément ébranlée, elle posa son front sur la table. Tous les sons autour d'elle lui paraissaient trop aigus et trop forts. Le frigo bourdonnait. Un camion d'éboueurs descendait la colline en grondant. Et en dessous, autre chose. Qui lui hérissa les cheveux dans la nuque.

Hanna était peut-être bien folle, mais elle aurait juré avoir entendu... un rire. Le gloussement triomphal d'une personne se réjouissant que tout se déroule selon ses prévisions.

5

ÉVEIL SPIRITUEL

Le lundi matin, Byron proposa à Aria de la conduire au lycée dans sa Honda Civic antédiluvienne, puisque la Subaru de la jeune fille était toujours hors service. Aria ôta du siège passager une pile de diapositives, de papiers et de manuels scolaires cornés qu'elle déposa sur la banquette arrière. À ses pieds, le plancher était jonché de gobelets de café vides, d'emballages de SoyJoy et de tickets de caisse de Sunshine, la boutique écologique pour bébés où Byron et sa petite amie Meredith faisaient leurs emplettes.

Byron tourna la clé de contact, et le vieux diesel démarra en grommelant. Une cassette d'acid jazz se mit à hurler par les haut-parleurs. Aria fixa les arbres noircis de leur jardin. De petites volutes de fumée s'élevaient encore des bois calcinés, où des braises couvaient toujours à certains endroits. Un rouleau entier de Scotch jaune PASSAGE INTERDIT avait été tendu à la lisière des bois, désormais trop dangereux pour qu'on puisse laisser les gens s'y promener.

Le matin, Aria avait entendu aux infos que la police ratissait les lieux en quête d'indices pour déterminer qui avait mis le feu, et la veille, un flic l'avait appelée pour lui demander une description de la personne qu'elle avait vue dans les bois avec un bidon d'essence. Maintenant qu'elle savait que cette personne n'était pas Wilden, Aria n'avait pas grand-chose à dire. N'importe qui aurait pu se dissimuler sous cette capuche.

La jeune fille retint son souffle quand la Honda dépassa la grande maison coloniale des parents de Ian Thomas. La pelouse était couverte de givre matinal ; le drapeau levé de la boîte aux lettres rouge indiquait qu'il y avait du courrier, et quelques publicités étaient tombées dans l'allée conduisant au garage. Sur la porte de celui-ci, un graffiti tout frais, de la même couleur que celui qui avait été peint sur la porte du garage des Hastings, indiquait « ASSASSIN ».

Instinctivement, Aria plongea la main dans son sac en peau de yak et chercha la chevalière de Ian dans la poche intérieure. La veille, elle avait failli la remettre à Wilden, car elle ne voulait pas en être responsable. Mais Spencer avait raison : les flics n'avaient pas trouvé la bague durant leur fouille réglementaire dans les bois ; ils risquaient de penser qu'Aria l'avait déposée là elle-même. Mais pourquoi ne l'avaient-ils pas trouvée ? Peut-être n'avaient-ils pas cherché aussi bien qu'ils le prétendaient...

Et où était Ian, au final ? Pourquoi leur avait-il donné de fausses informations par messagerie instantanée ? Comment avait-il pu ne pas remarquer qu'il avait perdu sa chevalière ? Aria doutait que la bague ait simplement glissé de son doigt – les seules fois où ce genre de chose lui arrivait, c'était pendant qu'elle nettoyait ses pinceaux après une séance de peinture, et elle s'en apercevait toujours immédiatement. Était-il possible que Ian soit réellement mort, et que sa chevalière soit tombée alors que quelqu'un traînait son corps hors des bois, pendant qu'Aria et ses amies étaient parties chercher Wilden en courant? Mais si tel était le cas, avec qui avaient-elles discuté par messagerie instantanée?

La jeune fille poussa un gros soupir, et son père lui jeta un regard en biais. Il était encore plus hirsute que d'habitude, ses cheveux bruns dressés sur son crâne en touffes clairsemées. Malgré le froid, il ne portait pas de manteau, et son gros pull de laine était troué au coude. Aria connaissait ce pull : Byron l'avait acheté du temps où toute leur famille vivait en Islande. Elle aurait voulu qu'ils ne quittent jamais Reykjavik.

— Alors, comment vas-tu? demanda gentiment Byron.

Aria haussa les épaules.

Un groupe d'élèves du lycée public attendait le bus au coin de la rue. Reconnaissant Aria pour l'avoir souvent vue aux infos, ils la montrèrent du doigt. La jeune fille rabattit sa capuche bordée de fausse fourrure sur sa tête.

Puis la Honda dépassa l'entrée de la rue de Spencer. Un véhicule des Eaux et Forêts était garé le long du trottoir, devant une voiture de police. De l'autre côté de la chaussée, Jenna Cavanaugh et son chien d'aveugle se dirigeaient prudemment vers la Lexus de Mme Cavanaugh en évitant les plaques de verglas.

Aria frissonna. Jenna en savait davantage sur Ali qu'elle ne le laissait paraître. Aria se demandait même si elle ne cachait pas un nouveau secret. Le jour de la petite fête organisée en l'honneur de la grossesse de Meredith, la jeune fille avait vu Jenna plantée dans le jardin de leur maison comme si elle voulait lui révéler quelque chose. Mais quand elle lui avait demandé ce qui n'allait pas, l'aveugle avait tourné les talons et s'était enfuie.

Par ailleurs, Jenna semblait bien connaître Jason DiLaurentis – mais pourquoi celui-ci avait-il fait irruption chez elle la semaine précédente et commencé à se disputer avec elle ? Et pourquoi « A » voulait-il que les filles le sachent, si Jason n'était vraiment pour rien dans la mort d'Ali ?

— L'agent Wilden m'a dit que vous essayiez de découvrir qui a tué Ali, lança Byron de sa voix grave, si tonitruante qu'Aria sursauta. Mais, ma chérie, si ce n'est pas Ian qui a fait le coup, la police trouvera le véritable assassin. (Il se gratta la nuque, un geste qu'il ne faisait que lorsqu'il était stressé.) Je m'inquiète pour toi, et Ella aussi.

Cette mention de sa mère fit frémir Aria. Les Montgomery s'étaient séparés l'automne dernier, et entretemps, chacun d'eux avait refait sa vie. Depuis qu'Ella sortait avec Xavier, un artiste lubrique qui avait dragué Aria, la jeune fille évitait sa propre mère. Et même si son père n'avait pas tort, elle était désormais trop impliquée dans cette affaire pour se dégager.

Comme Aria ne répondait pas, Byron baissa le son de la musique.

— En parler avec quelqu'un pourrait peut-être t'aider, suggéra-t-il. Si tu veux, tu peux même me raconter... comment tu as vu Alison.

Ils dépassèrent une ferme autour de laquelle paissaient une demi-douzaine de robustes alpagas blancs, puis un supermarché Wawa. La voix de Wilden résonna dans la tête d'Aria. *Cessez de dire que vous avez vu Ali.* Il l'avait dit d'une façon si... agressive.

— Je ne sais pas ce que nous avons vu, admit faiblement la jeune fille. Je voudrais croire que nous avons juste inhalé beaucoup de fumée et halluciné. Mais quelles sont les probabilités pour que nous ayons toutes vu la même personne faisant exactement la même chose au même moment ? Tu ne trouves pas ça étrange ?

Byron mit son clignotant et passa dans la file de droite.

— Si. (Il porta à sa bouche son Thermos aux armes de

l'université de Hollis et but une gorgée de café.) Il y a quelques mois, tu m'as demandé si les fantômes pouvaient envoyer des textos, tu te souviens ?

La conversation était floue dans la mémoire d'Aria, mais la jeune fille se rappelait avoir effectivement parlé à son père après avoir reçu le premier message de l'ancien « A ». Avant qu'on retrouve le corps d'Ali dans son ancien jardin, Aria s'était demandé si ce n'était pas son fantôme qui cherchait à communiquer avec elle par-delà la tombe.

— Pour certaines personnes, les fantômes sont des défunts qui ne parviennent à trouver le repos qu'après avoir transmis un message important.

Byron s'arrêta à un stop derrière une Toyota Prius arborant un autocollant « Pets sur Terre aux hommes de bonne volonté ».

Aria se redressa dans son siège.

— Que veux-tu dire ?

Ils longèrent Clocktower, une résidence à un million de dollars flanquée de son propre terrain de golf, puis un petit parc municipal. Quelques âmes courageuses étaient sorties emmitouflées dans de grosses doudounes pour promener leur chien. Byron souffla par le nez.

— Juste que... la mort d'Alison est un mystère. La police a arrêté son assassin, mais personne ne sait exactement ce qui s'est passé. Et vous aviez raison au sujet de l'endroit de sa mort. Son corps était là depuis des années.

Aria s'empara du Thermos de son père et but elle aussi une gorgée de café.

— Donc, d'après toi... ça aurait pu être le fantôme d'Ali ?

Byron haussa les épaules et tourna à droite. Il pénétra dans le parking de l'Externat et s'arrêta derrière une file de bus.

— Peut-être.

— Et tu penses qu'elle voulait nous dire quelque chose ? insista Aria, incrédule. Donc, tu ne crois pas non plus que Ian soit coupable ?

Byron secoua vigoureusement la tête.

— Je n'ai pas dit ça. Je dis juste que certaines choses n'ont pas d'explication rationnelle.

Un fantôme. On aurait dit que l'esprit New Age de Meredith s'exprimait par la bouche de Byron. Aria détailla son profil. Sa bouche était pincée, ses sourcils froncés, et il se grattait encore la nuque. Il était sérieux.

Des questions se bousculèrent dans la tête de la jeune fille. Pourquoi le fantôme d'Ali se serait-il manifesté à elles ? Quelle était la tâche importante qui lui restait à finir ? Et qu'étaient censées faire ses anciennes amies ?

Mais avant qu'Aria ne puisse interroger son père, quelqu'un toqua à la portière passager. Elle n'avait pas réalisé qu'ils étaient déjà à l'Externat. Trois journalistes s'étaient précipités vers la Honda de Byron pour mitrailler la jeune fille avec leurs appareils photo. Ils pressèrent leur visage contre la vitre.

— Mademoiselle Montgomery ? appela une femme d'une voix forte.

Bouche bée, Aria les fixa un instant avant de tourner la tête vers son père.

— Ignore-les, conseilla Byron. Cours.

Prenant une grande inspiration, Aria poussa la portière pour forcer les importuns à reculer et se fraya un chemin parmi eux. Des appareils photo crépitèrent. Des questions fusèrent. Derrière les journalistes, Aria vit des lycéens la regarder d'un air ahuri, fascinés par toute cette agitation.

— Vous avez vraiment vu Alison DiLaurentis ?
— Vous savez qui a allumé l'incendie ?

— Vous croyez qu'il l'a fait pour détruire un indice crucial?

À la dernière question, Aria fit volte-face mais garda la bouche fermée.

— Est-ce vous qui avez mis le feu? cria un homme brun d'une trentaine d'années.

Les autres journalistes se rapprochèrent tels des chiens de chasse autour de leur proie.

— Bien sûr que non! s'exclama Aria, alarmée.

Puis elle joua des coudes pour se dégager, remonta l'allée en courant et poussa la première porte sur son chemin – celle qui donnait sur les coulisses de l'auditorium.

Les doubles battants se refermèrent derrière elle avec fracas. Aria poussa un soupir de soulagement et regarda autour d'elle. La grande salle haute de plafond était déserte. Des décors de bateaux de *South Pacific*, la dernière comédie musicale montée par l'Externat, s'entassaient dans un coin. Des partitions étaient éparpillées sur le sol. Les sièges de velours rouges repliés et inoccupés s'alignaient sagement devant Aria. Tout était trop calme ici – étrangement silencieux.

Quand le plancher de bois craqua, la jeune fille se raidit. Une ombre disparut derrière le rideau. Aria se retourna vivement tandis qu'une hypothèse inquiétante se faisait jour dans son esprit. *C'est le type qui a allumé l'incendie, celui qui a tenté de nous tuer. Il est là.* Mais quand elle se rapprocha pour voir, il n'y avait personne.

Ou peut-être était-ce l'esprit d'Alison qui rôdait dans les parages, essayant désespérément d'attirer son attention. Si Byron avait raison – si certains défunts ne pouvaient trouver le repos avant d'avoir délivré leur message –, Aria devait peut-être trouver un moyen de communiquer avec son ancienne meilleure amie. Peut-être était-il temps d'écouter ce qu'Ali avait à dire.

6

Dans le terrier du lapin

Lundi après-midi, Emily referma la porte de son casier à la volée et rajusta contre sa poitrine les manuels de biologie, de trigonométrie et d'histoire qu'elle tenait entre ses bras croisés. Un bout de papier glissa d'un de ses cahiers. VOYAGE À BOSTON ORGANISÉ PAR LA SECTION JEUNESSE DE LA SAINTE-TRINITÉ, y était-il écrit à la main et en gros caractères.

La jeune fille se rembrunit. Ce prospectus était là depuis la semaine précédente – depuis que son ex-petit ami Isaac lui avait demandé de l'accompagner. Emily avait même obtenu la permission de ses parents ; elle avait pensé que ce serait un moyen parfait de passer du temps seule avec Isaac.

Mais plus maintenant.

Le cœur d'Emily se serra. Difficile de croire que quelques jours auparavant, elle avait vraiment pensé qu'Isaac et elle étaient amoureux... assez, en fait, pour coucher avec lui. Ça avait été sa première fois. Puis les choses avaient très mal tourné. Quand Emily avait parlé à Isaac des remarques blessantes que lui faisait la mère du jeune homme, celui-ci avait rompu avec elle sur-le-champ, en l'accusant plus ou moins d'être paranoïaque.

Quelques filles de seconde passèrent derrière Emily en gloussant et en comparant leurs gloss. Comment avait-elle pu croire qu'il l'aimait ? Comment avait-elle pu coucher avec lui ? Le temps qu'il la retrouve à la soirée du Radley, le samedi précédent, et qu'il lui présente ses excuses, Emily n'était plus du tout certaine de vouloir se remettre avec lui.

Depuis l'incendie, Isaac lui avait envoyé des textos et l'avait appelée plusieurs fois pour savoir comment elle allait. Emily n'avait pas répondu. Il lui semblait qu'Isaac avait tout gâché. Il n'avait même pas voulu entendre sa version de l'histoire. Maintenant, chaque fois qu'elle pensait à ce qu'ils avaient fait ensemble dans la chambre du jeune homme, Emily avait envie de prendre un gros savon et de se frotter la peau pour en faire disparaître le souvenir.

Elle froissa le morceau de papier, le jeta dans la poubelle la plus proche et poursuivit son chemin. Les haut-parleurs fixés sous le plafond du couloir diffusaient l'habituelle musique classique de l'intercours. Les murs étaient couverts d'affiches rouges et roses pour le bal de la Saint-Valentin organisé par l'Externat. Comme d'habitude, ça bouchonnait dans l'escalier, et quelqu'un venait juste de péter. C'était un lundi normal au lycée... à une chose près : **tout le monde regardait Emily.**

Littéralement tout le monde. Deux garçons de terminale qui appartenaient à l'équipe de base-ball articulèrent « cinglée » sur son passage. Mme Booth, qu'Emily avait eue en cours d'écriture créative l'année précédente, se tenait sur le seuil de sa classe ; à la vue de la jeune fille, elle écarquilla les yeux et battit précipitamment en retraite à l'intérieur.

En fait, la seule personne qui ne regardait pas Emily, c'était Spencer. Son amie faisait même exprès de garder la tête tournée dans la direction opposée. Visiblement, elle lui en voulait toujours d'avoir raconté à la police qu'elles avaient vu Ali dans les bois.

Mais je m'en fous. Ses amies étaient peut-être convaincues d'avoir été l'objet d'une hallucination collective. Le rapport du légiste pouvait bien attester qu'il s'agissait du corps d'Ali au fond du trou. Tout Rosewood pouvait bien penser qu'Emily était folle : la jeune fille savait ce qu'elle avait vu.

Cette nuit, elle n'avait fait que rêver d'Ali, comme si son amie suppliait son inconscient de venir la retrouver. Dans son premier rêve, Emily entrait dans une église et voyait Ali assise sur le banc du fond avec Isaac, gloussant et chuchotant. Dans le deuxième, Emily et Isaac étaient nus sous la couette du jeune homme, comme la semaine précédente. Ils entendaient un bruit de pas dans l'escalier. Emily pensait que c'était la mère d'Isaac, mais Ali entrait dans la chambre, le visage couvert de suie, les yeux écarquillés et l'air terrorisée.

— Quelqu'un essaie de me tuer, disait-elle.

Puis elle se changeait en un tas de cendres.

Ali est là, quelque part. Mais alors... à qui appartenait le corps retrouvé dans le trou ? Et pourquoi Wilden affirmait-il que son ADN était celui d'Ali ? De toute évidence, la personne qui avait allumé l'incendie l'avait fait pour cacher quelque chose. Certes, Wilden avait un alibi, mais qui pouvait affirmer que ce ticket de caisse lui appartenait bel et bien ? N'était-ce pas un peu trop évident qu'il l'ait justement gardé dans sa poche ? Emily repensa à la voiture de police qu'elle avait vu s'éloigner en douce de la maison des Hastings la nuit de l'incendie, comme si son conducteur craignait d'être remarqué. Wilden ne se trouvait pas sur les lieux à ce moment-là... n'est-ce pas ?

Emily entra dans le laboratoire de biologie. Comme d'habitude, la pièce sentait le gaz échappé des becs Bunsen, le formol et l'effaceur à tableau Velleda. Le professeur, M. Heinz, n'était pas encore arrivé, et les élèves se massaient autour d'une paillasse au milieu de la salle, regardant quelque chose sur un MacBook Air aluminium.

Quand Sean Ackard avisa Emily, il pâlit et se détacha de la foule. Lanie Iler, qui était elle aussi dans l'équipe de natation féminine de l'Externat, fut la suivante à apercevoir Emily. Elle ouvrit et referma la bouche comme un poisson.

— Lanie ? balbutia Emily, le cœur battant la chamade. Que se passe-t-il ?

Son amie hésita. Au bout d'un moment, elle tendit un doigt vers l'ordinateur portable.

Emily s'avança de quelques pas. Le silence se fit dans la pièce, et la foule s'écarta. La page Web de la chaîne d'informations locales brillait sur l'écran. « Pauvres Jolies Petites Menteuses », raillait le gros titre sous les photos scolaires d'Emily, d'Aria, de Spencer et d'Hanna. Plus bas, Emily aperçut un cliché flou d'elles quatre, dans la chambre d'hôpital de Spencer et discutant avec une mine inquiète.

Son pouls s'accéléra. La chambre de Spencer était au deuxième étage de l'hôpital. Comment les *paparazzi* avaient-ils obtenu cette photo ?

Le regard d'Emily revint vers leur nouveau surnom. *Jolies Petites Menteuses*. Quelques-uns de ses camarades gloussèrent dans son dos. Ils trouvaient ça drôle. Ils se moquaient d'elle. Emily recula d'un pas, bousculant Ben, son ancien petit ami de l'équipe de natation masculine.

— J'imagine que je devrais faire attention à toi, *petite menteuse*, lança-t-il avec un rictus moqueur.

Ce fut la goutte d'eau qui fit déborder le vase. Sans un regard de plus pour ses camarades, Emily sortit en trombe et fila vers les toilettes, la semelle en caoutchouc de ses Vans couinant sur le parquet poli. Par chance, il n'y avait personne à l'intérieur. Une odeur de fumée de cigarette planait dans l'air, et de l'eau gouttait d'un des robinets dans un lavabo bleu pâle.

Emily s'adossa au mur et prit de grandes inspirations haletantes. Pourquoi cet acharnement ? Pourquoi personne ne voulait la croire ? Quand elle avait vu Ali dans les bois le samedi soir, son cœur s'était gonflé de joie. Ali était revenue ! Elles pouvaient redevenir les meilleures amies du monde.

Et puis, en un clin d'œil, Ali avait de nouveau disparu, et maintenant, tout le monde pensait qu'Emily avait tout inventé. Et si elle était vraiment quelque part là-dehors, seule, blessée et effrayée ? Emily était-elle vraiment la seule à vouloir l'aider ?

La jeune fille se passa de l'eau froide sur le visage en essayant de reprendre son souffle. Soudain, son téléphone bipa. Emily sursauta et fit glisser devant elle le sac à dos qu'elle portait à l'épaule. Son Nokia était dans la poche de devant. « 1 nouveau message ».

Le sang d'Emily ne fit qu'un tour. La jeune fille promena un regard rapide autour d'elle, s'attendant à voir deux yeux brillants l'observer depuis le placard à balais ou une paire de pieds dépasser sous la porte des cabinets. Mais les toilettes étaient désertes.

Le souffle court, Emily reporta son attention sur son téléphone.

Pauvre petite Emily,
Toi et moi savons très bien qu'elle est vivante. Toute la question est de savoir à quoi tu es prête pour la retrouver.
— A

Hoquetant, Emily se mit à taper sur le clavier de son Nokia.

Je ferais n'importe quoi.

La réponse lui parvint presque immédiatement.

Alors, suis mes instructions à la lettre. Dis à tes parents que tu vas faire ce voyage de la paroisse à Boston. Mais au lieu de ça, rends-toi à Lancaster. La suite dans ton casier. J'y ai laissé quelque chose pour toi.

Emily plissa les yeux. Lancaster... Celui de Pennsylvanie ? Et comment « A » était-il au courant pour le voyage de la paroisse ? Emily revit le prospectus froissé qu'elle avait jeté à la poubelle. « A » l'avait-il vu faire ? Se trouvait-il ici, au lycée ? Et surtout, pouvait-elle lui faire confiance ?

Emily baissa les yeux vers son téléphone. *Toute la question est de savoir à quoi tu es prête pour la retrouver...*

Très vite, elle remonta l'escalier en direction de son casier, qui se trouvait dans l'aile des langues étrangères. Accompagnée par le chœur des élèves de français qui chantaient « La Marseillaise », elle composa son code et ouvrit la porte métallique. Au fond, près de ses palmes de rechange, se trouvait un gros sac en papier. « Porte-moi », était-il griffonné dessus au marqueur.

Emily plaqua une main sur sa bouche. Comment ce sac était-il arrivé là ? Prenant une grande inspiration, elle le saisit et en sortit une longue robe grise. En dessous, il y avait un manteau de laine tout simple, des collants opaques et d'étranges bottines lacées. On aurait dit le costume de Laura Ingalls qu'Emily avait porté pour Halloween en CM2.

Sa main toucha un bout de papier au fond du sac. C'était un autre message, apparemment tapé sur une vieille machine à écrire.

Demain, prends un bus pour Lancaster. À partir du dépôt routier, marche environ un kilomètre et demi en direction du nord, et tourne au niveau de la grande enseigne avec un cheval et une carriole. Demande Lucy Zook. N'y va pas en taxi – sinon, personne ne te fera confiance.

Emily relut le message trois fois. « A » suggérait-il ce qu'elle pensait qu'il suggérait ? Puis elle remarqua que le message se poursuivait au verso. Elle le retourna.

Tu t'appelles Emily Stoltzfus. Tu habites dans l'Ohio, mais tu es en visite à Lancaster. Si tu veux revoir ton ancienne meilleure amie, fais exactement ce que je te dis. Oh, j'allais oublier : tu es amish. Comme tout le monde là-bas. Viel Glück! *(« Bonne chance », en allemand.)*

— A

7

ℒe retour d'un vieil ami

Lorsque sonna la cloche qui annonçait la fin des cours, Spencer se traîna avec soulagement jusqu'à son casier. Ses jambes lui faisaient mal. Elle avait l'impression que sa tête pesait une tonne. Elle avait hâte de rentrer chez elle.

Ses parents lui avaient dit qu'elle pouvait prendre quelques jours de repos pour récupérer après l'incendie, mais Spencer voulait se remettre dans le bain le plus vite possible. Elle s'était juré de n'obtenir que des A ce semestre, coûte que coûte. Et peut-être qu'au printemps, l'administration de l'Externat cesserait sa surveillance scolaire et la laisserait conserver sa place dans l'équipe de hockey – elle en avait besoin pour ses candidatures universitaires. Elle avait encore le temps d'intégrer un des programmes d'été d'une fac de l'Ivy League, et elle pourrait finir ses travaux d'intérêt général en devenant bénévole pour Habitat pour l'Humanité.

Comme Spencer sortait ses livres d'anglais de son casier, quelqu'un tira sur sa manche. Elle se retourna. Andrew Campbell se tenait là, les mains fourrées dans ses poches, ses cheveux blonds mi-longs coincés derrière ses oreilles.

— Salut, dit-il.

— S... salut, balbutia Spencer.

Andrew et elle avaient commencé à sortir ensemble quelques semaines plus tôt, mais Spencer ne l'avait pas vu depuis qu'elle lui avait annoncé qu'elle déménageait à New York pour être près d'Olivia. Andrew avait essayé de la mettre en garde contre sa soi-disant mère biologique, mais Spencer ne l'avait pas écouté. En fait, elle l'avait plus ou moins traité de naze. Depuis, il l'ignorait au lycée – ce qui n'était pas un mince exploit, vu qu'ils suivaient exactement les mêmes cours.

— Tu vas bien ? demanda le jeune homme.

— Je suppose que oui, répondit timidement Spencer.

Andrew tripota le badge « Andrew président » épinglé sur sa sacoche de messager, une relique de la campagne pour le poste de président du bureau des élèves au terme de laquelle il l'avait emporté sur Spencer, au semestre précédent.

— Je suis passé te voir à l'hôpital quand tu étais encore inconsciente, admit-il. J'ai parlé à tes parents, mais... (Il baissa le nez vers ses Merrell lacées.) Je ne savais pas si tu voudrais me voir.

— Oh. (Le cœur de Spencer fit une petite cabriole.) Oui, j'aurais voulu te voir. Et... je suis désolée pour... tu sais.

Andrew acquiesça, et Spencer se demanda s'il avait appris ce qui s'était passé avec Olivia.

— Je peux t'appeler plus tard ?

— Bien sûr, dit Spencer, frémissant d'excitation.

Andrew leva maladroitement une main et esquissa une petite courbette en guise d'au revoir. Spencer le regarda disparaître dans le couloir, contournant un groupe de filles du club de musique qui tenaient des étuis à violon et à violoncelle. Elle avait failli pleurer deux fois aujourd'hui, tant elle était stressée et fatiguée que tout le monde la dévisage comme si elle était venue au lycée vêtue seulement d'un string. Enfin, il lui arrivait quelque chose d'agréable!

L'allée de devant, surveillée par un agent de circulation en gilet orange fluo, était pleine de bus jaunes et, bien entendu, de ces fichues camionnettes de presse. Un cameraman de CNN aperçut Spencer et donna un coup de coude au journaliste qui l'accompagnait.

— Mademoiselle Hastings? (Ils se précipitèrent vers elle.) Que pensez-vous des gens qui doutent que vous ayez vu Alison DiLaurentis samedi soir? L'avez-vous réellement vue?

Spencer serra les dents. Qu'Emily soit maudite pour avoir raconté ça!

— Non, dit-elle en fixant la caméra. Nous n'avons pas vu Ali. C'est un malentendu.

— Donc, vous avez menti?

Les journalistes en bavaient presque d'excitation. Un groupe de lycéens s'était arrêté derrière Spencer. Deux d'entre eux faisaient coucou à la caméra, mais les autres fixaient la jeune fille, les yeux exorbités. Un élève de seconde la prit en photo avec son téléphone portable. Même le professeur d'économie de Spencer, M. McAdam, s'était arrêté dans le hall et l'observait par les grandes fenêtres de devant.

— Quand il est privé d'oxygène, le cerveau génère toutes sortes de visions étranges, répondit Spencer, répétant ce que lui avait dit le médecin des urgences. Le même phénomène se produit chez les gens sur le point de mourir. (Puis elle tendit la main vers l'objectif.) C'est tout.

— Spencer! appela une voix familière.

La jeune fille fit volte-face. Sa sœur aînée, Melissa, venait de garer sa Mercedes gris métallisé sur une des places visiteur. Elle agita la main.

— Viens!

Sauvée. Spencer esquiva les journalistes et descendit la file de bus en courant. Lorsqu'elle monta en voiture, Melissa lui sourit comme si c'était complètement normal qu'elle vienne la chercher à l'Externat.

— Pourquoi es-tu revenue ? lâcha Spencer.

Elle n'avait pas vu sa sœur depuis presque une semaine – depuis que Melissa s'était pratiquement enfuie de la maison après leur retour des funérailles de leur grand-mère. C'était à peu près au même moment que Spencer avait commencé à discuter avec Ian Thomas par messagerie instantanée. Elle l'avait cherché en ligne la veille, espérant lui parler de l'incendie, mais il ne s'était pas connecté.

Spencer soupçonnait Melissa d'être convaincue de l'innocence de Ian. Après son arrestation, Melissa avait affirmé qu'il ne méritait pas la perpétuité. Elle avait même admis qu'elle lui avait parlé au téléphone. Elle avait fait ses bagages si précipitamment que Spencer s'était demandé si elle éprouvait le besoin de fuir Rosewood pour la même raison que Ian : parce qu'elle en savait trop sur ce qui était réellement arrivé à Ali.

Melissa démarra. La stéréo de sa Mercedes se mit à hurler, et elle baissa rapidement le volume.

— Je suis revenue parce que j'ai entendu dire que tu avais frôlé la mort. Évidemment. Et je voulais voir les dégâts causés par l'incendie. C'est terrible, hein ? Les bois, le moulin… et même la grange. Une grande partie de mes affaires sont parties en fumée là-dedans.

Spencer baissa la tête. Melissa avait habité dans la grange durant toutes ses années de lycée. Elle y conservait encore des tonnes de choses : ses livres de l'année, ses vieux journaux intimes, ses souvenirs, ses vêtements…

— Maman m'a raconté pour toi. (Melissa sortit de sa place en marche arrière, manquant renverser un cameraman de CNN qui fixait le fronton de l'Externat.) Pour... l'histoire de la mère porteuse. Comment le prends-tu?

Spencer haussa les épaules.

— Ça a été un choc. Mais un choc positif. C'est mieux que je sache.

— J'imagine que oui.

Elles passèrent devant le bâtiment de journalisme, puis le parking des professeurs. Celui-ci était rempli de véhicules beaucoup plus vieux et moins coûteux que ceux des élèves.

— Mais j'aurais préféré que tu ne dises pas que c'était moi qui t'avais donné cette idée, ajouta Melissa. Maman m'a passé un sacré savon à cause de ça.

Spencer sentit la moutarde lui monter au nez. « Pauvre toi », faillit-elle aboyer. Comme si ça comptait vraiment à côté de ce qu'elle-même avait enduré.

Melissa s'arrêta au feu derrière une Jeep Cherokee pleine de garçons costauds avec des casquettes de base-ball. Spencer dévisagea longuement sa sœur. Melissa avait les traits tirés et le teint cireux, ainsi qu'un gros bouton sur le front. Les ligaments de son cou saillaient comme si elle serrait les dents trop fort.

La semaine précédente, Spencer avait aperçu quelqu'un qui lui ressemblait étonnamment dans les bois derrière la propriété de leurs parents, non loin de l'endroit où ses amies et elle avaient découvert le corps de Ian. Et Aria avait découvert la chevalière de Ian juste avant le début de l'incendie – était-ce ce que Melissa cherchait ce jour-là?

Mais avant que Spencer puisse le lui demander, son téléphone sonna. Elle ouvrit son sac et l'en sortit. Un nouveau texto.

Sèche les cours demain et allons ensemble passer la journée au spa. C'est moi qui t'invite. Maman.

Involontairement, Spencer laissa échapper un glapissement d'excitation.

— Je vais passer la journée au spa avec maman demain!

Melissa blêmit. Plusieurs émotions se succédèrent rapidement sur son visage.

— Vraiment? demanda-t-elle, incrédule.

— Oui.

Spencer appuya sur « Répondre » et tapa :

Très volontiers!

— Elle essaie d'acheter ton amour, maintenant? grinça Melissa.

— Ce n'est pas ça du tout, protesta Spencer, agacée.

Le feu passa au vert, et Melissa enfonça l'accélérateur.

— Je suppose que nous avons échangé nos rôles, dit-elle sur un ton désinvolte, en prenant le virage un peu trop vite. Maintenant, c'est toi la préférée de maman et moi le mouton noir.

— Que veux-tu dire? interrogea Spencer, tentant d'ignorer le fait que Melissa venait de la traiter de mouton noir. Vous vous êtes disputées?

Melissa serra les dents jusqu'à ce que ses mâchoires craquent.

— Laisse tomber.

Spencer hésita à suivre la suggestion de sa sœur. Melissa faisait toujours du cinéma pour pas grand-chose. Mais au final, sa curiosité l'emporta.

— Que s'est-il passé?

Elles passèrent en trombe devant le Wawa, un Ferra's Cheesesteaks et le quartier historique de Rosewood, une enfilade de bâtiments anciens transformés en chandelleries, en instituts de beauté et en agences immobilières. Melissa poussa un gros soupir.

— Avant que Ian soit arrêté, Wilden est venu nous

interroger sur la nuit où Ali a disparu. Il nous a demandé si nous étions restés ensemble tout le temps et si nous avions vu quelque chose de bizarre.

— Oui ?

Spencer n'avait jamais dit à sa sœur qu'elle les avait épiés depuis l'escalier ce jour-là, craignant que Melissa mentionne qu'elle s'était disputée avec Ali devant la grange juste avant la disparition de son amie. C'était un souvenir que la jeune fille avait réprimé pendant des années, mais après l'avoir retrouvé, elle en avait parlé à Melissa. Elle lui avait même raconté qu'Ali avait admis sortir en secret avec Ian, et qu'elle l'avait taquinée parce que Spencer aussi avait le béguin pour le jeune homme.

Sous le coup de la frustration et de la colère, Spencer avait poussé Ali, qui était tombée et s'était cogné la tête sur une pierre. Par chance, elle ne s'était pas fait mal. Mais quelques minutes plus tard, quelqu'un d'autre l'avait poussée dans le trou au fond du jardin des DiLaurentis.

— J'ai dit à Wilden que nous n'avions rien vu de bizarre et que nous étions restés ensemble tout le temps, poursuivit Melissa. (Spencer acquiesça.) Mais après ça, maman m'a demandé si j'aurais répondu la même chose en l'absence de Ian. Je lui ai dit que c'était la vérité. Et puis, elle a tellement insisté que j'ai fini par lui avouer qu'on avait bu. Ça lui a fait péter les plombs. Elle n'arrêtait pas de répéter : « Il faut faire très attention à ce que tu racontes à la police. Les détails sont importants. » Et elle n'a pas cessé de m'interroger jusqu'à ce que je ne sois plus du tout sûre de ce qui s'était réellement passé. Il se peut qu'à un moment je me sois réveillée et que Ian n'ait pas été là. J'étais assez bourrée ce soir-là. Et je ne sais même pas si je suis restée dans ma chambre tout le temps ou si…

Elle s'interrompit brusquement. Un muscle tressaillait au coin de son œil.

— Bref, j'ai fini par craquer. J'ai dit à maman qu'il était possible que Ian se soit levé... même si je ne suis pas sûre qu'il l'ait fait. Et elle m'a répondu : « Alors, tu dois le dire à la police. » C'est pour ça qu'on a rappelé Wilden et qu'il est revenu m'interroger seule. C'était le lendemain du jour où tu t'es souvenue que tu avais vu Ian dans le jardin peu avant la mort d'Ali. Ma déclaration a été le dernier clou dans son cercueil.

Spencer en resta bouche bée.

— Mais justement, chuchota-t-elle. Je ne suis plus du tout sûre que c'était Ian. J'ai vu quelqu'un... mais ce n'était pas forcément lui.

Melissa tourna à gauche dans Weavertown Road, une route étroite bordée de vergers et de coopératives agricoles.

— Dans ce cas, je suppose que nous nous sommes trompées toutes les deux. Et c'est Ian qui a payé.

Spencer se radossa à son siège, pensant à la deuxième fois où Wilden était venu chez elles. La veille au soir, Spencer et ses amies avaient découvert que Mona Vanderwaal était « A », et Mona avait failli pousser Spencer dans le vide à la carrière de l'Homme flottant. Le lendemain matin, Spencer avait trouvé Melissa avachie sur le canapé du salon et ses parents debout au fond de la pièce, les bras croisés sur la poitrine et l'air visiblement déçus.

— Ce jour-là, j'étais en vrac, avoua Melissa comme si elle lisait dans les pensées de sa cadette.

Elle tourna dans la rue des Hastings, dépassant les voitures de police et le véhicule des Eaux et Forêts garés le long du trottoir. De l'autre côté de la rue, une camionnette de plombier occupait l'allée des Cavanaugh. Une canalisation d'eau avait éclaté chez eux la nuit où il avait gelé.

— J'ai fait comme si j'avais honte de ne pas avoir révélé ces informations plus tôt, poursuivit Melissa. Mais en fait, j'étais bouleversée parce que j'avais l'impression de dénoncer Ian pour un crime qu'il n'avait pas commis.

Spencer hocha lentement la tête. Voilà pourquoi Melissa avait eu l'air de compatir tellement au sort de Ian quand il était en prison.

— On devrait aller voir la police, suggéra-t-elle. Peut-être qu'ils retireraient les charges qui pèsent contre Ian.

— Nous ne pouvons plus rien faire maintenant.

Melissa jeta un regard méfiant à sa cadette. Spencer voulut lui demander si elle savait elle aussi que Ian était toujours vivant. Ça semblait plus que probable. Mais ce fut avec une expression fermée que Melissa remonta l'allée et rentra sa Mercedes au garage. Même après s'être arrêtée, elle continua à agripper le volant très fort.

— À ton avis, pourquoi maman t'a-t-elle poussée à dire que Ian était coupable ? lui demanda Spencer à la place de la question qu'elle voulait réellement lui poser.

Melissa haussa les épaules et se tortilla pour attraper son sac Foley + Corinna sur la banquette arrière.

— Elle sentait peut-être que je n'avais pas tout dit, et elle essayait de me soutirer toute la vérité. À moins que...

Une expression gênée passa sur son visage.

— À moins que quoi ? la pressa Spencer.

Melissa se mordit la lèvre et, du pouce, pressa le logo Mercedes au milieu du volant.

— Qui sait... Peut-être qu'elle culpabilisait juste parce qu'elle n'était pas la plus grande fan d'Ali.

Spencer plissa les yeux, plus perplexe que jamais. Pour ce qu'elle en savait, Mme Hastings appréciait Ali autant que les autres amies de sa fille. Si quelqu'un n'aimait pas Ali, c'était bien Melissa, puisque l'adolescente lui avait volé Ian.

Melissa adressa un sourire forcé à sa cadette.

— Je ne sais même pas pourquoi je te parle de ça, dit-elle sur un ton désinvolte en tapotant l'épaule de Spencer.

Puis elle descendit de voiture.

Sans bouger, Spencer regarda sa sœur se faufiler entre le capot de sa Mercedes et l'établi de leur père avant de disparaître dans la maison. Sa tête ressemblait à une valise renversée, dont le contenu se serait répandu en désordre sur le sol. Ce que Melissa venait de lui dire… Ça ne tenait pas debout. Elle s'était trompée au sujet de l'adoption de Spencer, et elle se trompait sur ça aussi.

Les lumières intérieures de la Mercedes s'éteignirent. Spencer défit sa ceinture de sécurité et ouvrit sa portière. Le garage sentait l'huile de moteur et les gaz d'échappement, un mélange qui fit tourner la tête de la jeune fille. Dans le rétroviseur de la Mercedes, elle aperçut un éclair de cheveux sombres de l'autre côté de la rue, comme si quelqu'un la surveillait. Mais quand elle se retourna, elle ne vit personne.

Elle saisit son téléphone pour appeler Emily, Aria ou Hanna et leur rapporter ce que Melissa venait juste de lui dire à propos de Ian. Alors, elle remarqua qu'elle avait reçu un texto.

Comme elle appuyait sur « Lecture », l'angoisse lui tordit le ventre.

Tous ces indices que je t'ai donnés sont exacts, Petite Menteuse – mais pas de la façon que tu crois. Par pure bonté d'âme, je vais t'en donner un autre. Quelqu'un dissimule quelque chose de crucial juste sous ton nez… et une personne proche de toi détient toutes les réponses.

— A

8

Une vie volée – celle d'Hanna

Tôt le mardi matin, le père d'Hanna négociait une étroite route de forêt quelque part à Trifouilly-les-Oies, dans le Delaware. Isabel, sur le siège passager, se pencha soudain en avant et tendit un doigt.

— C'est là!

M. Marin braqua brusquement. Ils s'engagèrent dans une allée goudronnée et s'arrêtèrent devant un portail électrique. La plaque fixée sur les barreaux indiquait « LE SANCTUAIRE D'ADDISON-STEVENS ».

Hanna s'affaissa sur la banquette arrière. Mike, qui était assis près d'elle, lui pressa la main. Ils tournaient en rond depuis une demi-heure. Même le GPS était perdu; il ne cessait de brailler: « Je recalcule votre trajet! » sans jamais leur fournir d'indications utiles. Hanna avait espéré de tout son cœur que cet endroit n'existait pas. Tout ce qu'elle voulait, c'était rentrer chez elle, faire un câlin à Dot et oublier cette maudite journée.

— C'est pour une arrivée. Hanna Marin, lança son père à l'homme de la guérite de sécurité.

Celui-ci consulta une liste et hocha la tête. Derrière lui, le portail s'ouvrit lentement.

Les vingt-quatre heures précédentes avaient filé à toute allure, l'entourage d'Hanna s'agitant et prenant des décisions au sujet de sa vie sans jamais se donner la peine de lui demander son avis, comme si elle était un bébé incapable de parler ou un chiot mal élevé. Après son attaque de panique au petit déjeuner de la veille, M. Marin avait appelé la clinique recommandée par « A » – Hanna en était sûre. Et comme par hasard, le Sanctuaire d'Addison-Stevens pouvait l'accueillir dès le lendemain.

Le coup de fil suivant avait été pour l'Externat. M. Marin avait annoncé à la conseillère d'éducation que sa fille manquerait deux semaines de cours et que, si quelqu'un la cherchait, elle rendait visite à sa mère à Singapour. Puis il avait contacté l'agent Wilden pour lui dire que si les journalistes se pointaient à la clinique, il ferait un procès à tout le département de police de Rosewood.

Enfin, il avait planté son regard dans celui de Kate, qui traînait dans la cuisine, savourant sans doute chaque instant de cette scène, et lui avait dit que si quiconque au lycée avait vent du séjour d'Hanna à la clinique, il l'en tiendrait pour personnellement responsable. Ce qui avait encore chamboulé les sentiments d'Hanna à l'égard de son père. La jeune fille exultait tant qu'elle s'était bien gardée de faire remarquer que même si Kate gardait le silence, ça ne signifiait pas que « A » en ferait autant.

M. Marin remonta l'allée. Isabel s'agita sur son siège. Hanna caressa les deux morceaux de drapeau fourrés au fond de son sac : celui d'Ali, et celui qu'elle avait trouvé au Steam la semaine précédente. Elle ne voulait pas s'en séparer un seul instant. Mike se tordit le cou pour essayer de mieux voir les bâtiments. Contrairement à Kate, il n'y avait aucun risque qu'il pipe mot au sujet de la clinique : Hanna l'avait prévenu que dans le cas contraire, il n'aurait plus le droit de la peloter.

Ils s'arrêtèrent devant le bâtiment principal, une majestueuse construction soutenue par des colonnes grecques dont la façade s'ornait de balcons aux premier et deuxième étages. Elle ressemblait davantage au manoir d'un baron du rail qu'à un établissement médical.

M. Marin coupa le contact, et Isabel et lui se retournèrent. Il s'efforça de sourire tandis que sa future femme continuait à afficher la même moue compatissante que depuis leur départ de Rosewood ce matin-là.

— C'est vraiment un bel endroit, commenta-t-elle en désignant les sculptures de bronze et les arbustes taillés qui encadraient l'entrée. On dirait un palais.

— C'est vrai, acquiesça très vite M. Marin. Je vais sortir tes affaires du coffre.

— Non, aboya Hanna. Je ne veux pas que tu m'accompagnes à l'intérieur, papa. Et elle encore moins, dit-elle avec un signe du menton en direction d'Isabel.

Tom Marin plissa les yeux. Il était sans doute sur le point de dire qu'Hanna devait témoigner un minimum de respect à Isabel, que celle-ci serait bientôt officiellement sa belle-mère, blablabla. Mais Isabel posa sur son bras une main orange aux veines saillantes.

— C'est bon, Tom. Je comprends.

Ce qui contraria Hanna encore davantage.

La jeune fille jaillit de la voiture et sortit ses valises du coffre. Elle avait emmené toute sa garde-robe : ce n'était pas parce qu'on la prenait pour une folle qu'elle allait traîner toute la journée en blouse d'hôpital et en Crocs. Mike descendit aussi et chargea ses bagages sur un gros portant à roulettes peu maniable, qu'il poussa vers l'entrée de la clinique.

Le hall d'accueil était immense, avec un sol en marbre, et il sentait le savon à la clémentine d'Hanna. Il y avait de grandes peintures à l'huile sur les murs, une fontaine gazouillante au milieu de la pièce et un large comptoir de pierre au fond. Les réceptionnistes portaient des blouses blanches, comme les spécialistes des soins pour la peau chez Kiehl's, et de jeunes gens beaux et bien habillés bavardaient avec animation sur des canapés beiges.

— Ça ne ressemble pas vraiment à Alcatraz, commenta Mike en se grattant la tête.

Hanna promena un regard soupçonneux à la ronde. D'accord, le hall était sympa, mais ce devait être une façade. Ces gens étaient probablement des acteurs engagés pour la journée, comme la troupe shakespearienne que les Hastings avaient fait venir pour jouer *Le Songe d'une nuit d'été* pour les treize ans de Spencer. Hanna était certaine que les véritables patients se trouvaient cachés dans les tréfonds du bâtiment, sans doute dans une sorte de chenil avec des boxes grillagés.

Une femme blonde en robe couleur sauge, qui portait un casque sans fil sur la tête, se précipita vers la nouvelle venue.

— Hanna Marin ? (Elle lui tendit la main.) Je suis Denise, l'intendante. Nous sommes ravis de t'accueillir parmi nous.

— Tant mieux pour vous, répliqua froidement Hanna.

Pas question de répondre « Moi aussi, je suis ravie d'être là » juste pour s'attirer les bonnes grâces de cette femme !

Denise se tourna vers Mike et lui adressa un sourire d'excuse.

— Les visiteurs ne sont pas autorisés à aller plus loin. Vous devez vous dire au revoir ici.

Hanna agrippa la main du jeune homme en regrettant

qu'il ne soit pas un nounours qu'elle pourrait emporter avec elle. Mike l'entraîna un peu plus loin pour lui parler discrètement.

— Écoute, dit-il en baissant la voix d'une octave. J'ai caché un petit pain au fromage de chez Pepperidge Farm dans ta valise rouge. À l'intérieur, tu trouveras une lime. Tu n'auras qu'à attendre que les gardes aient le dos tourné pour scier les barreaux de ta cellule et t'enfuir. C'est le plus vieux truc du monde.

Hanna rit nerveusement.

— Je ne pense pas qu'il y ait des barreaux aux fenêtres.

Mike posa un index sur ses lèvres.

— On ne sait jamais.

Denise réapparut et, posant une main sur l'épaule d'Hanna, lui dit qu'il était temps d'y aller. Mike embrassa longuement la jeune fille, désigna sa valise rouge en remuant les sourcils d'un air complice et rebroussa chemin vers l'entrée. Un de ses lacets était défait, et son bracelet de lacrosse remuait autour de son poignet. Des larmes brouillèrent la vision d'Hanna. Ils ne sortaient officiellement ensemble que depuis trois jours. Ce n'était pas juste.

Lorsque Mike fut sorti, Denise adressa un sourire mécanique à la jeune fille, fit passer une carte magnétique dans le lecteur situé près d'une porte au fond du hall et poussa Hanna dans un couloir.

— Ta chambre est par ici.

Une forte odeur mentholée flottait dans l'air. Hanna fut surprise de découvrir que le couloir était aussi joli que le hall avec ses plantes en pots, ses photographies noir et blanc et sa moquette sur laquelle ne se détachait pas la moindre goutte de sang, pas la moindre touffe de cheveux arrachée sur la tête d'un patient en pleine crise de folie.

Denise s'arrêta devant une porte marquée 31.

— Ton nouveau chez toi.

La pièce contenait deux grands lits, deux bureaux et deux dressings. Sa baie vitrée donnait sur le devant de la clinique.

Denise regarda autour d'elle.

— Ta camarade de chambre n'est pas ici pour l'instant, mais tu la rencontreras très bientôt.

Puis elle expliqua comment le séjour allait se dérouler. Hanna verrait un thérapeute à une fréquence pouvant varier de deux fois par semaine à une fois par jour. Le petit déjeuner était servi à neuf heures, le déjeuner à midi et le dîner à six heures du soir. Le reste du temps, Hanna était libre de faire ce qu'elle voulait. Denise l'encouragea à se mêler aux autres patientes, qui étaient toutes très gentilles. *C'est ça*, songea Hanna. *Est-ce que j'ai l'air du genre de fille qui copine avec des dingos ?*

— L'intimité des patients est très importante pour nous. C'est pourquoi la porte de votre chambre est munie d'un verrou dont seuls ta camarade, toi et les vigiles avez la clé. Une dernière chose avant que je te laisse, ajouta Denise. Tu dois me remettre ton téléphone portable.

Hanna frémit.

— Qu... quoi ?

Denise avait les lèvres rose bonbon.

— Nous ne voulons pas d'influences extérieures ici. Les appels ne sont autorisés qu'entre quatre et cinq heures de l'après-midi le dimanche. Vous n'avez pas accès à la télévision, à Internet ou à la presse. En revanche, nous mettons à votre disposition un grand choix de DVD, de livres et de jeux de société.

Hanna ouvrit la bouche, mais seul un couinement pathétique en sortit. Pas de télévision ? Pas d'Internet ? Pas de téléphone ? Comment diable allait-elle parler à Mike ?

Denise tendit une main, paume vers le haut. Impuissante,

Hanna y déposa son iPhone. Elle regarda l'intendante enrouler le cordon de ses écouteurs autour de l'appareil et fourrer celui-ci dans la poche de sa robe.

— Ton emploi du temps est sur ta table de nuit. Tu as rendez-vous avec le Dr Foster à trois heures pour ton évaluation. Je suis sûre que tu vas aimer ton séjour parmi nous.

Denise pressa la main d'Hanna et sortit. La porte se referma derrière elle.

Hanna se laissa tomber sur son lit avec l'impression que Denise venait de la rouer de coups. Qu'allait-elle bien pouvoir faire pendant deux semaines ?

Par la baie vitrée, elle vit Mike remonter dans la voiture de son père et l'Acura s'éloigner lentement. Soudain, elle fut saisie par la même panique que quand ses parents la déposaient au centre aéré de Rosewood chaque matin pendant les vacances d'été. « Ce n'est que pour quelques heures », disait Tom Marin quand la fillette protestait qu'elle préférerait l'accompagner à son travail.

Et à présent, il l'avait expédiée au Sanctuaire sans raison valable, tombant dans le panneau de la fausse lettre envoyée par « A ». Comme si le psychologue de l'Externat prêtait la moindre attention aux élèves ! Mais le père d'Hanna semblait ravi de cette opportunité de se débarrasser d'elle. Maintenant, il pouvait vivre une vie parfaite avec la parfaite Isabel et la parfaite Kate, dans la maison d'Hanna.

La jeune fille ferma les stores vénitiens. *Bien joué, « A ».* Et dire qu'il avait essayé de leur faire croire, à elle et à ses amies, qu'il était dans leur camp et qu'il voulait juste qu'elles retrouvent le véritable assassin d'Ali ! Hanna ne pouvait pas faire grand-chose enfermée chez les fous. En réalité, « A » devait souhaiter qu'elle se retrouve isolée et désespérée.

Il avait parfaitement réussi.

9

$\mathcal{A}$RIA PASSE DANS L'AU-DELÀ

Le mardi après les cours, Aria se tenait sur le trottoir d'un quartier résidentiel de Yarmouth, une petite ville à quelques kilomètres de Rosewood. De la neige grisâtre, à moitié fondue, bordait les rues et enlaidissait la devanture des boutiques. Devant le Yee-Haw Saloon, un grand tableau noir offrait « Deux bières gratuites pour trois bues » ce soir-là. L'enseigne au néon du salon de coiffure voisin avait à moitié grillé, si bien que seul le mot « Coiffure » restait lisible.

Aria prit une grande inspiration et détailla l'échoppe devant laquelle elle se tenait – la raison de sa venue à Yarmouth. Sur l'auvent on pouvait lire : LA PETYTE BOUTYQUE D'ÉSOTÉRYSME. Un pentacle lumineux brillait dans la vitrine, et sur la porte, une pancarte verte indiquait : « TAROTS, CHIROMANCIE, PAGANISME, WICCA, NEW AGE ». Et en dessous : « SÉANCES DE VOYANCE ET DE SPIRITISME : SE RENSEIGNER À L'INTÉRIEUR ».

Après sa conversation avec Byron la veille, Aria s'était convaincue que ses amies et elle avaient vu le fantôme d'Ali. Ça expliquerait beaucoup de choses. Depuis des mois, Aria avait l'impression que quelqu'un l'observait derrière la fenêtre de sa chambre, caché dans les bois ou à l'angle d'un bâtiment de l'Externat. Parfois, il s'agissait de Mona Vanderwaal, l'ancien « A ». Pas toujours. Et si Ali avait quelque chose à dire à ses anciennes amies au sujet de la nuit de sa disparition ? N'était-ce pas leur devoir de l'écouter ?

Un carillon tinta comme Aria entrait dans la boutique. Des bâtonnets d'encens brûlaient dans tous les coins, répandant une forte odeur de patchouli. Des amulettes de cristal, des flacons d'apothicaire et des calices ornés de dragons s'alignaient sur les étagères.

Derrière le comptoir, un poste de radio diffusait un bulletin d'informations.

La police de Rosewood enquête sur l'origine de l'incendie qui a ravagé quatre hectares de forêt et failli tuer les Jolies Petites Menteuses, babillait une journaliste de WKYW par-dessus le cliquetis d'un clavier d'ordinateur.

Aria poussa un grognement. Elle détestait ce nouveau surnom, qui les faisait passer pour des poupées Barbie siphonnées.

Par ailleurs, poursuivit la journaliste, *la police locale s'est associée au FBI pour retrouver Ian Thomas, le meurtrier présumé d'Alison DiLaurentis. Les enquêteurs se demandent si M. Thomas a agi avec des complices. Nous y reviendrons après une page de publicité.*

Quelqu'un se racla la gorge, et Aria leva les yeux. Un type d'une vingtaine d'années, qui commençait déjà à perdre ses cheveux et portait un gilet qu'on aurait dit tricoté en poils de poney était affalé près de la caisse. « BRUCE, SORCIER RÉSIDENT », indiquait son badge. Il tenait sur ses genoux un vieux bouquin poussiéreux et détaillait Aria comme s'il la prenait pour une voleuse à l'étalage. La jeune fille s'écarta de la table sur laquelle étaient posées les huiles rituelles et lui adressa son sourire le plus aimable.

— Euh, bonjour, croassa-t-elle. Je viens pour la séance. Ça commence dans un quart d'heure, c'est bien ça?

Elle avait trouvé les horaires sur le site Internet de la boutique.

Bruce tourna une page, l'air de s'ennuyer au plus haut point. Puis il poussa une feuille vers Aria.

— Inscrivez votre nom sur la liste. Ça fera vingt dollars.

Aria farfouilla dans son sac en peau de yak, dont elle sortit deux billets froissés. Puis elle se pencha au-dessus du comptoir et saisit le stylo fourni par Bruce. Trois autres personnes étaient déjà inscrites pour la séance.

— Aria?

La jeune fille sursauta et leva la tête. Près de l'étagère des talismans vaudou se tenait un garçon vêtu du blazer de l'Externat de Rosewood. Il portait un bracelet de lacrosse jaune au poignet et affichait un large sourire ravi.

— Noel? bredouilla Aria.

Noel Kahn était le meilleur ami de son frère Mike, le plus typique des ados mâles de Rosewood qu'elle ait jamais rencontré, et sans doute la dernière personne qu'elle s'attendait à trouver dans ce genre d'endroit. En 6e et en 5e, du temps où la popularité comptait plus que tout à l'Externat, Aria avait le béguin pour Jason, mais aussi pour Noel – qui, bien entendu, n'avait d'yeux que pour Ali. Tout le monde adorait Ali. Mais le plus ironique, c'est que lorsque Aria était descendue de l'avion, de retour d'Islande au début de l'année scolaire, Noel n'avait pas cessé de la draguer. Soudain, elle était plus exotique qu'excentrique à ses yeux. À moins qu'il n'ait juste remarqué sa grosse poitrine.

— C'est drôle de te voir ici, commenta Noel en se dirigeant vers le comptoir et en griffonnant son nom sous celui d'Aria.

— Tu vas participer à une séance de spiritisme? hasarda la jeune fille, incrédule.

Noel acquiesça en examinant la boîte d'un jeu de tarots ornée d'une sorcière à demi-nue.

— Les séances, c'est génial. Tu as déjà écouté du Led Zep? Ils étaient obsédés par les morts. J'ai entendu dire qu'ils tenaient les paroles de leurs chansons d'adorateurs de Satan.

Aria le fixa. Led Zeppelin était la dernière marotte de Noel et de Mike. Quelques jours plus tôt, son frère avait demandé à Byron s'il ne possédait pas un exemplaire original de *Led Zeppelin IV* en vinyle – il voulait écouter *Stairway to Heaven* à l'envers pour voir s'il n'y avait pas un message crypté.

— Et puis, dans la mesure où tu es là, ça m'aide à me rapprocher d'une jolie fille, non? susurra Noel sur un ton suggestif. Si jamais ça marche, tu viendras peut-être à ma soirée Jacuzzi jeudi.

Aria avait l'impression que des sangsues rampaient sur sa peau, et que les talismans en forme de crâne alignés sur une étagère voisine la détaillaient d'un regard lubrique avec leurs orbites vides. Derrière le comptoir, Bruce eut un sourire en coin, comme s'il connaissait un secret. Qu'est-ce que Noel fabriquait ici? Un journaliste l'avait-il envoyé là pour suivre Aria et lui rapporter le moindre de ses faits et gestes? Ou peut-être était-ce une mauvaise blague imaginée par l'équipe de lacrosse. En 6e, avant qu'Ali ne l'accueille dans sa bande, tout le monde se moquait d'Aria parce qu'elle se distinguait trop de la masse.

Noel saisit une bougie violette en forme de phallus et la reposa.

— Je suppose que tu es venue pour Ali?

L'encens au patchouli commençait à irriter les sinus d'Aria. Celle-ci haussa les épaules sans répondre.

Noel la dévisagea soigneusement.

— Alors, tu l'as vue dans les bois, oui ou non?

— Ça ne te regarde pas, aboya Aria, cherchant du regard des caméras cachées ou des Dictaphone planqués entre les boîtes de cigarettes au clou de girofle.

Exactement le genre de question qu'un journaliste aurait pu souffler à Noel.

— D'accord, d'accord, répondit le jeune homme, sur la défensive. Je ne voulais pas t'énerver.

Bruce referma sèchement son livre.

— Le médium dit que vous pouvez y aller, clama-t-il en écartant un rideau de perles au fond de la boutique.

Aria hésita. Et si toute une bande d'ados mâles typiques de Rosewood attendaient, tapis derrière des caisses dans l'arrière-boutique, qu'elle entre pour prendre des photos d'elle et les poster sur Internet? Mais Bruce la fixait d'un air mi-agacé mi-impatient; aussi, Aria serra les dents, le suivit dans la pièce voisine et se laissa tomber sur l'une des chaises pliantes disposées en cercle.

Sans qu'elle l'y ait invité, Noel ôta son manteau et s'installa à côté d'elle. Aria lui jeta un coup d'œil en biais. Elle comprenait que la moitié des filles de leur bahut veuillent sortir avec Noel : il avait des cheveux noirs ondulés, des paupières tombantes, une haute silhouette athlétique, et son haleine sentait les pastilles de menthe. Mais même s'il était là pour une raison légitime, Aria ne le trouvait pas à son goût. Son jean indigo, délavé juste comme il fallait, provenait visiblement d'une boutique de luxe, et il était globalement trop soigné pour elle, avec son menton rasé de frais.

Aria regarda autour d'elle, les sourcils froncés. L'arrière-boutique n'était éclairée que par un plafonnier nu et une bougie, qui dégageait une odeur atroce. Des boîtes sans étiquettes s'empilaient sur les étagères. Près de la sortie de secours, reposait une longue caisse rectangulaire qui ressemblait étrangement à un cercueil.

Noel suivit le regard d'Aria.

— Oui, c'est un cercueil, confirma-t-il. Les gens en achètent pour, euh, leur usage personnel. Ils aiment faire semblant d'être morts.

— Comment le sais-tu ? chuchota Aria, stupéfaite.

— J'en sais plus que tu ne le crois.

Les dents ultrablanches de Noel brillèrent dans la pénombre, et Aria frissonna.

Le rideau de perles s'écarta de nouveau. Deux autres participants entrèrent en traînant les pieds et s'assirent. Le premier était un vieil homme moustachu, et la deuxième, une femme qui semblait avoir la trentaine. Difficile à dire à cause de ses grosses lunettes de soleil et du foulard qui dissimulait ses cheveux.

Puis un jeune homme fit son apparition. Il portait une cape en velours et un turban. Une multitude de pendentifs et de sautoirs dégoulinait sur sa poitrine. Dans ses mains, il tenait une machine à neige carbonique, qui répandait de la fumée dans la pièce où l'on ne voyait déjà pas grand-chose.

— Salutations, tonna-t-il. Je m'appelle Équinoxe.

Aria réprima un gloussement. *Équinoxe ? C'est une blague ?* Mais près d'elle, Noel se pencha en avant avec une expression fascinée.

Équinoxe tourna ses paumes vers le plafond.

— Pour invoquer les esprits auxquels vous voulez parler, j'ai besoin que vous fermiez les yeux et que vous vous concentriez.

Il se mit à psalmodier :

— Ommmmmm...

Quelques voix – dont celle de Noel – se joignirent à la sienne.

La froideur de sa chaise métallique traversait les chaussettes d'Aria et congelait ses orteils. La jeune fille entrouvrit un œil et regarda autour d'elle. Les autres participants étaient penchés en avant; certains avaient joint les mains devant leur poitrine.

Soudain, Équinoxe tituba en arrière comme si une force invisible venait de le pousser. Un frisson parcourut Aria tandis que l'air s'épaississait autour d'elle. Décidant de jouer le jeu, la jeune fille se mit à psalmodier elle aussi.

Pendant un long moment, rien ne se produisit. Les canalisations d'eau glougloutaient. Quelqu'un marchait à l'étage du dessus. L'odeur douceâtre et tenace de l'encens chatouillait les narines d'Aria. Quelque chose de doux, qui ressemblait à une plume, effleura la joue de la jeune fille. Elle sursauta et rouvrit les yeux – mais il n'y avait rien.

— Bieeeeen, approuva Équinoxe. Vous pouvez rouvrir les yeux. Je perçois un esprit parmi nous. Un de vos proches. L'un de vous a-t-il perdu un ou une ami(e)?

Aria se raidit. Ali ne pouvait pas se manifester juste comme ça... si?

Aria fut horrifiée de voir le médium se diriger vers elle et s'accroupir. Son bouc se terminait en une pointe lissée au gel, et il sentait vaguement la marijuana. Il la fixa sans ciller, les yeux écarquillés.

— C'est vous, dit-il à voix basse, la bouche tout près de son oreille.

Les cheveux d'Aria se dressèrent dans sa nuque.

— Hum, fut tout ce qu'elle trouva à répondre.

— Vous avez perdu une amie très chère, n'est-ce pas? insista le médium.

Les autres participants ne pipaient mot. Le cœur d'Aria se mit à battre la chamade.

— Elle... elle est là?

Elle promena un regard à la ronde, s'attendant presque à voir la fille qu'elle avait sauvée de l'incendie, vêtue d'un sweat-shirt et le visage maculé de suie.

— Elle est tout près.

Il écarta les doigts et serra les dents comme s'il se concentrait. Quelques secondes de plus s'écoulèrent. La pièce parut s'assombrir. Les chiffres fluorescents de la montre IWC Aquatimer de Noel brillaient dans la pénombre. Le pouls d'Aria grondait à ses oreilles. Ses doigts se mirent à trembler comme s'ils avaient capté une vibration – celle d'Ali.

— Elle me dit qu'elle savait tout de vous, lança Équinoxe sur un ton presque taquin.

La peur et l'espoir assaillirent Aria simultanément. Ça ressemblait fort à Ali.

— C'était ma meilleure amie.

— Mais vous détestiez qu'elle sache tout de vous, tempéra Équinoxe. Et elle en était consciente.

Aria hoqueta. À présent, ses jambes aussi tremblaient. Noel s'agita sur son siège.

— Ah b... bon?

— Elle savait un tas de choses, chuchota le médium. Elle devinait que vous souhaitiez sa disparition. Ça la rendait triste, ça et beaucoup d'autres choses.

Aria porta une main à sa bouche. Tous les autres participants la dévisageaient; elle voyait le blanc de leurs yeux écarquillés.

— Je ne souhaitais pas sa disparition, couina-t-elle.

Équinoxe leva la tête vers le plafond, comme si cela lui permettait de mieux voir Ali.

— Mais elle vous pardonne. Elle se rend compte qu'elle n'était pas toujours gentille avec vous non plus.

— Vraiment ?

Aria n'en croyait pas ses oreilles. Elle coinça ses mains entre ses genoux pour les empêcher de trembler. C'était pourtant vrai : Ali n'était pas toujours gentille avec elle. En fait, elle ne l'était pas souvent.

Équinoxe opina.

— Elle sait qu'elle n'aurait pas dû vous voler votre petit ami. D'autant que vous étiez ensemble depuis très longtemps.

Aria pencha la tête sur le côté en se demandant si elle avait mal entendu. Une chaise grinça, et quelqu'un toussa.

— Mon... petit ami ? répéta-t-elle.

Son estomac se tordit. Elle n'avait pas de petit ami en 5e. Ce qui signifiait que cet imposteur n'était pas en communication avec Ali.

Aria se leva d'un bond, manquant se cogner la tête sur une lanterne suspendue. Elle se fraya un chemin vers la sortie à travers le nuage de fumée.

— Hé ! protesta Équinoxe derrière elle.

— Aria, attends ! appela Noel.

La jeune fille les ignora.

Une silhouette de sorcier découpée dans du carton indiquait la direction des toilettes. Aria courut s'y réfugier, claqua la porte derrière elle et s'affaissa contre le lavabo, sans prendre garde au savon de sang de dragon qu'elle venait de heurter et de faire tomber par terre.

Idiote. Évidemment qu'Ali ne s'était pas manifestée à elle. Évidemment que ces séances étaient de l'escroquerie. Le type avait dû inventer cette histoire d'amie défunte qui voulait lui parler parce qu'il avait reconnu Aria après l'avoir vue aux infos. Qu'avait-elle été s'imaginer ?

Aria examina son reflet dans le miroir rond au-dessus du lavabo. Elle était livide. Mais même si Équinoxe était un imposteur, il avait dit quelque chose de vrai – quelque chose d'affreux. Aria avait réellement souhaité la disparition d'Ali.

Ali était avec elle quand Aria avait découvert son père en train d'embrasser Meredith dans le parking de la fac de Hollis, quand elle était en 5e. Durant les semaines suivantes, Ali n'avait cessé de la tourmenter avec ça. Elle la coinçait dans des endroits déserts à l'intercours pour lui demander s'il y avait du nouveau. Elle s'invitait chez les Montgomery pour dîner ; là, elle jetait des regards hostiles à Byron et d'autres, compatissants, à Ella. Quand les cinq amies étaient réunies, Ali insinuait qu'elle allait tout raconter aux autres à moins qu'Aria fasse exactement ce qu'elle voulait. Aria avait atteint les limites de sa patience et, peu avant la mort d'Ali, s'était mise à l'éviter autant que possible.

« Ça la rendait triste », avait dit le médium. Ali avait-elle senti à quel point Aria souhaitait être débarrassée d'elle ? Soudain, un souvenir rejaillit dans l'esprit de la jeune fille. Le lendemain de la disparition d'Ali, Mme DiLaurentis avait invité les amies de sa fille chez elle pour les interroger. À un moment donné, elle s'était appuyée sur ses coudes et, penchée en avant, avait demandé :

— Avait-elle l'air triste ?

Aria, Hanna, Spencer et Emily avaient aussitôt protesté. Ali était belle, intelligente et dotée d'un charme irrésistible. Tout le monde l'adorait. L'adjectif « triste » ne figurait pas dans son vocabulaire émotionnel.

Aria s'était toujours considérée comme la victime et Ali comme le prédateur. Mais si son amie avait eu ses propres problèmes ? Si elle avait eu besoin de parler à quelqu'un, et si Aria s'était contentée de la repousser ?

— Je suis désolée, chuchota-t-elle en se mettant à pleurer. (Du mascara coula le long de ses joues.) Ali, je suis vraiment désolée. Je n'ai jamais voulu que tu meures.

Il y eut un sifflement, pareil à celui de la vapeur qui s'échappe d'un radiateur. L'ampoule fixée au-dessus du miroir s'éteignit, plongeant les toilettes dans le noir. Aria se figea, le cœur dans la gorge. Son nez la picota, et tout à coup, une odeur douceâtre envahit la pièce. *Du savon à la vanille.*

Aria agrippa les côtés du lavabo pour ne pas tomber. Puis, aussi brusquement qu'elle s'était éteinte, l'ampoule se ralluma dans un grésillement. Les yeux effrayés de la jeune fille fixaient le miroir. Mais son visage n'était pas le seul qui s'y reflétait.

Derrière elle se tenait une fille aux yeux bleus et au sourire éblouissant. Hoquetant, Aria fit volte-face. Sur un panneau en liège derrière la porte des toilettes, par-dessus des affichettes pour des lectures de poésie, des petites annonces « Futon à vendre » ou « Appartement à louer », était placardée une photo d'Ali.

Comme hypnotisée par les yeux de son amie défunte, Aria se pencha pour mieux voir. Son souffle s'étrangla dans sa gorge. C'était l'avis de recherche datant de trois ans et demi plus tôt, le même cliché qui avait été imprimé sur les briques de lait et diffusé par les médias. « DISPARUE, clamait la police en très gros caractères. ALISON DILAURENTIS. YEUX BLEUS, CHEVEUX BLONDS, 1 M 50, 45 KILOS. VUE POUR LA DERNIÈRE FOIS LE 20 JUIN ».

Aria ne l'avait pas vu depuis des années. Elle scruta frénétiquement chaque centimètre carré de l'avis de recherche, allant jusqu'à le retourner en quête d'un indice – quelque chose qui lui dirait ce qu'il faisait là et qui l'y avait mis. Mais elle ne trouva rien.

10

La petite maison dans la prairie

Plus tard le même jour, Emily se tenait devant une ferme couverte de bardeaux noirs et blancs à Lancaster, en Pennsylvanie. Dans l'allée, se trouvait une carriole noire avec des roues énormes et, à l'arrière, un panneau triangulaire rouge « Véhicule lent ». La jeune fille tritura les manchettes de la longue robe grise que « A » lui avait donnée et rajusta la coiffe de coton blanc sur sa tête. Près d'elle se dressait une pancarte de bois sur laquelle était peinte à la main l'inscription « FERME ZOOK ».

Emily se mordit la lèvre. *C'est de la folie.* Quelques heures plus tôt, elle avait dit à ses parents qu'elle participait au voyage de la paroisse à Boston. Puis elle était montée à bord d'un bus Greyhound à destination de Lancaster, et s'était changée dans les minuscules toilettes chimiques au fond du véhicule. Elle avait envoyé un texto à ses anciennes amies pour les prévenir qu'elle serait à Boston jusqu'au vendredi – si elle leur disait la vérité, les autres la prendraient pour une folle. Et au cas où ses parents auraient des soupçons, elle avait éteint son portable. Ainsi ils ne pourraient pas activer la fonction de localisation par GPS ni découvrir qu'elle se trouvait à Lancaster, où elle se faisait passer pour une amish.

Toute sa vie, les amish lui avaient inspiré une étrange curiosité, mais elle avait du mal à se mettre dans leur peau. D'après ce qu'elle avait compris, ils voulaient juste qu'on les laisse tranquilles. Ils n'aimaient pas que les touristes les prennent en photo ; ils détestaient que des gens de l'extérieur s'introduisent sur leurs terres, et ceux qu'Emily avait rencontrés avaient tous un air sévère, totalement dénué d'humour. Alors, pourquoi « A » l'envoyait-il dans une communauté amish ? Lucy Zook connaissait-elle Ali ? L'adolescente s'était-elle enfuie de Rosewood pour devenir amish sous un faux nom ? Ça semblait abracadabrant, mais Emily ne pouvait se refuser une lueur d'espoir. Était-il possible que Lucy soit Ali ?

À chaque instant qui passait, Emily trouvait davantage de raisons pour qu'Ali soit toujours vivante. Par exemple, quand Mme DiLaurentis les avait interrogées, ses anciennes amies et elle, le lendemain de la disparition d'Ali, elle avait suggéré que sa fille avait peut-être fugué. Emily avait répondu que jamais elle n'aurait fait une chose pareille, mais en vérité, Ali et elle parlaient souvent de quitter Rosewood ensemble pour ne plus jamais y revenir. Elles avaient tiré toutes sortes de plans sur la comète : elles fonceraient à l'aéroport et monteraient à bord du premier avion qui quitterait le pays. Ou bien, elles prendraient le train jusqu'en Californie et se trouveraient des colocataires à Los Angeles. Emily ne comprenait pas pourquoi Ali voulait partir ; en secret, elle avait toujours espéré que c'était parce que son amie voulait l'avoir pour elle seule.

Puis, l'été entre leur 6e et leur 5e, Ali avait disparu pendant deux semaines. Chaque fois qu'Emily l'appelait sur son portable, elle tombait sur sa boîte vocale. Chaque fois qu'elle l'appelait chez ses parents, elle tombait sur leur répondeur. Pourtant, les DiLaurentis étaient bien chez eux : en passant devant leur maison à vélo, Emily avait vu le père d'Ali laver sa voiture dans l'allée et sa mère désherber le jardin de devant. Elle s'était persuadée qu'Ali lui faisait la tête, même si elle ne voyait pas pourquoi. Et elle ne pouvait pas en parler aux autres : Spencer et Hanna étaient en vacances avec leur famille, et Aria en stage d'arts plastiques à Philadelphie.

Puis, au bout de quinze jours, Ali lui avait téléphoné comme si de rien n'était.

— Où étais-tu passée ? avait demandé Emily.

— J'ai fugué, avait joyeusement répondu son amie. (Comme Emily observait un silence incrédule, elle avait éclaté de rire.) Je plaisante. Je suis allée dans les Poconos avec ma tante Giada. Il n'y a pas de réseau là-bas.

Emily détailla de nouveau la pancarte. Même si elle n'avait pas confiance en « A » ni en ses messages mystérieux – après tout, il leur avait fait croire que Wilden et Jason avaient tué Ali, alors que celle-ci était toujours vivante – une petite phrase tournait en boucle dans sa tête : *Toute la question est de savoir à quoi tu es prête pour la retrouver.* À tout, évidemment.

Prenant une grande inspiration, Emily grimpa les marches du porche. Quelques chemises étaient pendues sur le fil à linge, mais il faisait si froid qu'elles semblaient à demi gelées. De la fumée émanait de la cheminée, et au fond de la propriété, un gros moulin tournait. Une odeur de pain chaud flottait dans l'air glacé.

Emily regarda par-dessus son épaule, plissant les yeux pour détailler les rangées de tiges de maïs brunies. « A » était-il en train de la surveiller ? Elle leva une main aux doigts repliés et toqua trois fois à la porte, nerveuse. *Faites qu'Ali soit là*, pria-t-elle en son for intérieur.

Il y eut un craquement, puis une sorte de détonation. Une silhouette se faufila par la porte de derrière et disparut dans le champ de maïs. On aurait dit un garçon de l'âge d'Emily, vêtu d'une doudoune, d'un jean et de baskets bleu et rouge. Il courait sans se retourner.

Le cœur d'Emily battait à tout rompre. Quelques instants plus tard, la porte de devant s'ouvrit. Une adolescente apparut sur le seuil. Elle portait une robe semblable à celle d'Emily, et ses cheveux bruns étaient relevés en un chignon strict. Elle avait les lèvres très rouges, comme si quelqu'un venait de l'embrasser longuement. Sans un mot, elle détailla Emily avec une expression dédaigneuse. La déception serra le cœur de la jeune fille.

— Euh, je m'appelle Emily Stoltzfus, balbutia-t-elle, récitant le nom fourni par « A » dans son message. Je viens de l'Ohio. Tu es Lucy?

L'adolescente parut surprise.

— Oui, répondit-elle lentement. Tu es venue pour les noces de Mary, ce week-end?

Emily cligna des yeux. « A » ne lui avait pas parlé d'un mariage. Était-il possible que Mary soit le nouveau nom amish d'Ali? Peut-être voulait-on la forcer à épouser un homme beaucoup plus âgé. Peut-être « A » avait-il envoyé Emily pour la sauver. Mais Emily avait un billet de retour pour le vendredi après-midi, le jour où le groupe de la paroisse revenait de Boston. Elle ne pouvait pas rester plus longtemps sans alarmer ses parents.

— Euh, je suis venue aider aux préparatifs, dit-elle en espérant n'avoir pas l'air trop stupide.

Lucy jeta un coup d'œil derrière elle.

— Justement, voilà Mary. Tu veux aller lui dire bonjour?

Emily suivit la direction de son regard. Mais Mary était bien plus petite et plus grassouillette que la fille qu'elle avait rencontrée dans les bois le samedi précédent. Ses cheveux noirs coiffés en chignon révélaient des joues rebondies.

— Non, ça ira, dit Emily en réprimant un gros soupir.

Elle reporta son attention sur Lucy, qu'elle dévisagea attentivement. L'adolescente avait les lèvres pincées comme si elle ravalait un secret.

Lucy ouvrit la porte plus grand pour laisser entrer la visiteuse. Les deux filles pénétrèrent dans la salle à manger. C'était une grande pièce carrée, qu'éclairait une unique lampe à gaz posée dans un coin. Des tables et des chaises artisanales s'alignaient contre les murs. Dans le fond, un bocal plein de céleri et un exemplaire usé de la Bible reposaient sur une étagère.

Lucy s'avança au centre de la pièce et détailla prudemment Emily.

— Où habites-tu exactement ?

— Hum, près de Colombus, répondit Emily, citant la première ville d'Ohio qui lui vint à l'esprit.

— Oh. (Lucy se gratta la tête.) C'est le pasteur Adam qui t'envoie ?

Emily déglutit avec difficulté.

— Oui, acquiesça-t-elle sur un ton hésitant, avec l'impression de jouer dans une pièce dont personne ne lui avait fourni le texte.

Lucy eut un claquement de langue désapprobateur et, par-dessus son épaule, jeta un coup d'œil vers la porte de derrière.

— Il pense toujours que ce genre de chose va m'aider, marmonna-t-elle, acide.

— Je suis désolée.

Emily était surprise que Lucy semble aussi contrariée.

Elle croyait que les amish étaient toujours calmes et d'humeur égale.

L'adolescente agita sa main fine et blanche.

— Pas autant que moi.

Elle se détourna et s'engagea dans un long couloir.

— Tu prendras le lit de ma sœur, lâcha-t-elle sur un ton désinvolte en poussant la porte d'une petite chambre.

À l'intérieur de celle-ci, Emily aperçut deux lits jumeaux et leurs couvre-lits en patchwork multicolore.

— C'est celui de gauche, dit Lucy.

— Comment s'appelle ta sœur ? interrogea Emily.

— Leah.

— Elle n'est pas là en ce moment ?

Lucy donna un coup de poing dans un oreiller. Emily la vit déglutir ; puis l'adolescente se tourna vers un coin de la pièce comme si elle avait fait quelque chose de honteux.

— J'allais juste commencer la traite. Viens.

Sur ce, elle sortit de la chambre.

Emily n'avait pas le choix. Elle lui emboîta le pas.

Lucy l'entraîna dans un dédale de couloirs. Chaque fois qu'elles passaient devant une porte ouverte, Emily jetait un coup d'œil de l'autre côté. Elle brûlait de voir Ali assise dans un fauteuil à bascule, un index sur ses lèvres, ou cachée derrière un bureau avec les genoux remontés contre la poitrine.

Enfin, les deux filles pénétrèrent dans une vaste cuisine bien éclairée, qui empestait la laine mouillée. Lucy sortit par la porte de derrière et se dirigea vers une énorme grange pleine de courants d'air. Des vaches étaient alignées dans leurs boxes, agitant la queue. Lorsque les filles entrèrent, quelques-unes d'entre elles les saluèrent d'un meuglement.

Lucy tendit un seau métallique à Emily.

— Tu commences à gauche et moi à droite.

Emily se dandina, les pieds dans la paille. Elle n'avait encore jamais trait une vache, pas même quand ses parents l'avaient envoyée vivre à la ferme de son oncle et de sa tante dans l'Iowa, l'automne précédent. Lucy se détournait déjà. Emily s'approcha de la première de « ses » vaches, glissa le seau sous ses pis et s'accroupit. Ça ne devait pas être bien difficile. Mais la vache était monstrueuse, avec des pattes puissantes et un postérieur large comme un camion. Et si elle lui donnait un coup? Et si elle la mordait?

Emily fit craquer ses jointures en jetant un coup d'œil aux autres boxes. *Si une vache meugle dans les dix prochaines secondes, tout se passera bien*, songea-t-elle, s'en remettant à la méthode superstitieuse qu'elle avait inventée pour résoudre ce genre de problème. Elle compta jusqu'à dix dans sa tête, mais il n'y eut pas le moindre meuglement – juste un bruit qui ressemblait étrangement à un pet.

— Ahem.

Emily se leva d'un bond. Lucy la foudroyait du regard.

— N'as-tu donc jamais trait de vache?

— Euh... En fait, non. Là d'où je viens, chacun a des responsabilités bien définies. La traite des vaches ne fait pas partie de mes corvées.

Lucy la fixa comme si elle n'avait jamais entendu une chose pareille.

— Mais pendant ton séjour ici, tu devras y participer comme tout le monde. Ce n'est pas difficile. Il suffit de tirer et de presser.

— D'accord, bredouilla Emily.

Elle s'accroupit de nouveau près de la vache aux mamelles pendantes. Elle en toucha une. Le pis était gonflé et avait la texture du caoutchouc. Quand Emily pressa, un mince filet de lait jaillit dans le seau. Il était d'une étrange couleur poussiéreuse, comme le lait que Mme Fields achetait à l'épicerie bio.

— C'est bien, dit Lucy en la regardant faire avec une drôle d'expression. Au fait, pourquoi parles-tu anglais?

L'odeur vivace du foin picotait les yeux d'Emily. Les amish ne parlaient-ils pas anglais? La veille au soir, elle avait lu plusieurs articles de Wikipédia les concernant – comment avait-elle pu passer à côté d'une chose aussi importante? Et pourquoi « A » ne lui avait-il rien dit?

— Vous ne parlez pas l'allemand de Pennsylvanie dans ta communauté? insista Lucy, incrédule.

Emily rajusta nerveusement sa coiffe. Ses doigts sentaient le lait aigre.

— Euh, non. Nous sommes assez progressistes.

Lucy secoua la tête, stupéfaite.

— Wouah. Tu en as de la chance. On devrait échanger nos places. Tu restes ici, et je vais te remplacer là-bas.

Emily eut un rire nerveux et se détendit légèrement. Lucy n'était peut-être pas si coincée. Et la vie des amish n'était peut-être pas si horrible. Au moins, il n'y avait pas de cris ni de drames.

Néanmoins, la déception gonflait la poitrine d'Emily. Ali ne semblait pas se cacher dans cette communauté, alors pourquoi « A » l'avait-il envoyée ici? Pour se moquer d'elle? Pour l'éloigner de Rosewood pendant quelques jours? Pour l'envoyer à la chasse aux chimères?

À cet instant, une des holstein poussa un long meuglement et laissa tomber une rafale de bouse fraîche sur la paille qui jonchait le sol. Emily serra les dents. En guise de chimères, elle n'avait trouvé que des vaches.

11

Pas franchement une sortie mère-fille typique

Dès que Spencer pénétra dans le hall du spa Fermata, un sourire s'inscrivit sur ses lèvres. La pièce embaumait le miel, et le gazouillis de la fontaine qui se dressait dans le coin avait quelque chose de très apaisant.

— Je t'ai pris rendez-vous pour un massage des tissus en profondeur, un gommage corporel à la carotte et un soin du visage à l'oxygène, annonça Mme Hastings en sortant son portefeuille. Et après ça, j'ai réservé pour un déjeuner tardif au Feast.

— Wouah, s'extasia Spencer.

Feast, le bistrot d'à côté, était l'endroit où sa mère et Melissa avaient l'habitude de se retrouver le midi.

Mme Hastings pressa l'épaule de Spencer, et l'odeur du Chanel n° 5 dont elle s'était généreusement arrosée chatouilla les narines de la jeune fille.

Une esthéticienne montra à Spencer le casier où elle pouvait déposer ses vêtements une fois qu'elle aurait enfilé un peignoir et des pantoufles. Peu de temps après, la jeune fille était allongée sur une table de massage, en plein ravissement.

Ça faisait une éternité qu'elle ne s'était pas sentie aussi proche de ses parents. La veille, elle avait regardé *Le Parrain* avec son père, qui avait récité tous les dialogues par cœur, et plus tard, sa mère et elle avaient commencé à planifier la soirée de charité du club de chasse de l'Externat, prévue dans deux mois. Et puis, en consultant ses notes en ligne le matin même, Spencer avait vu qu'elle avait obtenu un A+ à son dernier contrôle d'économie. Une si bonne nouvelle justifiait un texto à Andrew, qui l'avait aidée à réviser, et le jeune homme avait répondu qu'il était certain qu'elle réussirait. Il lui avait également demandé si elle voulait l'accompagner au bal de la Saint-Valentin, dans quelques semaines. Bien sûr, Spencer avait accepté.

Mais sa conversation avec Melissa continuait à la turlupiner, tout comme le dernier message de « A ». Elle n'arrivait pas à croire que leur mère ait poussé Melissa à faire accuser Ian du meurtre d'Ali. Melissa avait dû se méprendre. Quant à « A »... Ce n'était pas comme si Spencer croyait un seul mot de ce qu'il racontait.

— Mademoiselle ? (La voix de la masseuse flotta au-dessus d'elle.) Vous êtes toute raide. Détendez-vous.

Spencer força ses muscles à se relâcher. Les haut-parleurs diffusaient un bruit de vagues et des cris de goélands. La jeune fille ferma les yeux et fit trois courtes « respirations de feu », comme le lui avait appris son professeur de yoga. Elle n'allait pas se mettre dans tous ses états pour rien. Elle ne ferait pas ce plaisir à « A ». Sans doute était-ce juste ce qu'il voulait.

Après avoir enchaîné massage, gommage et soin du visage, Spencer se sentit parfaitement détendue, la peau douce et le teint éclatant. Sa mère l'attendait chez Feast en buvant un verre d'eau citronnée et en lisant le dernier numéro du magazine *MainLine*.

— C'était merveilleux, soupira Spencer en se laissant tomber face à elle. Merci beaucoup.

— Mais de rien, sourit Mme Hastings en dépliant sa serviette et en la posant sur ses genoux. Tu as bien mérité de te détendre après tout ce que tu viens de traverser.

Mère et fille se turent. Spencer fixait l'assiette en céramique peinte à la main posée devant elle; Mme Hastings faisait courir son index autour du bord de son verre. Après seize années passées à jouer les seconds violons, la jeune fille ne savait absolument pas quoi dire à sa mère. Elle ne se souvenait même pas de la dernière fois où elles avaient été seules ensemble.

Mme Hastings soupira et jeta un coup d'œil discret au comptoir en chêne dans un coin de la salle. Deux clients assis sur de hauts tabourets éclusaient soigneusement des verres de chardonnay.

— Je ne voulais pas que nos rapports deviennent ce qu'ils sont, tu sais, dit-elle comme si elle avait lu dans les pensées de sa fille. Je ne sais pas ce qui nous est arrivé.

Melissa : voilà ce qui nous est arrivé, songea Spencer. Mais elle se contenta de hausser les épaules et de taper du pied au rythme de la « Lettre à Élise », un des derniers morceaux qu'elle avait appris à jouer au piano.

— Je t'ai trop poussée dans tes études, et ça t'a éloignée de moi, se lamenta Mme Hastings en baissant la voix alors que quatre femmes portant des tapis de yoga et des sacs à main Tory Burch suivaient l'hôtesse vers une place dans le fond. Avec Melissa, c'était facile. Il y avait moins de très bons élèves dans sa promotion. (Elle s'interrompit pour siroter une gorgée d'eau.) Mais avec toi... c'était différent. Je voyais bien que tu te satisfaisais de ta position de numéro deux ; simplement, j'aurais voulu que tu sois une meneuse, pas une suiveuse.

Les battements du cœur de Spencer s'accélérèrent lorsqu'elle se remémora sa conversation de la veille avec Melissa. « Maman n'était pas la plus grande fan d'Ali », avait dit sa sœur aînée.

— Tu veux parler de... d'Alison ? demanda Spencer.

Mme Hastings but une nouvelle gorgée d'eau citronnée.

— Entre autres choses, oui. Alison adorait être au centre de l'attention.

Spencer formula soigneusement sa phrase suivante.

— Et... tu pensais que c'était moi qui aurais dû l'être ?

Mme Hastings fit la moue.

— Eh bien, je trouvais que tu aurais pu t'affirmer un peu plus. Comme la fois où Alison a obtenu la place dans l'équipe de hockey sur gazon et où tu t'es juste... laissée faire. D'habitude, tu étais un peu plus combative. Et tu méritais cette place davantage qu'elle.

Une odeur de frites de patate douce emplit le restaurant. Trois serveurs sortirent des cuisines avec un gâteau qu'ils apportèrent à une femme aux cheveux grisonnants, quelques tables plus loin. Tandis qu'ils lui chantaient « Joyeux Anniversaire », Spencer passa une main sur sa nuque moite.

Depuis des années, elle espérait que quelqu'un finisse par dire qu'Ali n'était pas si parfaite, et à présent, elle se sentait sur la défensive, vaguement coupable. Melissa avait-elle raison ? Leur mère détestait-elle Ali ? Spencer le ressentait comme une critique personnelle. Après tout, Ali était sa meilleure amie, et Mme Hastings avait toujours apprécié toutes les amies de Melissa.

— Bref, reprit sa mère une fois que les serveurs eurent regagné les cuisines, je craignais que tu ne te contentes de la seconde place toute ta vie. (Elle entrecroisa ses longs doigts devant elle.) Alors, je me suis mise à te pousser pour que tu fasses plus d'efforts. Je réalise maintenant que c'était pour moi plutôt que pour toi.

Elle coinça une longue mèche blond pâle derrière son oreille.

— Que veux-tu dire ? s'enquit Spencer en agrippant le bord de la table.

Mme Hastings fixa la lithographie du *Ceci n'est pas une pipe* de Magritte qui ornait le mur d'en face.

— Je ne sais pas exactement, Spence. Il vaudrait peut-être mieux ne pas en parler maintenant. C'est quelque chose que je n'ai même pas dit à ta sœur.

Une serveuse passa avec un plateau de salades Waldorf et de *focaccia*. De l'autre côté de la vitrine, deux femmes poussant des landaus Maclaren bavardaient en riant. Spencer se pencha en avant, la bouche sèche. Donc, il y avait bel et bien un secret, comme « A » le lui avait affirmé. Elle espérait que ça n'avait rien à voir avec Ali.

— Ça va, dit-elle courageusement. Tu peux me raconter.

Mme Hastings sortit un tube de rouge à lèvres Chanel, s'en appliqua et secoua les épaules.

— Tu sais que ton père a fait son droit à Yale ?

Spencer acquiesça. Tous les ans, M. Hastings faisait une donation à cet établissement, et tous les matins, il buvait son café dans une chope à l'effigie de Dan le bouledogue, la mascotte de l'université. Pour la soirée de Noël que sa femme organisait chaque année, après quelques laits de poule, il entonnait immanquablement « Boola Boola », le cri de guerre de Yale, avec ses anciens camarades.

— Eh bien, moi aussi, j'ai fait mon droit à Yale, révéla Mme Hastings. C'est là que j'ai rencontré ton père.

Spencer plaqua une main sur sa bouche en se demandant si elle avait mal entendu.

— Je croyais que vous vous étiez rencontrés à une soirée à Martha's Vineyard, couina-t-elle.

Sa mère eut un sourire mélancolique.

— C'est une des premières fois où nous sommes sortis ensemble. Mais en vérité, nous nous connaissions depuis la rentrée des classes.

Spencer déplia et replia sa serviette en lin sur ses genoux.

— Comment se fait-il que je ne l'ai jamais su?

Une serveuse arriva et leur tendit des menus. Lorsqu'elle se fut éloignée, Mme Hastings répondit :

— Parce que je n'ai jamais obtenu mon diplôme. À la fin de ma première année, je suis tombée enceinte de ta sœur. Nana Hastings l'a découvert et a exigé que nous nous mariions. Nous avons décidé que j'interromprais mes études pendant quelques années, le temps d'élever le bébé. J'avais bien l'intention de retourner à Yale ensuite...

Une expression indéchiffrable passa sur le visage de Mme Hastings.

— Nous avons falsifié la date sur notre certificat de mariage pour qu'elle tombe plus de neuf mois avant la naissance de Melissa.

Un BlackBerry sonna deux tables plus loin. Au bar, un homme s'esclaffa bruyamment.

— Je voulais ce bébé. Mais je voulais aussi devenir avocate. J'en rêvais depuis toujours. Je sais que je ne peux pas diriger ta vie, Spence, mais je veux ce qu'il y a de mieux pour toi. C'est pour ça que j'ai été aussi dure à propos de... de tout : tes notes, l'Orchidée d'or, le sport... Je suis désolée. Ce n'était pas juste.

Bouche bée, Spencer dévisagea longuement sa mère. Quelqu'un laissa tomber une assiette en cuisine, mais la jeune fille ne cilla même pas.

Mme Hastings tendit une main par-dessus la table et la posa sur celle de Spencer.

— J'espère que ça ne t'ennuie pas que je t'aie raconté ça. Je voulais juste que tu saches la vérité.

— Non, non, croassa Spencer. Ça explique beaucoup de choses. Je suis très contente que tu m'en aies parlé. Mais pourquoi n'es-tu pas retournée à l'école de droit quand Melissa a été assez grande ?

— Parce que… (Mme Hastings haussa les épaules.) Beaucoup de temps avait passé, et nous voulions un deuxième enfant. (Elle se pencha vers Spencer.) Ne dis rien à Melissa, s'il te plaît. Tu sais combien elle est sensible. Elle craindrait que je ne lui en veuille.

Spencer ne put s'empêcher de se réjouir. Donc, elle était la fille que ses parents avaient voulue… et Melissa, celle qu'ils n'avaient pas planifiée.

C'était peut-être le secret dont « A » avait voulu parler, même si ça n'avait aucun rapport avec Ali ou avec le fait que Mme Hastings ne l'appréciait pas. Mais alors que Spencer s'emparait d'un morceau de pain, un minuscule souvenir, enfoui dans sa mémoire depuis la disparition d'Ali, refit surface.

Après le départ d'Ali, Spencer et les autres avaient décidé de rentrer chez elles. Emily, Hanna et Aria avaient appelé leurs parents pour qu'ils viennent les chercher ; quant à Spencer, elle avait regagné la maison et était montée dans sa chambre. La télévision était allumée au rez-de-chaussée – Melissa et Ian se trouvaient dans le salon – mais aucune trace de ses parents. Étrange, car d'habitude, ils n'autorisaient pas leurs filles à rester seules à la maison avec des garçons.

Spencer s'était glissée sous sa couette, complètement déprimée par le tour pris par la soirée. Beaucoup plus tard, quelque chose l'avait réveillée. Quand elle était sortie sur le palier et avait regardé par-dessus la balustrade, elle avait vu deux personnes dans le hall d'entrée. Melissa, qui portait toujours son haut gris et son bandeau en soie noire, discutait avec M. Hastings à voix basse. Elle semblait très agitée. Spencer n'avait pas compris grand-chose de ce qu'ils racontaient – juste que Melissa était en colère, et leur père sur la défensive. À un moment, sa sœur s'était exclamée :

— Je n'arrive pas à le croire !

M. Hastings avait répondu mais Spencer n'avait pas entendu.

— Où est maman ? avait demandé Melissa, d'une voix de plus en plus forte sous l'effet d'une hystérie grandissante. Il faut la trouver !

Puis ils s'étaient dirigés précipitamment vers la cuisine, et Spencer avait regagné sa chambre.

— Spence ?

Elle sursauta. De l'autre côté de la table, sa mère la dévisageait avec de grands yeux ronds. La jeune fille baissa la tête et vit que la main qui tenait son verre d'eau tremblait de manière incontrôlable.

— Tu vas bien ? s'inquiéta Mme Hastings.

Spencer ouvrit la bouche et la referma aussitôt. Était-ce un véritable souvenir ou un rêve ? Sa mère était-elle absente cette nuit-là, elle aussi ? Il semblait peu probable qu'elle ait vu l'assassin d'Ali. Dans le cas contraire, elle l'aurait immédiatement raconté à la police. Elle ne manquait pas de cœur – ou de moralité – à ce point. Et puis, quel intérêt aurait-elle eu à dissimuler ce genre d'informations ?

— À quoi pensais-tu à l'instant ? demanda Mme Hastings, la tête penchée sur le côté.

Spencer reposa son verre et pressa l'une contre l'autre ses paumes encore imprégnées d'huile de massage. Puisque aujourd'hui elles se disaient tout, elle pouvait peut-être avouer la vérité à sa mère.

— Je... je pensais à la nuit où Ali a disparu, bredouilla-t-elle.

Mme Hastings fit tourner distraitement le diamant de deux carats qu'elle portait à l'oreille droite. Puis un pli barra son front, et les rides autour de sa bouche se creusèrent comme sous l'effet d'un ciseau de sculpture. Elle baissa les yeux vers son assiette.

— Et toi, ça va? demanda très vite Spencer, le cœur au bord des lèvres.

Mme Hastings eut un sourire pincé.

— C'était une nuit terrible, ma chérie, dit-elle en baissant la voix d'une octave. N'en parlons plus jamais.

Puis elle se détourna et fit signe à la serveuse pour commander. D'un ton nonchalant, elle réclama une salade asiatique au poulet avec la vinaigrette au sésame à part, mais Spencer ne put s'empêcher de remarquer sa main crispée sur son couteau, et son index taquinant la lame.

12

MÊME À L'ASILE, IL Y A LES GENS POPULAIRES ET LES AUTRES

Hanna se trouvait à la cafétéria du Sanctuaire, une assiette de poulet rôti et de légumes vapeur sur son plateau. La cafétéria était une grande pièce carrée au plancher couleur de miel, avec de petites tables rustiques, un grand piano Steinway noir laqué dans un coin et des fenêtres en enfilade donnant sur une prairie scintillante. Des tableaux abstraits ornaient les murs, et les rideaux étaient en velours gris.

Sur une table dans le fond trônaient deux machines à expressos chromées qui avaient dû coûter une fortune, une longue glacière en acier inoxydable contenant toutes les sortes de sodas imaginables, et des tas de gâteaux au chocolat, de tartes au citron meringuées ou de divins brownies. Hanna n'avait pas la moindre intention d'y toucher. Même si le pâtissier du Sanctuaire avait reçu un prix de la fondation James-Beard, la dernière chose dont elle avait besoin, c'était de prendre cinq kilos.

Hanna devait bien reconnaître que sa première journée

chez les fous n'avait pas été si terrible. Elle avait passé la première heure à fixer les moulures en plâtre au plafond de sa chambre en s'apitoyant sur sa vie misérable. Puis une infirmière était entrée et lui avait tendu une pilule comme s'il s'agissait d'un Tic Tac. En fait, c'était du Valium, et Hanna avait le droit d'en prendre aussi souvent qu'elle le voudrait durant son séjour.

Lors de leur entrevue, sa thérapeute, le Dr Foster, lui avait promis qu'elle contacterait Mike pour l'informer qu'Hanna n'avait pas le droit de téléphoner ou d'envoyer des e-mails, excepté le dimanche après-midi, afin que le jeune homme ne croie pas qu'elle l'ignorait. Le Dr Foster avait également promis à Hanna qu'elle ne serait pas obligée de parler d'Ali, de Mona ou du nouveau « A » pendant leurs séances si elle n'en avait pas envie. Enfin, elle avait dit et répété qu'aucune des filles de l'étage d'Hanna ne savait qui elle était : la plupart d'entre elles se trouvaient au Sanctuaire depuis si longtemps qu'elles n'avaient jamais entendu parler d'Alison DiLaurentis ou de « A ».

— Ainsi, vous n'aurez pas à y penser durant votre séjour parmi nous, avait affirmé le Dr Foster en tapotant la main d'Hanna.

Et cela avait pris toute l'heure qu'avait duré leur entretien. *Un point pour moi.*

À présent, c'était l'heure du dîner. Toutes les autres occupantes de l'aile des filles s'étaient rassemblées autour des tables, en groupes de trois ou quatre. La plupart portaient leur blouse d'hôpital ou un pyjama en flanelle ; elles avaient les cheveux en bataille et pas la moindre trace de maquillage ou de vernis à ongles. Il y avait bien quelques groupes de jolies filles en jean skinny, tunique longue et pull en cachemire, aux cheveux brillants et au ventre plat. Mais aucune d'elles n'avait remarqué Hanna ou ne l'avait invitée à les rejoindre. Leur regard semblait lui passer au travers, comme si la petite nouvelle n'était qu'une image en deux dimensions.

Alors qu'elle se dandinait sur le seuil, son plateau dans les mains, Hanna se sentit transportée à la cafétéria de l'Externat de Rosewood le premier jour de son année de 6e – celui de son entrée au collège. Cette fois-là aussi, elle était restée immobile et indécise, regrettant de ne pas être assez jolie, mince et populaire pour aller s'asseoir avec Naomi Zeigler et Alison DiLaurentis. Puis Riley Wolfe avait heurté son coude, renversant les spaghettis bolognaises d'Hanna sur le sol et sur ses chaussures. Aujourd'hui encore, la jeune fille entendait le rire aigu de Riley, le gloussement discret d'Ali et les excuses totalement hypocrites de Riley. Elle avait quitté la cafétéria en courant, les joues inondées de larmes.

— Coucou.

Pivotant, Hanna découvrit une fille petite et mal fagotée, avec des cheveux brun terne et un appareil dentaire. Elle lui aurait donné douze ans sans ses seins énormes, compressés tels deux melons dans son sweat à capuche orange hyper serré. Mike aurait probablement fait le même rapprochement mais Hanna, elle, ça la rendait triste.

— Tu es nouvelle? demanda la fille. Tu as l'air un peu perdue.

— Euh, oui.

Une odeur de Vicks VapoRub chatouilla les narines d'Hanna, qui plissa le nez. Ça semblait venir de cette fille.

— Je m'appelle Tara, dit celle-ci en postillonnant.

— Hanna, murmura la nouvelle sur un ton morne, en s'écartant pour laisser passer une employée en blouse rose.

— Tu veux manger avec nous? C'est triste de dîner seule. Nous sommes toutes passées par là.

Hanna baissa les yeux vers le plancher de bois poli en examinant les options qui s'offraient à elle. Tara n'avait pas l'air cinglée, juste ringarde. Et Hanna n'avait pas vraiment le choix.

— Euh, d'accord, répondit-elle en s'efforçant d'être polie.
— Génial!

Tara et ses melons sautillèrent sur place.

L'adolescente rebroussa chemin, entraînant Hanna vers une table de quatre au fond de la salle. Une fille pas plus épaisse qu'un fil de fer, au long visage triste et pâle de gothique, plantait sans appétit sa fourchette dans une assiette de *penne* nature. Une rousse boulotte, à qui il manquait des cheveux sur une zone importante au-dessus de l'oreille droite, grignotait un épi de maïs comme si sa vie en dépendait.

— Voici Alexis et Ruby, annonça Tara. Je vous présente Hanna. Elle est nouvelle.

Alexis et Ruby dirent timidement bonjour. Hanna leur rendit leur salut, de plus en plus mal à l'aise. Elle mourait d'envie de leur demander ce qu'elles faisaient là, mais le Dr Foster avait bien précisé qu'il était interdit d'aborder le sujet hors des séances de thérapie, individuelles ou collectives. Les patients devaient faire comme s'ils étaient là de leur plein gré – comme s'il s'agissait d'une colonie de vacances d'un genre un peu particulier.

Tara se laissa tomber près d'Hanna et se mit aussitôt à couper l'impressionnante pile de nourriture sur son assiette : un hamburger, une part de lasagnes, des haricots verts dégoulinants de beurre et un morceau de pain aussi gros que le poing d'Hanna.

— Tu viens juste d'arriver, n'est-ce pas? lança-t-elle joyeusement. Comment trouves-tu ta première journée pour le moment?

Hanna haussa les épaules, tout en se demandant si Tara était boulimique.

— Plutôt ennuyeuse.

Tara acquiesça en mâchant la bouche ouverte.

— Je sais. Pas d'Internet, ça craint. On ne peut ni bloguer ni aller sur Twitter. Tu as un blog?

— Non, répondit Hanna en s'efforçant de ne pas ricaner. *Les blogs, c'est pour les gens qui n'ont pas de vie sociale.*

Tara enfourna une petite montagne de nourriture dans sa bouche. Elle avait un bouton d'herpès au coin des lèvres.

— Tu t'y habitueras. La plupart des gens ici sont très sympas. Il n'y a que deux ou trois filles à éviter.

— Des garces, acquiesça Alexis d'une voix étonnamment rauque pour quelqu'un d'aussi mince.

Tara et Ruby gloussèrent comme si employer un gros mot était le summum de la branchitude.

— Elles passent tout leur temps au spa, dit Ruby en levant les yeux au ciel. Elles ne peuvent pas rester plus d'une journée sans se faire une manucure.

Hanna faillit s'étrangler avec une fleurette de brocoli. Elle avait dû mal comprendre.

— Il y a un spa au Sanctuaire?

Tara plissa le nez.

— Oui, mais c'est en supplément.

Hanna passa sa langue sur ses dents. Comment se faisait-il que personne ne lui ait parlé de ce spa? Et qu'est-ce que ça pouvait bien faire si c'était en supplément? Elle n'aurait qu'à mettre ça sur la note de son père. Ça lui ferait les pieds.

— Au fait, tu partages ta chambre avec qui? demanda Tara.

Hanna fourra son sac Marc Jacobs en cuir grainé sous sa chaise.

— Je ne l'ai pas encore rencontrée.

Sa camarade de chambre n'avait pas mis les pieds dans leurs quartiers communs de toute la journée. On avait dû l'envoyer en cellule capitonnée, ou quelque chose dans le genre.

Tara sourit.

— Tu n'as qu'à rester avec nous. On s'amuse bien. (De sa fourchette, elle désigna Alexis et Ruby.) On écrit des sketches sur le personnel et on les joue dans nos chambres. En général, Ruby tient le rôle principal.

— Elle veut faire carrière à Broadway, ajouta Alexis. Elle est vraiment douée.

Ruby rougit et baissa la tête. Quelques grains de maïs étaient collés sur sa joue gauche. Hanna eut le pressentiment distinct que la seule carrière qu'elle ferait jamais à Broadway serait celle de vendeuse de pop-corn et de soda.

— On joue aussi à *America's Next Top Model*, reprit Tara en attaquant sauvagement ses lasagnes.

Alexis et Ruby s'esclaffèrent bruyamment. Tapant dans leurs mains, elles se mirent à beugler le générique – complètement faux.

— *I wanna be on top! Na na na na na na!*

Hanna s'affaissa sur sa chaise. Il lui semblait que toutes les lumières de la cafétéria avaient brusquement baissé, à l'exception de celle qui se trouvait au-dessus d'elles. Aux tables voisines, on se retournait pour les dévisager.

— Vous vous prenez pour des mannequins ? demanda Hanna d'une voix affaiblie par l'incrédulité.

Ruby but une gorgée de Coca.

— Pas vraiment. On se contente d'enfiler des fringues et de marcher dans le couloir comme si c'était le podium d'un défilé de haute-couture. Tara a des trucs déments dans son placard, et même un sac Burberry !

Tara se tamponna la bouche avec sa serviette.

— C'est un faux, avoua-t-elle. Ma mère me l'a acheté dans Chinatown, à New York. Mais on ne voit pas la différence.

Hanna sentit son envie de vivre s'écouler lentement par la plante de ses pieds. Elle avisa deux infirmières en train de discuter près de la table des desserts et envisagea de leur réclamer une double dose de Valium – immédiatement.

— Je n'en doute pas, mentit-elle.

Soudain, elle aperçut une fille qui les observait, debout près des marmites de soupe. L'inconnue avait des cheveux blonds comme les blés, la peau claire, un teint magnifique et une aura indéfinissable. Un frisson parcourut Hanna. Ali?

Puis, à mieux y regarder, Hanna réalisa que la fille avait le visage plus rond, un nez plus pointu, et que ses yeux étaient verts et non bleus. Elle soupira de soulagement.

Mais l'inconnue se dirigeait droit vers elles, louvoyant entre les tables avec le même sourire moqueur qu'Ali quand elle s'apprêtait à se moquer cruellement de quelqu'un. Hanna jeta un coup d'œil impuissant à ses compagnes. Elle passa les mains sur ses cuisses et se raidit. Ses jambes n'étaient-elles pas un peu plus grosses que d'habitude? Et pourquoi ses cheveux lui paraissaient-ils tout à coup ternes et frisottants?

Son cœur se mit à battre la chamade. Et si, au contact de ces ringardes, elle était instantanément redevenue la mocheté qu'elle était avant de connaître Ali? Et s'il lui était poussé un double menton et du gras dans le dos? Et si ses dents s'étaient remises de travers?

Nerveuse, Hanna prit du pain dans la corbeille. À l'instant où elle allait l'enfourner en entier dans sa bouche, elle réalisa ce qu'elle était en train de faire et interrompit son geste, horrifiée. Hanna la fabuleuse ne mangeait jamais de pain – jamais !

Tara remarqua la blonde qui se dirigeait vers elles et donna un coup de coude à Ruby. Alexis se redressa. Toutes retinrent leur souffle tandis que la fille approchait. Quand elle lui toucha le bras, Hanna se hérissa, en alerte. Elle devait ressembler à un troll, elle en était sûre.

— C'est toi, Hanna ? demanda la fille d'une voix claire et doucereuse.

Hanna tenta de répondre, mais les mots restèrent bloqués dans sa gorge. Elle émit un son à mi-chemin entre rot et hoquet.

— Oui, finit-elle par gargouiller, les joues en feu.

La fille lui tendit la main. Ses ongles étaient vernis en noir Chanel.

— Je suis Iris, se présenta-t-elle. Ta camarade de chambre.

— S... salut, balbutia Hanna, scrutant ses yeux vert clair en amande.

Iris s'écarta et la détailla de haut en bas.

— Viens avec moi, lui lança-t-elle d'un ton léger. On ne fréquente pas les nulles.

Des exclamations indignées s'élevèrent autour de la table. Alexis fit une tête de trois pieds de long ; Ruby tira nerveusement sur ses cheveux ; Tara secoua la tête avec vigueur en articulant le mot « garce » comme si Hanna s'apprêtait à manger un aliment empoisonné.

Mais Iris sentait le lilas, pas le Vicks VapoRub. Elle portait le même cardigan Joie en cachemire qu'Hanna avait acheté quinze jours plus tôt chez Otter, et elle avait tous ses cheveux. Bien des années auparavant, Hanna s'était juré de ne plus jamais se trouver dans le camp des ringardes – une règle toujours d'actualité, même chez les fous.

Elle haussa les épaules, se leva et ramassa son sac.

— Désolée, mesdemoiselles, susurra-t-elle en leur soufflant un baiser.

Puis elle passa son bras sous celui qu'Iris lui offrait et s'éloigna sans un regard en arrière.

Alors que les deux filles traversaient la cafétéria d'une démarche de mannequin, Iris chuchota à l'oreille d'Hanna :

— Tu as un sacré bol que ce soit moi qui partage ta chambre. Je suis la seule personne normale ici.

— Merci mon Dieu, souffla Hanna en levant les yeux au ciel.

Iris s'arrêta et la fixa longuement. Un sourire se dessina sur son visage – un sourire qui semblait dire : « Ça va, tu es cool. » Et Hanna réalisa qu'Iris l'était peut-être aussi. Toutes deux échangèrent le regard satisfait des jolies filles populaires qui se reconnaissent entre elles.

Iris entortilla une longue mèche de cheveux blonds autour de son index.

— Un masque à la boue après le dîner ? proposa-t-elle. Je suppose que tu es au courant, pour le spa.

— Vendu, acquiesça Hanna.

L'espoir gonfla sa poitrine. Son séjour au Sanctuaire ne serait peut-être pas si terrible, en fin de compte.

13

*P*AS AUSSI TYPIQUE QU'ON POURRAIT LE CROIRE

Le mercredi après-midi, assise à la table de cuisine du nouveau nid d'amour de Byron et de Meredith, Aria scrutait d'un air morne le contenu d'un sachet de bretzels bio au miel.

La maison datait des années 1950 ; elle avait des moulures au plafond, une terrasse sur trois niveaux, et de sublimes portes-fenêtres pour passer d'une pièce à l'autre. Malheureusement, la cuisine était petite et encombrée, et les appareils ménagers dataient de la guerre froide. Pour compenser ce côté vieillot, Meredith avait arraché la tapisserie à carreaux et peint les murs en vert fluo. Comme si le bébé allait trouver ça apaisant !

Mike, assis près de sa sœur, grommelait parce qu'il n'y avait que du lait de soja écrémé à boire. Byron l'avait invité à passer après les cours pour que son fils apprenne à mieux connaître sa nouvelle compagne. Mais la seule chose que Mike avait dite à Meredith depuis son arrivée, c'est que ses seins avaient vraiment grossi depuis qu'elle était enceinte.

Avec un sourire forcé, la jeune femme était montée à l'étage pour « préparer la chambre du bébé ».

Mike alluma la petite télé de la cuisine et mit les informations. « L'opinion publique réclame que les Jolies Petites Menteuses passent au détecteur de mensonge », disait le gros titre. Aria hoqueta et se pencha en avant.

— Dans l'affaire Alison DiLaurentis, certaines personnes soupçonnent les quatre filles de Rosewood de dissimuler des informations cruciales à la police, déclara une journaliste blonde d'un air très satisfait. (En arrière-plan, on devinait le centre-ville de Rosewood avec sa petite place coquette, son café français et son magasin de meubles danois.) Ces derniers mois, elles se sont déjà trouvées au cœur de plusieurs scandales liés à la disparition. Et samedi dernier, on les a aperçues sur le lieu d'un incendie dans les bois où Ian Thomas a été vu pour la dernière fois, elles détruisaient tous les indices pouvant aider à signaler sa piste. Apparemment, la police serait prête à arrêter les Menteuses si la complicité était prouvée.

— La complicité ? répéta Aria, stupéfaite.

Pensait-on vraiment que ses amies et elle avaient aidé Ian à s'échapper ? Wilden avait bien fait de les avertir. Quand Emily avait affirmé qu'elles avaient vu Ali, le peu de crédibilité qui leur restait s'était envolé. Toute la ville s'était retournée contre elles.

Aria laissa errer son regard vers la baie vitrée qui donnait sur le jardin. Les bois grouillaient d'ouvriers et de policiers qui fouillaient les cendres en quête d'indices sur l'incendiaire. Ils s'affairaient comme des fourmis. Une femme flic se tenait près d'un poteau téléphonique, flanquée de deux bergers allemands vêtus de gilet de l'unité K-9. Aria voulait courir dehors et remettre la chevalière de Ian où elle l'avait ramassée, mais la police patrouillait sur les lieux de jour comme de nuit.

Soupirant, la jeune fille sortit son téléphone et envoya un texto à Spencer.

Tu as vu, pour le détecteur de mensonge?

Oui, répondit son amie presque immédiatement.

Aria hésita, cherchant comment formuler sa question suivante.

Crois-tu que l'esprit d'Ali tente de nous dire quelque chose? C'est peut-être ça que nous avons vu lors de l'incendie.

Tu veux dire, son fantôme?

Oui.

Impossible.

Aria posa son Treo sur la table, écran vers le bas. Pas étonnant que Spencer n'y croie pas. Quand elles allaient nager à la mare de Peck, Ali leur faisait chanter une comptine pour empêcher l'esprit de l'homme qui s'y était noyé de leur faire du mal. Spencer était toujours la seule qui, sceptique, refusait de s'exécuter.

— Trop cool! s'exclama Mike. Il faudra que tu me racontes comment ça se passe, le détecteur. Ça doit être génial. (Voyant l'expression de sa sœur, il s'esclaffa.) Je plaisante. Les flics ne peuvent pas vous imposer ça. Vous n'avez rien fait de mal – sinon, Hanna me l'aurait dit.

— Tu sors vraiment avec Hanna? s'enquit Aria, qui voulait désespérément changer de sujet.

Mike carra les épaules.

— C'est si surprenant que ça? Je suis canon. (Il enfourna un bretzel dans sa bouche. Quelques miettes tombèrent sur le sol carrelé.) À propos d'Hanna, si vous la cherchez, elle est partie voir sa mère à Singapour. Elle n'est pas enfermée quelque part. Ni en stage de strip-tease à Hollywood, non plus.

Aria le dévisagea comme s'il était fou. Elle ne comprenait pas comment Hanna pouvait le supporter. En revanche, elle ne blâmait pas son amie de s'être enfuie à Singapour. Elle aussi aurait fait n'importe quoi pour partir de Rosewood. Même Emily avait quitté la ville pour se réfugier à Boston avec les jeunes de sa paroisse.

— J'ai entendu parler de toi, reprit Mike en agitant ses sourcils noirs de manière suggestive et en fixant sa sœur d'un regard accusateur. Selon une source fiable, tu aurais passé du temps avec Noel Kahn hier.

Aria poussa un grognement.

— Ta source fiable, ça ne serait pas Noel Kahn en personne, par hasard?

— Si. (Mike haussa les épaules, puis se pencha vers elle et demanda sur le ton de la confidence :) Alors, qu'est-ce que vous avez fait?

Aria lécha ses doigts couverts de sel. *Hum*. Ainsi, Noel n'avait pas dit à Mike qu'ils avaient assisté à une séance de spiritisme. Apparemment, il n'en avait pas non plus informé la presse.

— On s'est rencontrés par hasard.

— En tout cas, tu lui plais beaucoup, grimaça Mike en posant ses baskets sales sur un coin de la table.

Aria baissa la tête, fixant des miettes sur le carrelage.

— Je suis sûre que non.

— Il organise une soirée Jacuzzi jeudi, ajouta Mike. Tu es au courant? Ses parents seront absents; lui et ses frères ont bien l'intention d'en profiter.

— Pourquoi un jeudi? s'étonna Aria.

— Parce que le jeudi, c'est le nouveau samedi, récita Mike, levant les yeux au ciel comme si c'était une évidence. Ça va être dément. Tu devrais venir.

— Non, merci, dit très vite Aria.

La dernière chose qu'elle désirait, c'était assister à une autre soirée de Noel Kahn. On y retrouvait toujours les mêmes énergumènes de Rosewood : des ados mâles qui buvaient de la bière au fût, des ados femelles qui vomissaient leur Martini au chocolat et leur vodka-Jell-O, et des couples d'ados qui se tripotaient sur les canapés Louis XV des Kahn.

On sonna à la porte. Tous deux se redressèrent.

— Vas-y, siffla Aria. Si c'est encore la presse, je ne suis pas là.

Les journalistes s'étaient enhardis jusqu'à oser sonner chez elle plusieurs fois par jour, comme s'il s'agissait du facteur. Aria était certaine qu'un jour, ils finiraient même par entrer sans frapper.

— Pas de problème.

Mike se regarda dans le miroir du couloir et lissa ses cheveux en arrière.

À l'instant où il allait ouvrir la porte, Aria réalisa qu'elle était visible depuis le porche de devant. Si c'était des journalistes, ils bousculeraient Mike pour venir la chercher dans la cuisine. Paniquée, la jeune fille regarda autour d'elle et fonça dans le garde-manger. Elle s'accroupit maladroitement sous une étagère pleine de sacs de riz complet et referma la porte.

Ça sentait le poivre. Une des œuvres de Meredith – des inscriptions au fer rouge sur des grandes planches de bois – était posée sur une boîte de semoule. « MES SŒURS, UNISSONS-NOUS ! » pouvait-on y lire.

Aria entendit la porte s'ouvrir en grinçant et son frère s'exclamer :

— Quoi de neuf, mon pote ?

Il y eut un claquement de paumes, puis des pas en direction de la cuisine. Deux paires de baskets. Aria regarda par l'interstice entre le chambranle et la porte du garde-manger, se demandant ce qui se passait. Elle fut horrifiée de voir Noel Khan entrer dans la cuisine après son frère. Que faisait-il là ?

Mike fit un tour sur lui-même, perplexe. Arrivé devant le garde-manger, il haussa un sourcil et ouvrit la porte.

— Je l'ai trouvée ! Elle fréquente les macaronis au fromage en cachette !

— Wouah. (Noel apparut derrière Mike.) J'aimerais bien qu'il y ait une fille comme ça dans *mon* garde-manger !

— Mike ! (Aria s'extirpa vite du placard, comme si ça coulait de source qu'elle soit pliée en quatre sous une étagère.) Tu étais censé dire que je n'étais pas là !

Son frère haussa les épaules.

— Aux journalistes. Pas à Noel.

Aria les dévisagea l'un après l'autre, suspicieuse. Elle ne faisait toujours pas confiance à Noel. Et elle avait un peu honte du comportement qu'elle avait eu lors de la séance de spiritisme. Elle était restée un long moment dans les toilettes de la boutique, fixant l'affichette d'un air hagard. Noel avait fini par toquer à la porte pour lui dire que les plombs avaient sauté et que tout le monde devait vider les lieux.

Noel se détourna et ricana devant les exercices de grossesse que Meredith avait accrochés sur le frigo. La plupart visaient à renforcer le périnée.

— Je voulais te parler, Aria. (Il jeta un coup d'œil à Mike.) Seul à seule, si c'est possible.

— Mais bien sûr ! claironna Mike.

Il regarda sa sœur l'air de dire : « Ne fous pas tout par terre », puis se dirigea vers le salon.

Aria regardait partout sauf vers Noel.

— Euh, tu veux boire quelque chose ? demanda-t-elle, gênée.

— Volontiers, acquiesça Noel. De l'eau, ça ira.

Aria approcha un verre du distributeur à eau du frigo, le dos raide et les épaules crispées. Elle sentait encore l'odeur du milk-shake algues-citrouille que Meredith s'était préparé un quart d'heure avant. Elle revint vers la table et posa le verre devant Noel. Celui-ci sortit un plastique gris de son sac à dos et le lui tendit.

— Pour toi.

À l'intérieur, Aria trouva un paquet d'une poudre qui ressemblait à de la poussière mais qui, selon l'étiquette, était de l'« ENCENS POUR LA RÉUSSITE ». Quand elle l'approcha de son nez, la puanteur la fit loucher. On aurait dit la litière du chat.

— Oh, marmonna-t-elle, sans voix.

— Je l'ai acheté dans cette drôle de boutique, expliqua Noel. C'est censé te porter chance. Le pseudo-sorcier m'a dit que tu devais dessiner un cercle magique avec avant de le faire brûler. Évidemment, je n'ai pas la moindre idée de ce qu'est un cercle magique.

Aria ricana.

— Euh, merci.

Elle posa l'encens sur la table et plongea sa main dans le sachet de bretzels. Comme Noel avait eu la même idée au même moment, leurs doigts se touchèrent.

— Oups, dit Noel.

— Désolée, fit Aria en même temps.

Les joues en feu, elle retira très vite sa main.

Noel posa ses coudes sur la table.

— Hier, tu as quitté la séance en courant. Tout va bien ?

Aria fourra précipitamment son bretzel dans sa bouche pour ne pas avoir à répondre.

— Le médium était un imposteur, bien entendu, ajouta Noel. Je crois qu'on a gaspillé nos vingt dollars.

— Uh... huh, marmonna Aria en mâchant pensivement.

« Ça la rend très triste », avait dit Équinoxe. Ce type était peut-être un menteur, mais s'il avait raison sur ce point ? Mme DiLaurentis avait insinué la même chose après la disparition de sa fille. Et depuis la veille, quelques souvenirs perturbants avaient refait surface dans la mémoire d'Aria. Comme au début de leur amitié, quand Ali l'avait invitée à les accompagner, sa mère et elle, pour passer le week-end dans leur nouvelle maison de campagne des Poconos, pendant que son père et Jason resteraient à Rosewood.

C'était une immense bâtisse style Cape Cod avec un patio, une salle de jeux et un escalier dérobé qui conduisait à l'une des chambres de derrière depuis la cuisine. Un matin, alors qu'Aria jouait seule dans cet escalier, elle avait entendu un chuchotement à travers le mur.

— Je me sens tellement coupable, disait Ali.

— Mais non, avait répondu sa mère avec sévérité. Ce n'est pas ta faute. Tu sais bien que c'est mieux pour toute notre famille.

— Mais cet endroit... (Ali semblait dégoûtée.) C'est si triste !

Du moins était-ce ce qu'Aria avait compris. Après ça, Ali avait baissé la voix, et elle n'avait plus rien entendu.

D'après le registre trouvé par Emily, Jason avait commencé à se rendre à l'hôpital psychiatrique à peu près à l'époque où Ali, Aria et les autres étaient devenues amies. Par « cet endroit », Ali entendait peut-être le Radley. Elle devait se sentir coupable que Jason aille là-bas. Elle était peut-être à l'origine de la décision de ses parents d'y envoyer leur fils. Aria avait du mal à croire qu'Ali et Jason avaient des problèmes, mais elle pouvait se tromper.

Elle sentait le regard de Noel, il attendait une réponse. Ce n'était pas le moment de penser à ça.

— Les esprits qui nous observent de l'au-delà, ça n'existe pas, déclara-t-elle en écho avec la théorie de Spencer.

Noel la fixa d'un air indigné, comme si elle venait de lui dire que le lacrosse n'existait pas. Tandis qu'il s'agitait sur sa chaise, Aria sentit l'odeur boisée et épicée de son déodorant – un parfum plutôt plaisant.

— Et si Ali avait réellement quelque chose à te dire ? Tu ne peux pas abandonner maintenant !

Furieuse, Aria frappa la table du plat de la paume.

— Qu'est-ce que ça peut te faire ? Quelqu'un t'a envoyé pour me parler ? Je parie que c'est encore un coup de tes copains du lacrosse. Vous vous moquez de moi, c'est ça ?

Noel resta bouche bée.

— Non ! Bien sûr que non ! protesta-t-il.

— Alors, que faisais-tu à cette séance ? Les types comme toi ne s'intéressent pas à ce genre de choses.

Le jeune homme baissa le menton.

— Qu'est-ce que ça veut dire, « les types comme moi » ?

À l'étage, Meredith claqua une porte, et toute la maison trembla. Aria n'avait jamais dévoilé à personne le surnom qu'elle donnait aux « ados mâles typiques de Rosewood » – ni à ses parents, ni à ses amis, et encore moins à un ado mâle typique de Rosewood.

— C'est juste que… tu as l'air si normal, éluda-t-elle. Si bien dans tes baskets.

Noel posa son coude sur une pile de catalogues pour bébés. Ses cheveux noirs lui tombaient devant le visage. Il prit deux ou trois grandes inspirations, comme s'il rassemblait son courage pour lui faire un aveu, puis se décida à lever les yeux vers Aria.

— D'accord, c'est vrai : je ne vais pas à des séances de

spiritisme parce que j'aime Led Zep. (Il fixa la jeune fille, puis son verre, comme s'il allait lire son avenir dans les glaçons qui fondaient.) Quand j'avais six ans, mon frère s'est suicidé.

Surprise, Aria cligna des yeux. Elle pensa à Erik et Preston, ses deux frères. Bien qu'étudiants à la fac, ses aînés ne manquaient jamais une soirée organisée par Noel.

— Je ne comprends pas.

— Mon frère Jared. (Noel prit un catalogue et le roula entre ses mains.) Il était beaucoup plus âgé que moi. Mes parents évitent d'en parler.

Aria agrippa le bord de la table. Noel avait eu un autre frère ?

— Comment est-ce arrivé ?

— Mes parents étaient sortis le soir. Jared devait me garder. Nous avons joué à *Myst* sur son ordinateur. Et puis, comme il se faisait tard, j'ai commencé à piquer du nez. Jared a repoussé au maximum le moment de me coucher, mais il a fini par le faire. Plus tard, je me suis réveillé, et j'ai eu... une impression bizarre. La maison était trop calme. Je me suis levé et je suis allé au bout du couloir. La porte de la chambre de Jared était fermée. J'ai frappé, pas de réponse. Alors, je suis entré, et... je l'ai vu.

Noel haussa les épaules et déroula le catalogue. Celui-ci s'ouvrit sur un bébé blond et souriant dans une chaise haute rouge.

Ne sachant pas quoi faire d'autre, Aria lui toucha la main. Noel ne la retira pas.

— Il s'était... tu sais. Pendu. (Le jeune homme ferma les yeux.) Sur le coup, je n'ai pas bien compris ce que je voyais. J'ai cru à un jeu. Ou à une punition, parce que je n'étais pas resté avec lui pour terminer *Myst*. Puis mes parents sont rentrés, et après ça, je ne me souviens de rien.

— Mon Dieu, chuchota Aria.

— Il devait aller à Cornell l'année suivante. (La voix de Noel se brisa.) C'était un super joueur de basket, un surdoué. Tout dans sa vie semblait parfait. Mes parents n'ont rien vu venir. Pas plus que mes frères ou que sa petite amie. Personne n'a compris.

— Je suis vraiment désolée, souffla Aria.

À présent, elle s'en voulait d'avoir jugé Noel de façon aussi péremptoire et ignorante. Mais qui se serait douté qu'il gardait un secret si horrible? Et elle qui pensait qu'il voulait juste lui jouer un sale tour...

— Tu as déjà réussi à lui parler pendant une séance?

Noel tripota la salière en forme de grenouille posée au milieu de la table.

— Pas vraiment. Mais je continue à essayer. Et je vais souvent lui parler au cimetière. Ça m'aide.

Aria grimaça.

— J'ai essayé de faire ça avec Ali, mais je me sens toujours un peu ridicule. Comme si je parlais toute seule.

— Tu te trompes. Je suis sûr qu'elle t'entend, dit Noel.

L'aspirateur gronda à l'étage, faisant vibrer le plafond au-dessus de leur tête. Pendant un instant, ils l'écoutèrent sans rien dire. Puis Noel planta son regard d'un vert perçant dans celui d'Aria.

— Tu veux bien garder ça pour toi? Tu es la seule personne à qui je l'ai dit.

— Bien entendu, répondit très vite Aria en dévisageant le jeune homme.

Il ne semblait pas du tout en colère qu'elle l'ait poussé à la confidence.

Quand elle baissa les yeux, elle vit que sa main était toujours posée sur celle de Noel. Elle la retira précipitamment. Soudain, elle avait très chaud.

Noel la fixait toujours. Son cœur s'emballa. Elle tripota nerveusement la chaîne ancienne en argent qu'elle portait autour de son cou. Noel se rapprocha d'elle, de plus en plus, jusqu'à ce que son souffle la chatouille. Son haleine sentait la réglisse, une des friandises préférées d'Aria. La jeune fille retint sa respiration.

Puis, comme s'il venait de se réveiller en sursaut, Noel se rejeta en arrière, saisit son verre sur la table et se leva.

— Je vais aller retrouver Mike. À plus.

Il lui dit au revoir de la main, sortit de la cuisine et s'éloigna dans le couloir. Aria appuya son verre d'eau fraîche contre son front. Un instant, elle avait cru que Noel allait l'embrasser. Elle l'avait même plus ou moins espéré – ce qui ne lui ressemblait pas *du tout*.

14

Même les filles sages ont des secrets

Mercredi en fin de journée, Emily traversa le champ derrière la ferme des Zook pour apporter un seau d'eau aux animaux. Le vent lui fouettait le visage et la faisait larmoyer. Au loin, des lanternes étaient déjà allumées dans deux autres maisons. Une carriole remontait le chemin de terre en direction de la route.

— Merci, lança Lucy en rattrapant Emily. (Elle aussi portait un seau d'eau.) Après ça, il nous restera juste à laver le sol chez Mary pour la cérémonie de samedi.

— D'accord.

Emily n'osa pas demander pourquoi Mary se mariait chez elle plutôt qu'à l'église. C'était probablement encore un truc amish qu'elle était censée savoir.

La journée avait été bien remplie. Dès le lever, les deux filles avaient enchaîné les corvées domestiques. Puis elles avaient étudié la Bible plusieurs heures en classe et appris l'alphabet à de jeunes enfants. Enfin, elles avaient aidé la mère de Lucy à préparer le dîner.

Les parents de Lucy ressemblaient aux amish des reportages du *National Geographic*. Coiffé d'un chapeau noir, M. Zook arborait une énorme barbe broussailleuse et grisonnante, mais pas de moustache. Mme Zook ne se maquillait pas et souriait rarement. Pourtant, ils avaient l'air doux et assez gentils – et ils ne se doutaient pas qu'Emily mentait. Ou, dans le cas contraire, ils n'en laissaient rien paraître.

Malgré toute cette activité, Emily avait cherché des traces d'Ali partout. Mais personne n'avait prononcé son nom ni fait la moindre allusion à la disparue de Rosewood.

Emily commençait à croire que « A » avait pris une carte de Pennsylvanie et pointé au hasard n'importe quel endroit où l'envoyer pour l'éloigner. Et elle était tombée dans le piège. Le matin, elle avait voulu rallumer son téléphone pour voir si elle avait reçu un nouveau message de « A », mais la batterie de son Nokia était à plat. Elle avait pris son retour pour vendredi après-midi, mais elle envisageait de rentrer avant. À quoi bon rester si elle n'avait aucune chance d'obtenir la moindre réponse ?

Néanmoins, une grosse partie d'elle refusait d'admettre que « A » soit malveillant. Il leur avait fourni toutes sortes d'indices – peut-être avaient-elles simplement mal reconstitué le puzzle. Qu'avait-il dit d'autre au sujet de l'endroit où Ali pouvait se trouver en ce moment – voire depuis le début ?

Sa corvée d'abreuvoir terminée, alors qu'elle se tenait sous le porche de la ferme et que le vent tentait de s'insinuer par le col de sa robe, Emily aperçut une fille aux cheveux sombres qui se dirigeait vers une grange de l'autre côté du champ, un seau d'eau à la main. De loin, elle ressemblait beaucoup à Jenna Cavanaugh.

Jenna. Était-ce là la réponse qu'Emily était venue

chercher? « A » lui avait envoyé une vieille photo de Jenna, Ali et d'une fille blonde de dos – probablement Naomi Zeigler – dans le jardin des DiLaurentis. *Une de ces choses n'est pas à sa place*, disait le message d'accompagnement. *Dépêche-toi de découvrir laquelle, sinon...*

« A » avait également informé Emily que Jenna et Jason DiLaurentis se disputaient devant la fenêtre des Cavanaugh. Emily ignorait pourquoi ils se chamaillaient, mais elle les avait bien vus. Pourquoi « A » lui montrait-il tout ça? Pourquoi disait-il que Jenna n'était pas à sa place? Voulait-il juste souligner qu'Ali et elle étaient beaucoup plus proches qu'on ne le pensait? Les deux filles avaient comploté ensemble pour se débarrasser de Toby. Ali avait pu confier à Jenna qu'elle envisageait de fuguer. *Si ça se trouve, Jenna l'a même aidée*, songea Emily.

Lucy et elle descendirent les marches du porche et traversèrent le champ en direction de la maison des parents de Mary. Une carriole était garée devant. Plus loin, une scie traditionnelle couverte de neige gisait abandonnée sous un pneu transformé en balançoire. Avant de frapper à la porte, Lucy jeta un coup d'œil en biais à Emily.

— Au fait, merci pour tout. Tu nous as beaucoup aidés.
— Pas de problème.

Lucy s'adossa à la balustrade du porche comme si elle n'en avait pas fini. Elle déglutit. Ses yeux paraissaient encore plus verts dans la lumière déclinante et oblique du soleil.

— En réalité, pourquoi es-tu ici?

Le cœur d'Emily lui remonta dans la gorge. Elle entendit de l'agitation à l'intérieur de la maison.

— Qu... que veux-tu dire? balbutia-t-elle.

Lucy l'avait-elle démasquée?

— Depuis le début, j'essaie de deviner. Qu'as-tu fait au juste ?

— Fait ?

— De toute évidence, on t'a envoyée ici pour t'éloigner de la vie moderne. (Lucy lissa son long manteau de laine sous ses fesses et s'assit sur une marche.) Pour que tu reviennes dans le droit chemin ? J'imagine que tu as fait quelque chose de mal. Si tu as besoin d'en parler, je t'écoute. Je ne le répéterai à personne.

Malgré la morsure de l'air glacial, les paumes d'Emily devinrent moites. La chambre d'Isaac lui revint à l'esprit. Elle se revit nue et gloussante sous la couette du jeune homme, et cela la fit frémir. Ça lui paraissait si loin, comme si c'était arrivé à une autre. Toute sa vie, elle avait pensé que la première fois qu'elle ferait l'amour serait un événement spécial et mémorable, un souvenir qu'elle chérirait jusqu'à la fin de sa vie. Au lieu de quoi, ça n'avait été qu'une énorme erreur.

— C'est à cause d'un garçon, admit-elle.

— Je m'en doutais un peu. (Lucy arracha une écharde d'une des marches de bois.) Tu veux en parler ?

Emily la dévisagea. Lucy avait l'air de vouloir l'aider, pas juste de la juger ou de chercher à satisfaire sa curiosité. Emily s'assit lentement près d'elle.

— Je croyais qu'on était amoureux, commença-t-elle. Au début, c'était génial entre nous. Et puis…

— Que s'est-il passé ?

— Ça n'a pas marché, c'est tout. (Les yeux d'Emily se remplirent de larmes.) Il ne me connaissait pas du tout. Et je ne le connaissais pas non plus, en fin de compte.

— Tes parents désapprouvaient votre relation ? interrogea Lucy en battant de ses longs cils.

Emily eut un ricanement amer.

— Non, en fait, c'était les siens.

Elle n'avait même pas besoin de mentir sur ce point.

Lucy mordilla un de ses petits ongles en forme de croissant de lune.

La porte s'ouvrit, et une femme âgée à la mine sévère, passa la tête dehors. À la vue des deux filles, elle fronça les sourcils et rentra dans la maison. Une odeur de nettoyant ménager au citron parvint aux narines d'Emily. À l'intérieur, les femmes parlaient l'allemand de Pennsylvanie, très proche de la langue européenne.

— Je suis un peu dans la même situation que toi, chuchota Lucy.

Intriguée, Emily pencha la tête sur le côté. Elle comprit.

— C'est à propos du garçon que j'ai vu s'enfuir de chez toi l'autre jour, n'est-ce pas ?

Lucy détourna les yeux. Deux femmes amish gravirent les marches du porche, leur sourirent et entrèrent dans la maison. Quand la porte se fut refermée derrière elles, Emily toucha le bras de Lucy.

— Je ne dirai rien, je te le promets.

— Il vit à Hershey, murmura Lucy. Je l'ai rencontré en allant acheter du tissu pour ma mère. Mes parents me tueraient s'ils savaient que je le vois encore.

— Pourquoi ? demanda Emily.

— Parce qu'il est anglais, répondit Lucy comme si c'était évident. (Chez les amish, « anglais » désignait tous ceux qui vivaient de façon moderne.) Et parce qu'ils ont déjà perdu une fille. Ils ne veulent pas me perdre aussi.

Emily la dévisagea en essayant de comprendre ce qu'elle voulait dire. Lucy fixait la mare gelée de l'autre côté de la rue. Sur la berge, deux canards s'invectivaient. Quand Lucy reporta son attention sur Emily, ses lèvres tremblaient.

— Hier, tu m'as demandé où était ma sœur Leah. Elle est partie pendant le *rumspringa*.

Emily hocha la tête. Selon Wikipédia, le *rumspringa* était une période durant laquelle les adolescents amish pouvaient quitter leur foyer et faire l'expérience de choses qu'Emily tenait pour naturelles : porter des vêtements actuels, travailler, ou conduire une voiture. À la fin, ils devaient choisir entre retour et renoncement à la façon de vivre des amish. Emily était à peu près certaine que dans le second cas, ils ne revoyaient jamais leur famille.

— Et… elle n'est jamais revenue, avoua Lucy. Elle écrivait à mes parents pour leur raconter ce qu'elle faisait, et puis un jour… plus rien. Plus de courrier, plus de nouvelles. Elle a tout bonnement disparu.

Emily pressa ses mains sur les planches dures et froides du perron.

— Que lui est-il arrivé?

Lucy haussa les épaules.

— Je n'en sais rien. Elle avait un petit ami, un garçon de notre communauté. Ils sortaient ensemble depuis l'âge de treize ans – une éternité! – mais je le trouvais bizarre. On aurait dit… En tout cas, il n'était pas digne d'elle. J'étais tellement contente quand il a décidé de ne pas revenir après son *rumspringa*! Mais il voulait que Leah en fasse autant pour rester avec lui. Comme elle refusait, il l'a suppliée. Elle a continué à refuser, et… (Lucy fit sauter un peu de boue séchée d'une de ses bottines.) Mes parents ont pensé que Leah était morte dans un accident, ou peut-être de causes naturelles. Moi, je me suis toujours demandé… (Elle secoua la tête et n'acheva pas sa phrase.) Ils se disputaient souvent. Parfois, ça devenait violent.

Une rafale de vent détacha une mèche à son chignon. Emily frissonna.

— Nous avons appelé la police. Ils l'ont cherchée, en vain. Ils nous ont dit que de nombreux jeunes disparaissaient chaque année, et que c'était inéluctable. Nous avons même engagé un détective privé – nous espérions que Leah s'était seulement enfuie, et qu'elle ne voulait plus entendre parler de nous. Au moins, elle aurait toujours été en vie. Nous y avons cru très longtemps, et un jour, mes parents ont abandonné. Ils ont dit qu'ils avaient besoin de tirer un trait sur cette histoire. J'étais la seule qui continuait à espérer.

— Je comprends, chuchota Emily. Moi aussi, j'ai perdu quelqu'un. Mais les gens reviennent. Parfois, il se produit des choses étonnantes.

Lucy se détourna, fixant son regard sur le grand silo à grain du champ voisin.

— Elle est partie depuis presque quatre ans. Mes parents ont peut-être raison. Il se peut qu'elle ait vraiment disparu.

— Tu ne peux pas abandonner! s'écria Emily. Ça ne fait pas si longtemps!

Un chien de ferme au poil brun et pelé, sans collier, s'approcha en trottinant, renifla la main de Lucy et se coucha à ses pieds.

— Je suppose que tout est possible, murmura la jeune fille. Mais je me berce peut-être d'illusions. Il y a un temps pour l'espoir et un temps pour la lucidité. (D'un geste, elle désigna la route qui conduisait au petit cimetière, derrière l'église.) Nous avons fait poser une pierre tombale pour elle. Nous avons même organisé des funérailles. Mais je n'ai pas mis les pieds là-bas depuis.

Des larmes coulèrent sur ses joues. Son menton se mit à trembler, et elle lâcha un sanglot. Elle se pencha en avant et inspira profondément tandis que le chien l'observait, inquiet.

Emily posa une main sur son dos.

— Ça va aller.

Lucy acquiesça.

— Mais c'est dur. (Elle releva la tête. Elle avait le nez rouge. Elle esquissa un sourire triste.) Le pasteur Adam me pousse à en parler avec quelqu'un. C'est la première fois que j'admets à voix haute que Leah pourrait être morte. Jusqu'ici, je n'ai jamais voulu y croire.

Emily avait la gorge serrée. Elle non plus, elle ne voulait pas que Lucy y croie – elle préférait que celle-ci continue d'espérer comme elle le faisait pour Ali. Mais étant donné qu'elle ne connaissait pas Leah, elle pouvait se montrer plus réaliste devant sa disparition qu'elle ne l'était face à celle d'Ali. En général, les disparus ne revenaient pas. Les parents de Lucy avaient sans doute raison : Leah devait être morte.

Une étoile solitaire apparut à l'horizon. Toute petite déjà, chaque fois qu'apparaissait la première étoile dans le ciel nocturne, Emily récitait une comptine et faisait un vœu. Depuis la disparition d'Ali, elle demandait toujours le retour de son amie, saine et sauve. Mais si elle appliquait la même objectivité à sa vie qu'à celle des Zook, que penserait-elle de ce qui était arrivé à Ali ?

Peut-être se berçait-elle d'illusions, elle aussi. Les docteurs disaient sans doute vrai : la fille qu'elle avait vue dans les bois n'était qu'une hallucination. Et si Wilden ne mentait pas non plus ? L'ADN du corps retrouvé au fond du trou correspondait bien à celui d'Ali. Emily voulait tant que son amie soit toujours en vie ! Dans sa dévotion fanatique, elle avait très bien pu déformer les faits pour qu'ils collent avec son interprétation. Et elle était venue jusqu'en pays amish pour suivre une piste très incertaine.

Quelques minutes plus tôt, elle avait même envisagé que la candide Jenna Cavanaugh ait pu aider Ali à fuguer. Et si elle lâchait prise, comme Lucy et ses parents à propos de Leah ? Si c'était le seul moyen pour elle de tourner la page et de poursuivre le cours normal de sa vie ?

Dans la maison résonna le fracas sourd d'une marmite heurtant le sol. Il fut aussitôt suivi par un bris d'assiettes. Une femme poussa un cri proche du meuglement.

Emily jeta un coup d'œil à Lucy et se retint de rire. Un des coins de la bouche de Lucy se releva. Emily pouffa dans sa main. Soudain, les deux filles éclatèrent de rire. La femme âgée sortit de nouveau la tête dehors et les foudroya du regard. Cela ne fit que redoubler leur hilarité.

Pleine de gratitude et d'affection, Emily toucha la main de Lucy. Dans une autre vie, la jeune amish et elles auraient pu être bonnes amies.

— Merci, lui dit-elle.

— Pour quoi ? demanda Lucy, surprise.

Bien sûr, elle ne pouvait pas comprendre. « A » avait peut-être envoyé Emily à Lancaster pour trouver Ali – et à la place, Emily avait trouvé la paix.

15

ÇA NE VAUT PAS FACEBOOK, MAIS...

Dans le sous-sol aménagé des Hastings, béatement pelotonnés l'un contre l'autre sur le canapé, Spencer et Andrew zappaient devant la télé. Les choses étaient revenues à la normale entre eux, et mieux encore... Oubliée leur dispute de la semaine précédente. Ils avaient passé leur heure d'étude à s'envoyer des textos, et en arrivant chez Spencer, Andrew lui avait tendu un paquet-cadeau J. Crew. À l'intérieur, la jeune fille avait trouvé un pull à col en V en cachemire blanc, identique à celui qui avait brûlé dans l'incendie et dont elle avait parlé à Andrew l'air de rien au téléphone. Son petit ami avait même deviné sa taille.

Spencer s'attarda sur CNN qui, après la rubrique boursière, diffusait une nouvelle qui n'en était pas une. Une vidéo montrait l'intérieur du Steam, le bar à expressos de l'Externat de Rosewood. Elle avait dû être tournée dans la journée, car le tableau noir annonçait « SPÉCIALITÉ DU MERCREDI : SMOOTHIE À LA NOISETTE ».

Des dizaines d'élèves en blazer bleu marine faisaient la queue pour commander des *latte* ou des chocolats chauds.

Kirsten Cullen parlait avec James Freed. Jenna Cavanaugh hésitait sur le seuil, flanquée de son chien d'aveugle haletant. Dans un coin, Spencer aperçut la future demi-sœur d'Hanna, Kate Randall, en compagnie de Naomi Zeigler et de Riley Wolfe. Hanna n'était pas avec elles; Spencer avait entendu dire qu'elle était brusquement partie à Singapour. Emily aussi était absente, en voyage à Boston avec sa paroisse. Ça paraissait bizarre qu'elle s'en aille à un moment pareil, alors qu'elle avait tant insisté pour que la police cherche Ali, mais Spencer s'en réjouissait.

« Les résultats de l'analyse d'ADN effectuée sur le corps découvert dans le jardin des DiLaurentis devraient être divulgués d'un jour à l'autre, disait une voix off. Voyons la réaction des anciennes camarades de classe d'Alison. »

Spencer se hâta de changer de chaîne. La dernière chose qu'elle souhaitait, c'était entendre une fille qui n'avait même pas connu Ali se lamenter sur le caractère tragique de l'affaire. Andrew secoua la tête et lui pressa la main pour la réconforter.

Sur le canal suivant, des journalistes poursuivaient Aria qui sortait de la Civic de son père et courait vers l'entrée de l'Externat.

— Mademoiselle Montgomery! Vous savez qui a allumé l'incendie? hurla l'un d'eux.

— Vous croyez qu'il ou elle l'a fait pour détruire un indice capital? ajouta un autre.

Aria continua à s'éloigner sans répondre. Un gros titre apparut au bas de l'écran. « QUE CACHE CETTE JOLIE PETITE MENTEUSE? »

— Wouah, souffla Andrew, le visage tout rouge. Il faut vraiment qu'ils arrêtent avec ça.

Spencer se massa les tempes. Au moins, Aria ne racontait pas à qui voulait l'entendre qu'elles avaient vu Ali.

Puis elle repensa aux derniers textos de son amie. Selon elle, l'esprit d'Ali essayait de leur communiquer quelque chose d'important au sujet de la nuit de sa disparition. Elle ne croyait pas à toutes ces bêtises, mais cela lui rappelait ce que Ian lui avait dit le jour où il avait enfreint son assignation à résidence. Il avait parlé d'un secret énorme, « qui mettrait toute son existence sens dessus dessous ». Il avait eu tort de croire que Jason et Wilden étaient impliqués dans la mort d'Ali, mais Spencer persistait à croire qu'il y avait, dans cette affaire, un élément qui leur échappait à toutes.

L'alarme de la montre d'Andrew sonna, et le jeune homme se leva.

— Le comité d'organisation du bal de la Saint-Valentin m'appelle, grogna-t-il. (Il se pencha et déposa un baiser sur la joue de Spencer, puis pressa sa main inerte.) Ça va aller ?

Spencer évita son regard.

— Je crois.

Il pencha la tête sur le côté.

— Tu en es sûre ?

Spencer ferma et rouvrit les poings. Inutile de faire semblant : Andrew savait très bien quand quelque chose la préoccupait.

— J'ai découvert des choses incroyables à propos de mes parents, lâcha-t-elle. En fait, ma mère m'a toujours menti sur sa rencontre avec mon père. Du coup, je me demande si elle ne me ment pas aussi pour d'autres choses.

Par exemple, la raison pour laquelle il ne faut plus parler de la nuit où Ali est morte, faillit-elle ajouter.

Andrew fronça les sourcils.

— Pourquoi ne le lui demandes-tu pas ?

Spencer ôta ce qu'elle prit pour une fibre de son cardigan en cachemire lilas.

— Parce que j'ai peur de dépasser les bornes.

Andrew se rassit.

— Écoute. La dernière fois que tu as eu des doutes au sujet de tes parents, tu as enquêté dans leur dos... et tu n'as réussi qu'à te brûler. Quelle que soit la chose qui te tracasse, tu devrais leur en parler franchement. Sinon, tu risques d'arriver à la mauvaise conclusion.

Spencer opina. Andrew l'embrassa, remit ses vieilles chaussures en cuir, enfila son duffle-coat et sortit. Spencer le regarda descendre l'allée et soupira. Il avait peut-être raison. Agir en cachette ne lui rapporterait rien de bon. Elle décida d'aller parler à sa mère.

Spencer se trouvait sur la deuxième marche de l'escalier quand elle entendit chuchoter dans la cuisine. Curieuse, elle s'immobilisa et tendit l'oreille.

— Tu ne dois en parler à personne, siffla Mme Hastings. C'est très important. Tu arriveras à tenir ta langue, cette fois ?

— Oui, répondit Melissa, agacée.

Puis il y eut un bruit de pas, et la porte de derrière claqua.

Spencer resta immobile dans l'escalier, le silence bourdonnant à ses oreilles. Si Melissa et leur mère étaient brouillées, pourquoi partageaient-elles encore des secrets ? Spencer repensa à la chose que sa mère avait dit à elle seule la veille. Elle n'arrivait pas à se faire à l'idée que sa mère avait étudié le droit à Yale. Lorsqu'elle entendit la porte du garage se relever et la Mercedes s'éloigner, la jeune fille éprouva soudain le besoin de trouver une preuve tangible.

Elle se rendit dans le bureau de son père, une pièce sombre qui empestait le cigare. La dernière fois qu'elle était venue ici, elle avait téléchargé tout le contenu de son disque dur sur un CD et découvert le compte bancaire à l'origine des histoires avec Olivia. Cette fois, elle balaya du regard la bibliothèque qui contenait des manuels de droit, des éditions originales de romans d'Hemingway et des plaques de félicitations pour tel ou tel procès gagné. Très vite, elle repéra dans un coin de l'étagère du dessus un volume rouge intitulé « LIVRE DE L'ANNÉE – YALE ».

Le plus discrètement possible, elle traîna le fauteuil de bureau Aeron jusqu'à la bibliothèque, grimpa sur le siège vacillant et saisit l'ouvrage du bout des doigts. En l'ouvrant, une odeur de vieux papier s'en échappa. Une photo glissa et tomba sur le plancher de bois fraîchement ciré.

Spencer descendit de son perchoir pour la ramasser. C'était un Polaroïd montrant une femme blonde enceinte, debout devant une jolie bâtisse de brique. Son visage était flou. Spencer voyait bien que ce n'était pas sa mère; pourtant, cette femme lui rappelait quelqu'un. Elle retourna la photo. Au dos, quelqu'un avait griffonné la date du 2 juin, dix-sept ans auparavant. Était-ce Olivia, sa mère porteuse? La jeune fille était née en avril, mais Olivia avait peut-être eu du mal à perdre le poids pris pendant sa grossesse.

Spencer remit la photo dans le livre et feuilleta la section des étudiants en droit de première année. Elle trouva son père immédiatement. Il n'avait pas beaucoup changé depuis; sur la photo, il avait juste le visage un peu plus lisse, les cheveux un peu plus épais et plus longs.

Prenant une grande inspiration, Spencer avança jusqu'aux « M » comme Macadam, le nom de jeune fille de sa mère. Et elle la vit, avec ses cheveux blonds déjà coupés au carré et un large sourire éblouissant. Au-dessus de sa photo, il y avait un rond jauni laissé par une tasse de café, comme si le père de Spencer l'avait contemplée amoureusement pendant des heures.

Ainsi, c'était vrai. Sa mère avait bel et bien étudié à Yale.

Spencer parcourut distraitement le reste du livre. Les

premières années dégageaient une joie immense, ils ne devaient pas réaliser à quel point le droit était difficile...

Soudain, Spencer sursauta et revint sur la vignette d'un étudiant dont le nom l'avait interpellée. Elle examina son portrait. Le jeune homme avait des cheveux clairs et un grand nez un peu crochu, étrangement familier. Ali avait toujours dit que si elle en avait hérité, elle aurait foncé chez un chirurgien esthétique pour le faire rectifier.

Des taches dansèrent devant les yeux de Spencer. Ce devait être une nouvelle hallucination. Elle vérifia le nom de l'étudiant. « Kenneth DiLaurentis ». C'était bien le père d'Ali.

Bip!

Le livre lui tomba des mains. Son téléphone portable vibrait à l'intérieur de la poche de son cardigan. La jeune fille jeta un coup d'œil vers la fenêtre, avec l'impression soudaine que quelqu'un l'observait. Avait-elle entendu un gloussement? Venait-elle de voir une silhouette s'enfuir de l'autre côté de la barrière? Le cœur battant à tout rompre, elle ouvrit son Sidekick.

Tu trouves ça dingue? Maintenant, repasse en revue le disque dur de ton père, en commençant par J. Tu vas avoir une sacrée surprise.

— A

16

*U*NE NOUVELLE RUCHE POUR LA REINE DES ABEILLES

Hanna et Iris étaient assises à la cafétéria du Sanctuaire avec des *latte* fumants, des yaourts bio et des coupes de fruits frais. Elles avaient pris la meilleure table – très loin du bureau des infirmières, mais tout près de la fenêtre donnant sur un jardinier canon en train de déblayer la neige en T-shirt moulant.

Iris donna un coup de coude à Hanna.

— Oh, mon Dieu ! Tara est en train de manger une « murge ».

Hanna tourna vivement la tête. Tara, Alexis et Ruby étaient assises là la fois où elles avaient invité la nouvelle à se joindre à elles. Tara venait juste de mettre une mûre dans sa bouche.

— Beuuuurk ! s'exclamèrent Iris et Hanna à l'unisson.

Pour une raison quelconque, ici, les mûres étaient appelées « murges » et considérées comme dégoûtantes.

Tara leva les yeux et adressa un sourire radieux aux deux filles.

— Salut, Hanna! Qu'est-ce qui est beurk?
— Toi, grimaça Iris.

Le sourire de Tara disparut, et ses joues rebondies s'empourprèrent. Elle fixa Hanna avec une expression pleine de rancune. Hanna se détourna d'un air hautain, en feignant de n'avoir rien remarqué. Puis Iris se leva et jeta son yaourt à la poubelle.

— Viens, Han. J'ai quelque chose à te montrer.

Elle la saisit par le bras.

— Où allez-vous? demanda Tara d'un ton geignard.

Les deux autres l'ignorèrent.

Alors qu'elles sortaient de la cafétéria et prenaient le long couloir qui menait aux chambres des patientes, Iris ricana :

— Tu as vu ses chaussures? Elle prétend que ce sont des Tory Burch, mais on dirait plutôt des Payless.

Hanna gloussa et éprouva une pointe de culpabilité – Tara avait été la première à lui parler à son arrivée. Mais ce n'était pas sa faute si la pauvre fille était si nulle!

Et puis, fréquenter Iris avait transformé son séjour forcé au Sanctuaire en vacances de rêve. Sa nouvelle amie lui avait montré la salle de gym et le spa. La veille au soir, elles avaient piqué du nettoyant pour le visage, de la lotion tonique et des masques au lait pour se faire des soins dans leur chambre. Le matin, Hanna s'était réveillée dans des draps épais, bien reposée pour la première fois depuis des lustres, les jambes déjà plus fines d'avoir mangé tant de fruits et de légumes bio.

Iris et elle avaient immédiatement sympathisé et passé des heures à parler à bâtons rompus dans leur chambre. Iris avait admis sans détour qu'elle se trouvait au Sanctuaire à cause d'un désordre alimentaire – « la seule raison acceptable d'être ici », avait-elle ajouté. Hanna avait très vite affirmé qu'elle souffrait de la même chose... ce qui n'était pas loin de la vérité.

Le premier séjour d'Iris au Sanctuaire remontait à son année de 5e, avait révélé la jeune fille. Elle avait passé une semaine entière sans rien avaler. Et elle était sortie juste à temps pour les grandes vacances, à peu près au moment de la disparition d'Ali, avait machinalement calculé Hanna. Mais elle avait recommencé à maigrir à la rentrée, et sa mère l'avait de nouveau fait hospitaliser début octobre. Iris avait testé d'autres établissements que le Sanctuaire, mais c'était ici qu'elle se plaisait le plus.

Savoir que sa camarade souffrait du même problème qu'elle aidait Hanna à affronter le sien. Elle n'éprouvait pas le besoin de cacher le carnet de bord alimentaire qu'elle tenait depuis la 4e, dans lequel elle notait toutes les calories qu'elle absorbait dans une journée. Elle ne s'était pas non plus affolée quand Iris l'avait surprise en pleine lutte avec un jean acheté en 4e, et apporté pour suivre ses progrès durant son séjour au Sanctuaire. En fait, Iris lui avait révélé qu'elle aussi possédait un jean étalon.

Quoi que « A » ait eu en tête en envoyant Hanna au Sanctuaire, la jeune fille s'amusait comme une petite folle. Ce qui l'avait conduite à échafauder une nouvelle théorie : « A » était peut-être de son côté, en fin de compte. Il pouvait juste avoir voulu la soustraire au chaos de Rosewood et la protéger contre le mystérieux incendiaire.

Hanna suivit Iris le long du couloir aux murs safran jusqu'à une porte de secours. Iris remua les sourcils d'un air suggestif, posa un doigt sur ses lèvres et tapa un code sur le petit clavier situé à gauche de la poignée. La porte se déverrouilla et s'ouvrit.

En haut d'un escalier métallique se trouvait une petite pièce douillette, juste assez grande pour abriter deux fauteuils confortables. Les murs étaient couverts de graffitis : portraits stupéfiants de réalisme, grands arbres squelettiques, deux hiboux de bande dessinée et des tonnes de messages et de noms gribouillés. Sur le bord de la fenêtre reposait une grosse pile de magazines *People* et *Us Weekly*.

— Wouah, souffla Hanna.

— C'est ma cachette secrète, dit fièrement Iris en ouvrant les bras. En ce moment, je suis la seule pensionnaire qui connaisse le code d'accès. La plupart des infirmières ignorent jusqu'à son existence, et les autres me laissent faire ce que je veux. (Elle brandit un numéro de *People* avec Angelina Jolie en couverture, pour changer un peu.) Quelqu'un me les fait passer clandestinement. Je suis totalement accro. J'en ai plein d'autres dans le tiroir de ma table de nuit. Tu peux les lire, à condition de n'en parler à personne.

— Juré ! acquiesça Hanna avec un large sourire. Merci.

Iris désigna les dessins sur les murs.

— Ils ont tous été faits par d'anciennes patientes. Génial, non ?

Hanna hocha la tête, mais alors qu'elle balayait les noms du regard, un frisson la parcourut. *Eileen. Stef. Jenny.* Qu'étaient-elles venues faire ici ? De quoi avaient-elles souffert : d'un désordre alimentaire ou d'hyperactivité – les deux motifs les plus courants de séjour au Sanctuaire –, ou de quelque chose de beaucoup plus inquiétant ? Jason, le frère aîné d'Ali, avait apparemment fréquenté ce genre d'hôpital autrefois. Son nom revenait sans cesse dans le registre qu'Emily avait trouvé au Radley.

C'était bizarre qu'Ali n'en ait parlé à aucune d'entre elles. Hanna se souvenait d'une seule fois où son amie avait fait allusion aux troubles mentaux de Jason. Au début de la 5e, un dimanche après-midi, Hanna et Ali étaient seules chez les DiLaurentis, occupées à choisir leur tenue pour le lendemain. Ali ôtait un pantalon en velours Citizens quand le téléphone avait sonné. L'adolescente avait décroché. Elle n'avait rien dit, mais ses lèvres s'étaient pincées, et son visage avait pâli. Dans le combiné, Hanna avait entendu un rire aigu, effrayant.

— Pour la dernière fois, arrête ! Ce n'est pas drôle ! avait glapi Ali avant de raccrocher.

— Qui était-ce ? avait chuchoté Hanna.

— Juste mon imbécile de frère, avait marmonné Ali entre ses dents.

Puis elle était passée à autre chose. Mais à présent, Hanna était certaine que Jason l'avait appelée depuis le Radley : selon le registre découvert par Emily, il y passait quelques heures tous les week-ends. Peut-être faisait-il régulièrement ce genre de blagues téléphoniques à sa sœur. *Pauvre tache !*

Iris s'installa dans l'un des fauteuils, Hanna se laissa tomber dans l'autre. En silence, elles détaillèrent les noms et les graffitis. *Helena. Becky. Lindsay.*

— Je me demande ce qu'elles sont devenues, murmura Hanna.

— Qui sait ? répondit Iris en passant les doigts dans ses cheveux blond très clair. Une fois, j'ai entendu parler d'une fille qui était censée rester environ deux semaines, mais que ses parents ont oubliée. Elle vivrait toujours ici... dans la cave.

Hanna ricana.

— C'est juste une histoire pour effrayer les patientes.

— Probablement. Mais on ne sait jamais.

Iris passa la main sous le coussin de son fauteuil et en sortit un petit appareil photo jetable enveloppé de papier vert.

— J'ai fait rentrer ça en douce avec les magazines. Tu veux qu'on prenne une photo de nous deux ?

Hanna hésita. La dernière chose qu'elle voulait, c'était une preuve qu'elle avait séjourné dans un asile.

— Ce n'est pas comme si tu pouvais la faire développer, objecta-t-elle, méfiante.

— Je voulais envoyer l'appareil à mon père. (Iris baissa les yeux.) Évidemment, il n'ouvre même pas mes lettres. (Sa lèvre inférieure se mit à trembler.) Avant, on était vraiment proches. Et puis il a accepté un poste de directeur d'hôpital, un métier bien stressant, et il n'a plus jamais eu de temps à me consacrer. Maintenant que je suis ici... (Elle haussa les épaules.) C'est comme si je n'existais plus pour lui.

— Mon père est exactement pareil, hoqueta Hanna, stupéfaite par ce nouveau point commun. Avant, je pouvais tout lui dire. Mais après que ma mère et lui se sont séparés, il a déménagé et s'est trouvé une petite amie, Isabel. Maintenant, ils vivent chez moi avec Kate, la fille d'Isabel. (Elle recroquevilla ses orteils.) Kate est parfaite. Elle ne fait jamais rien de travers. Mon père ne s'intéresse qu'à elle.

— Je n'arrive pas à croire qu'il puisse te préférer une autre fille, commenta Iris, atterrée.

— Merci, dit Hanna avec gratitude.

Par le Velux, elle observa les courts de tennis déserts. Pendant longtemps, elle avait pensé que son père l'aimait moins parce qu'elle n'était pas assez jolie, pas assez parfaite. Mais Iris *était* parfaite, et son père l'ignorait quand même. Et si le problème ne venait pas d'elles ? S'il venait de leurs pères ?

Prise d'un accès de colère, Hanna s'assit sur l'accoudoir du fauteuil d'Iris, prit l'appareil photo des mains de sa camarade et le tendit à bout de bras entre elles.

— Faisons un doigt à tous les pères négligents du monde.

— Volontiers, acquiesça Iris.

À trois, elles rapprochèrent leurs têtes et levèrent leur majeur, puis Hanna appuya sur le bouton.

— Génial! dit Iris en faisant tourner la molette pour avancer la pellicule avant de ranger l'appareil dans son sac.

Hanna se laissa glisser dans le fauteuil près d'elle. Toutes deux étaient assez minces pour y tenir assises. La petite pièce sentait la cannelle et le bois réchauffé par le soleil.

— Au fait, comment as-tu découvert cette pièce?

— C'est Courtney qui m'a donné le code, répondit Iris en ôtant ses ballerines Maloles bleu marine cloutées.

Hanna tritura l'ongle de son pouce. La seule chose un peu pénible chez Iris, c'est qu'elle parlait sans arrêt de son ancienne camarade de chambre, Courtney, apparemment la reine du Sanctuaire. En une journée, Iris avait raconté pas moins de douze histoires différentes à son sujet. Non qu'Hanna les ait comptées.

— Quand est-elle partie, au juste? lança la jeune fille sur un ton qui se voulait détaché.

Les coins de la bouche d'Iris retombèrent.

— En novembre, je crois. Je ne sais plus très bien.

Dans un pot à crayons métallique, elle prit un Magic Marker bleu.

— Elle était guérie? Qu'est-ce qu'elle est devenue? interrogea Hanna.

Iris déboucha le marqueur et commença à dessiner sur le mur.

— Aucune idée. Je ne lui ai pas parlé depuis son départ.

— Ah bon? Pourquoi? demanda Hanna en s'efforçant de dissimuler son triomphe.

Iris haussa les épaules en continuant à gribouiller distraitement.

— Elle a menti sur la raison de son séjour au Sanctuaire.

Elle disait qu'elle était ici pour soigner une légère dépression, mais en réalité, elle avait des problèmes bien plus graves. Je ne l'ai découvert qu'après son départ. Elle était aussi dingue que les autres patientes.

Le vent giflait la vitre. Hanna toussota pour masquer sa gêne. Elle non plus n'avait pas été tout à fait sincère concernant sa présence au Sanctuaire. Elle n'avait pas parlé à Iris d'Ali, de « A » ni de Mona.

Iris laissa retomber sa main, révélant le dessin qu'elle venait de faire sur le mur. C'était un puits à vœux coiffé d'un petit auvent en forme de chapeau et muni d'une poulie. Surprise, Hanna cligna des yeux, et elle eut la chair de poule. Ce puits lui semblait étrangement familier. Ça ne pouvait pas être une coïncidence.

— Pourquoi as-tu dessiné ça ? chuchota-t-elle.

Iris se figea, comme prise la main dans le sac. Elle reboucha nerveusement le marqueur, tandis que le cœur d'Hanna battait la chamade. Puis, après quelques secondes d'hésitation, elle désigna le sac de sa camarade.

— Tout à l'heure, tu l'avais laissé ouvert sur le bureau. Je ne voulais pas regarder à l'intérieur, mais j'ai vu une sorte de chiffon sur le dessus. Qu'est-ce que c'est, au juste ?

Hanna baissa les yeux vers son sac et soupira de soulagement. Évidemment ! Elle se promenait partout avec le morceau de drapeau d'Ali, comme si c'était le diamant Hope et qu'elle ne devait pas le perdre des yeux une seule seconde.

Du bout des doigts, elle toucha le tissu bleu vif. Le dessin du puits à vœux était bien en évidence. Il jouxtait un étrange symbole qu'Hanna ne parvenait pas à identifier. Cela ressemblait à une lettre barrée à l'intérieur d'un cercle, un peu comme un panneau d'interdiction de stationner. Mais à la place du « P », il y avait un « I », ou un « J ». Pour Jason, peut-être ? « Interdit à Jason » ?

Un frisson parcourut Hanna. Chaque fois qu'elle regardait ce morceau de drapeau, il lui semblait sentir la présence d'Ali, comme si son amie était tout près, en train de l'observer. Un instant, elle crut presque humer le léger parfum de vanille de son savon préféré.

Iris la dévisageait, attendant une réponse. *Ne lui dis pas*, ordonna une voix dans la tête d'Hanna. *Sinon, elle te prendra pour une folle.*

— C'est un accessoire pour un jeu organisé par mon lycée, s'entendit-elle répondre nonchalamment. Je le garde pour ma copine Alison.

Elle referma son sac et le glissa sous le fauteuil.

Iris consulta sa montre Movado et poussa un grognement.

— Et merde ! Il faut que j'aille à ma séance de thérapie. C'est tellement pénible…

Elle décroisa les jambes et se leva.

Hanna l'imita. Toutes deux descendirent les marches, ressortirent par la porte secrète et se séparèrent dans le couloir.

Hanna avait toujours les nerfs en pelote. Elle voulait prendre un Valium et s'allonger. Si seulement elle avait pu appeler Mike ! Elle aurait aimé entendre sa voix. Même ses remarques scabreuses lui manquaient. L'interdiction de téléphoner depuis le Sanctuaire était une vraie plaie.

Hanna venait de s'arrêter devant la porte de sa chambre et de sortir sa clé quand quelqu'un toussa derrière elle. La jeune fille se retourna et découvrit Tara : elle trépignait sur place en passant la langue sur son appareil dentaire.

— Oh. Salut, dit Hanna de mauvaise grâce.

Tara posa les mains sur ses hanches de vache laitière.

— Alors comme ça, tu partages la chambre d'Iris ? lança-t-elle en postillonnant.

— Ben, oui, répondit Hanna avec mépris.

Tara était présente quand Iris l'avait dit à Hanna, et leurs deux noms étaient inscrits à l'encre dorée sur la porte.

— Donc, tu es au courant pour elle, n'est-ce pas ?

Hanna tourna la clé dans la serrure et entendit le verrou se tirer.

— Au courant de quoi ?

Tara enfonça les mains dans les poches de son sweat-shirt à capuche en velours.

— Iris est complètement cinglée. C'est pour ça qu'elle est là. Alors, tâche de ne pas la contrarier. Je te dis ça parce que je suis ton amie.

Hanna dévisagea Tara un moment. Sa peau lui parut d'abord brûlante, puis glacée.

— Tara, nous ne sommes pas amies, aboya-t-elle.

Et elle entra dans sa chambre, claquant la porte au nez de la jeune fille.

Une fois à l'intérieur, elle secoua ses mains pour en chasser la tension.

— Tant pis pour toi, entendit-elle Tara dire dans le couloir.

Par le judas, Hanna la regarda s'éloigner. Et soudain, elle réalisa pourquoi cette fille la mettait mal à l'aise depuis le début. Tara avait la même silhouette replète, le même appareil dentaire hideux, les mêmes cheveux bruns et ternes qu'Hanna avant sa transformation, en 4e. Regarder Tara, c'était comme observer son *alter ego* du temps où elle était malheureuse et perdue. Avant qu'elle devienne belle et populaire. Avant qu'elle soit quelqu'un.

Hanna s'assit sur son lit et se massa les tempes. Si Tara était vraiment comme elle à l'époque, rien d'étonnant à ce qu'elle mente au sujet d'Iris. Hanna ne devait pas en croire un seul mot. De toute évidence, Tara était follement jalouse d'Iris – comme Hanna l'était jadis d'Ali.

Observant son reflet dans le miroir à l'autre bout de la pièce, Hanna prononça le mantra qu'Ali répétait constamment, celui qu'elle s'était approprié après la disparition de son amie. *Je suis Hanna, et je suis fabuleuse.* Le temps où elle ressemblait à Tara était bel et bien révolu.

17

La beuverie habituelle chez les Kahn

Le jeudi soir, quand Aria et Mike se garèrent devant la maison hideuse des Kahn, de nombreuses voitures encombraient déjà l'allée et la pelouse. De la musique provenait de la maison, et Aria entendit un bruit d'éclaboussures en provenance du Jacuzzi extérieur.

— Grandiose, commenta Mike en sautant à terre côté passager.

En un clin d'œil, il avait contourné le bâtiment et disparu dans le jardin de derrière. Aria se rembrunit. Heureusement qu'il était censé lui servir de cavalier!

La jeune fille descendit de voiture et se joignit à un groupe du lycée quaker qui se dirigeait vers l'entrée. Les filles étaient toutes plus blondes, plus minces et plus jolies les unes que les autres. Elles portaient toutes la même toque bordée de fourrure, sans doute plus coûteuse que la tenue complète d'Aria. À côté d'elles, celle-ci se sentait mal fagotée dans sa robe-pull en mohair vert foncé, ses bottes en croûte de cuir grise et ses jambières tricotées main. Impatientes d'entrer, les filles se bousculaient, marchaient sur les pieds d'Aria comme si elle n'était pas là.

À l'instant où la jeune fille allait faire demi-tour et regagner sa voiture en courant, Noel ouvrit la porte à la volée, vêtu d'un simple T-shirt noir et d'un caleçon de bain assorti.

— Tu es là! s'exclama-t-il en apercevant Aria et en ignorant royalement les autres filles. Prête pour le grand plongeon?

— Je ne sais pas, répondit timidement Aria.

Au dernier moment, elle avait glissé un Bikini dans son sac, mais n'avait toujours pas décidé si elle le porterait ou non. Elle ne savait même pas ce qu'elle faisait là. Ce n'était pas vraiment son genre de soirée – ni de fréquentations.

Noel fronça les sourcils.

— C'est une soirée Jacuzzi. Tu es obligée de te baigner, dit-il sévèrement.

Aria gloussa et tenta de se détendre. Puis Mason Byers saisit le bras de Noel et lui demanda où se trouvait l'ouvre-bouteilles. Naomi Zeigler s'approcha d'un pas dansant et annonça qu'une fille complètement soûle vomissait dans les toilettes. Aria poussa un soupir découragé. C'était la soirée Kahn par excellence – à quoi s'attendait-elle? À ce que Noel annule sa commande de bière et remplace sa beuverie habituelle par une dégustation de vin français et de fromage, juste parce qu'ils avaient partagé un moment spécial la veille?

Comme s'il avait perçu son agacement, Noel regarda Aria par-dessus son épaule et leva un doigt.

— Je reviens dans une seconde, articula-t-il.

Aria dépassa le double escalier et les illustres lions en marbre provenant soi-disant de la tombe d'un pharaon. À sa droite s'ouvrait le séjour plein de O'Keeffe et de Jasper

Johns authentiques. Devon Arliss préparait des cocktails dans un blender. Kate Randall paradait dans un minuscule Bikini Missoni. Adossée à la fenêtre de la cuisine, Jenna Cavanaugh chuchotait à l'oreille de l'ex-petite amie d'Emily.

Aria s'arrêta net. Jenna Cavanaugh? Personne n'avait daigné la prévenir que son chien d'aveugle léchait de la bière sur le sol, ni qu'on lui avait attaché autour du cou un soutien-gorge noir dont les bonnets formaient un nœud papillon.

Soudain, Aria brûlait de savoir pourquoi Jenna s'était disputée avec Jason la semaine précédente, quand Emily les avait vus par la fenêtre du salon des Cavanaugh. Aria faisait partie de la bande d'Ali; pourtant, Jenna semblait en savoir beaucoup plus qu'elle sur les DiLaurentis, et notamment sur les fameux « problèmes de famille » d'Ali.

Elle joua des coudes pour se frayer un chemin dans la foule. Puis d'autres invités se ruèrent dans la cuisine, l'empêchant d'avancer. Le temps de voir la fenêtre, Jenna et Maya avaient disparu.

Plusieurs nageurs de l'équipe de l'Externat surgirent derrière Aria pour prendre des bières dans la glacière sous la table. Aria sentit quelqu'un tirer sur sa manche. Elle se retourna et découvrit une fille aux cheveux décolorés, au teint parfait et aux seins énormes – une des élèves du lycée quaker qu'elle avait croisées sous le porche en arrivant.

— Tu es Aria Montgomery, n'est-ce pas?

Elle acquiesça, et la fille grimaça d'un air entendu.

— Jolie Petite Menteuse, chantonna-t-elle.

Une brunette maigrichonne en robe de soie fuchsia, s'approcha d'elles.

— Tu as vu Alison aujourd'hui? lança-t-elle sur un ton moqueur. Tu la vois en ce moment? Je parie qu'elle est tout près de toi.

Elle agita ses doigts sous le nez d'Aria. Celle-ci recula d'un pas et se cogna contre la table.

Les railleries s'intensifièrent.

— Je vois des morts, dit Mason Byers d'une voix de fausset, en s'adossant au plan de travail sous la batterie de casseroles suspendues.

— Elle cherche à attirer l'attention, c'est tout, s'esclaffa Naomi Zeigler près de la porte vitrée coulissante.

De l'autre côté, s'étendait le patio des Kahn. De la vapeur s'élevait du Jacuzzi. Aria aperçut Mike qui chahutait sur la pelouse avec James Freed.

— Elle veut juste passer aux infos, ajouta Riley Wolfe, perchée sur un tabouret près des crudités et des assaisonnements.

— Ce n'est pas vrai! protesta Aria.

D'autres jeunes gens entrèrent dans la cuisine et la toisèrent d'un regard mêlé de mépris et de haine. Aria tourna la tête de tous côtés en quête d'une échappatoire, mais elle était acculée contre la table et pouvait à peine bouger.

Puis quelqu'un lui saisit le poignet gauche.

— Viens, dit Noel en l'entraînant à travers la foule.

Les autres invités s'écartèrent immédiatement devant eux.

— Tu la jettes dehors? ricana un joueur de l'équipe de base-ball dont Aria n'avait jamais réussi à retenir le nom.

— Tu devrais appeler les flics, lança Seth Cardiff pour envenimer les choses.

— Sûrement pas, idiot, le rabroua Mason Byers. On ne veut pas de la police ici.

Noel emmena Aria à l'étage.

— Je suis vraiment désolé, dit-il en ouvrant la porte d'une chambre plongée dans le noir, et d'où s'échappait une forte odeur de naphtaline. Tu n'avais pas besoin de ça.

Aria s'assit sur le lit, les joues ruisselantes de larmes. Qu'est-ce qui lui avait pris de venir à cette soirée? se demanda-t-elle en scrutant l'énorme peinture à l'huile qui lui faisait face – un portrait de Mme Kahn.

Noel se laissa tomber près de la jeune fille. Il lui tendit un Kleenex et lui offrit un gin-tonic. Aria secoua la tête. En bas, quelqu'un monta la musique. Une fille poussa un glapissement aigu.

Noel posa son verre sur son genou. Aria détailla l'arête de son nez, ses sourcils broussailleux, ses longs cils noirs. Sa présence la réconfortait.

— Je ne fais pas ça pour attirer l'attention, bredouilla-t-elle.

Noel se tourna vers elle.

— Je sais. Les gens sont idiots. Ils n'ont rien de mieux à faire que dire du mal des autres.

Aria s'étendit sur l'oreiller. Noel s'allongea près d'elle. Leurs doigts se frôlèrent, et la jeune fille sentit son cœur s'accélérer.

— J'ai quelque chose à te dire, commença Noel.

— Ah? couina Aria, la gorge brusquement sèche.

Un long moment s'écoula avant que le jeune homme reprenne la parole. Tremblant d'excitation, Aria tenta de se calmer en observant le ventilateur qui tournait au-dessus de leurs têtes.

— J'ai trouvé un autre médium, avoua enfin Noel. Une femme.

Tout l'air déserta les poumons d'Aria.

— Oh.

— Il paraît qu'elle est vraiment bien, insista Noel. Elle va jusqu'à incarner la personne que tu essaies de contacter. Il faut juste qu'elle se trouve à l'endroit où cette personne est morte, et... (Le jeune homme agita les mains comme pour mimer une transformation magique.) Mais si tu n'as pas envie, on n'est pas obligés de le faire. Aller sur la tombe de la disparue et lui parler, ça aide aussi. C'est apaisant.

Aria croisa les mains sur son ventre.

— Mais ça ne va pas me fournir de réponses. Ce n'est pas comme si Ali allait engager la conversation avec moi.

— D'accord. (Noel s'assit, posa son verre sur la table de chevet, sortit son portable et fit défiler la liste de ses contacts.) Tu veux que j'appelle la médium et que je lui demande de venir demain soir? Je pourrais passer te prendre pour aller chez les DiLaurentis.

— Attends. (Aria se redressa brusquement, faisant grincer le sommier.) Chez les DiLaurentis?

Noel opina.

— Dans le jardin de leur ancienne maison. Il faut aller là où la personne est morte.

Les mains d'Aria la picotèrent, et il lui sembla tout à coup qu'il faisait plus frais dans la pièce. L'idée de se tenir au bord du trou dans lequel on avait retrouvé Ali la glaçait jusqu'à la moelle. Voulait-elle à ce point parler au fantôme de son amie?

Oui. Malgré son appréhension, au fond d'elle, Aria sentait que l'esprit d'Ali avait quelque chose d'important à lui dire. Elle devait l'écouter.

— D'accord, acquiesça-t-elle en laissant son regard errer vers la fenêtre. (Un croissant de lune brillait au-dessus de la cime des arbres.) Je vais le faire. (Elle croisa les jambes en tailleur sur le lit.) Merci de m'aider. Et de m'avoir sauvée tout à l'heure dans la cuisine. Et... (elle prit une grande inspiration)... d'être toujours si gentil avec moi.

Noel la regarda bizarrement.

— Pourquoi je ne serais pas gentil avec toi?

— Parce que...

Aria n'acheva pas sa phrase. « Parce que tu fais partie de la bande de mâles typiques de Rosewood », avait-elle failli dire. Elle ne savait plus vraiment ce que cela signifiait.

Tous deux gardèrent le silence pendant une éternité. Puis, incapable de supporter cette tension plus longtemps, Aria se pencha et embrassa Noel. Sa peau sentait le chlore du Jacuzzi, et sa bouche avait le goût du gin. Aria ferma les yeux et oublia momentanément où elle était. Quand elle les rouvrit, Noel la regardait en souriant, comme s'il n'attendait que ça depuis des années.

18

*U*ne liaison
qu'il vaudrait mieux oublier

Le vendredi matin, assise à la table de la cuisine, Spencer découpait une pomme au-dessus d'un bol de porridge fumant. Les ouvriers avaient commencé tôt à déblayer les troncs d'arbres calcinés et à les charger dans leur camion-poubelle. Près de la grange, la police scientifique prenait des photos numériques.

Le téléphone sonna. Lorsque Spencer décrocha, une voix de femme lui glapit à l'oreille :

— Mademoiselle Hastings ?

— Oui, bredouilla Spencer, prise au dépourvu.

— Je m'appelle Anna Nichols, débita très vite son interlocutrice. Je suis journaliste à MSNBC. Seriez-vous d'accord pour nous confier ce que vous avez vu dans les bois la semaine dernière ?

Spencer se raidit.

— Non. Laissez-moi tranquille, s'il vous plaît.

— Confirmez-vous un témoignage selon lequel vous auriez toujours voulu être la chef de la bande ? Vous avez peut-être été si frustrée que vous avez accidentellement... fait quelque chose à Mlle DiLaurentis. Ça arrive tous les jours, vous savez.

Spencer serra le téléphone si fort qu'elle pressa deux ou trois touches par erreur, provoquant une série de bips.

— Qu'est-ce que vous insinuez ?

— Rien, rien du tout.

La journaliste s'interrompit pour murmurer quelque chose à quelqu'un. Spencer lui raccrocha au nez, tremblante de partout. Elle était si bouleversée que pendant quelques minutes, elle ne parvint qu'à fixer les chiffres rouges et clignotants de la pendule du micro-ondes, à l'autre bout de la pièce.

Pourquoi recevait-elle encore des appels ? Pourquoi les journalistes tenaient-ils absolument à l'impliquer dans la mort d'Ali – sa meilleure amie ? La police pensait toujours que Ian l'avait tuée. Et que quelqu'un avait tenté de réduire en cendres Spencer et ses amies dans les bois le week-end précédent. Comment ignorer que dans cette affaire, elles étaient des victimes au même titre qu'Ali ?

Une porte claqua, et Spencer, affaissée contre le mur, se redressa en sursaut. Elle entendit des voix dans la buanderie et tendit l'oreille sans bouger.

— Il vaudrait mieux que tu ne lui dises pas, conseilla Mme Hastings.

— Mais maman, chuchota Melissa, je crois qu'elle sait déjà.

La porte s'ouvrit à la volée. Spencer recula vers le plan de travail, feignant de n'avoir rien entendu. Sa mère rentrait de sa promenade matinale ; elle passa devant la jeune fille en tenant la laisse double de Rufus et de Béatrice. Puis la porte extérieure de la buanderie claqua. Spencer vit Melissa sortir en trombe et contourner la maison en direction du garage.

Mme Hastings détacha ses chiens et posa la laisse sur le plan de travail.

— Coucou, Spence! s'exclama-t-elle d'une voix beaucoup trop guillerette, affichant un faux air nonchalant et détaché. Viens voir le sac que je me suis acheté au centre commercial hier soir. La collection de printemps de Kate Spade est fabuleuse.

Spencer ne répondit pas. Ses jambes tremblaient, et son ventre la faisait souffrir.

— Maman? balbutia-t-elle. De quoi parlais-tu tout bas avec Melissa?

Mme Hastings se tourna vivement vers la machine à expressos et se servit un café.

— Oh, rien d'important. Juste des détails concernant sa maison.

Le téléphone sonna de nouveau, mais Spencer ne fit pas mine de décrocher. Sa mère jeta un coup d'œil au combiné, puis à la jeune fille, mais ne décrocha pas non plus. Quand le répondeur se mit en marche, elle posa une main sur l'épaule de Spencer.

— Tu vas bien?

Les mots s'étranglèrent dans la gorge de Spencer.

— Oui, merci.

— Tu es sûre que tu ne veux rien me dire?

Un pli soucieux se forma entre les sourcils parfaitement épilés de Mme Hastings.

Spencer se détourna. Elle aurait voulu parler d'un tas de choses avec sa mère, mais tout semblait tabou. Pourquoi ses parents lui avaient-ils caché que M. Hastings et M. DiLaurentis avaient fait leur droit ensemble à Yale? Cela était-il lié au fait que Mme Hastings n'aimait pas Ali? Tant que les deux familles avaient été voisines, les parents avaient observé une distance polie.

En CE2, quand Spencer avait joyeusement annoncé à ses parents qu'une fille de son âge venait d'emménager juste à côté, et demandé si elle pouvait aller jouer avec elle, son père l'avait prise par le bras et avait répondu :

— Mieux vaut ne pas leur sauter dessus. Laisse-leur le temps de s'installer.

Plus tard, quand Ali avait choisi Spencer pour faire partie de sa bande, M. et Mme Hastings n'avaient pas semblé... contrariés, mais la mère de Spencer ne l'avait pas encouragée à inviter Ali pour dîner, comme elle le faisait d'ordinaire avec les autres amies de ses filles. Spencer avait pensé que ses parents étaient juste jaloux – tout le monde voulait s'approprier Ali, y compris les adultes. Mais en réalité, Mme Hastings trouvait l'amitié de Spencer et d'Ali malsaine.

Ali aussi devait ignorer que leurs pères avaient étudié ensemble à Yale, sinon, elle l'aurait mentionné. Elle ne se gênait jamais pour dénigrer les Hastings. « Mes parents trouvent que les tiens font étalage de leur argent. Vous avez vraiment besoin d'agrandir encore votre maison ? » Et peu avant sa disparition, elle interrogeait souvent Spencer d'une voix dégoulinante de mépris : « Pourquoi ton père porte-t-il ces vêtements fluo efféminés pour faire du vélo ? Pourquoi appelle-t-il encore sa mère "Nana" ? Tu ne trouves pas ça bizarre ? »

— Ils ne seront pas invités quand mes parents organiseront des soirées, avait-elle affirmé quelques jours avant la fin de leur 5e.

Étant donné la vitesse à laquelle les choses se dégradaient entre les deux filles, Ali aurait aussi bien pu ajouter : « Et toi non plus. »

Spencer voulait demander à sa mère pourquoi les deux familles faisaient semblant de ne pas se connaître. *Tu trouves ça dingue ? Alors, repasse en revue le disque dur de ton père, en commençant par J.*, lui avait conseillé « A » dans son dernier message.

Les mains de Spencer se mirent à trembler. Et si « A » la menait en bateau? Ces temps-ci, elle s'entendait bien avec sa mère. Andrew avait raison. Pourquoi risquer de tout gâcher alors qu'il lui manquait des informations solides?

— Je reviens, murmura-t-elle.

— D'accord, mais vite, je voudrais te montrer mes achats! sourit Mme Hastings.

L'étage sentait le nettoyant ménager Fantastik et le savon pour les mains à la lavande des toilettes. Spencer poussa la porte de sa chambre et alluma le MacBook Pro flambant neuf que ses parents venaient de lui offrir : son vieil ordinateur était mort la semaine précédente, et le portable prêté par Melissa avait succombé dans l'incendie. Elle inséra le CD sur lequel elle avait copié tout le contenu du disque dur de son père, lors de ses recherches de filiation.

Le MacBook bipa et se mit à ronronner.

Dehors, le ciel matinal était gris et terne. Par sa fenêtre, Spencer apercevait tout juste le sommet du moulin calciné et un coin de la grange en ruine. Elle fixa son attention sur l'avant de la maison. Une camionnette de plombier était de nouveau garé devant chez les Cavanaugh. Un blond maigrichon en combinaison délavée sortit dans le jardin et s'alluma une cigarette. Peu de temps après, Jenna émergea de la maison à son tour. L'ouvrier la suivit du regard comme elle et son chien se dirigeaient vers la Lexus de Mme Cavanaugh. Lorsqu'il leva une main pour se gratter la lèvre supérieure, Spencer remarqua qu'une de ses dents de devant était en or.

Le MacBook bipa de nouveau, et Spencer reporta son attention sur l'écran. Le CD était chargé. La jeune fille cliqua sur l'icône intitulée « Papa ». Il y avait bien un dossier nommé « J. », contenant deux fichiers sans titre.

La chaise de bureau craqua quand Spencer se rassit. Avait-elle vraiment besoin de fouiller là-dedans ? Tenait-elle vraiment à savoir ?

En bas, elle entendit démarrer le mixeur KitchenAid. Une sirène hurla dans le lointain. Spencer se massa les tempes. Et si ce secret concernait Ali ?

La tentation était trop grande. Spencer cliqua sur le premier document. Celui-ci s'ouvrit aussitôt, et la jeune fille se pencha vers l'écran en retenant son souffle.

Chère Jessica, je suis désolé que nous ayons été interrompus chez toi ce soir. Je te laisserai tout le temps qu'il te faudra, mais j'ai hâte que nous soyons de nouveau seuls.

Avec tout mon amour, Peter.

Spencer fut prise de nausée. *Jessica ?* Pourquoi son père écrivait-il à une dénommée Jessica, et pourquoi avait-il hâte de se retrouver seul avec elle ?

La jeune fille cliqua sur le second document. C'était un autre court message.

Chère Jessica, suite à notre discussion, je crois que je peux t'aider. Accepte ceci, je t'en prie. Je t'embrasse, Peter.

Sous ces deux lignes se trouvait la capture d'écran d'un virement bancaire. Une rangée de zéros dansa devant les yeux de Spencer. C'était une somme énorme, bien supérieure à celle destinée à financer ses études.

Puis elle aperçut le libellé des comptes débiteur et bénéficiaire dans un coin du document. L'argent provenait d'une ligne de crédit ouverte au nom de Peter Hastings, et avait été versé sur le Fonds de recherche Alison-DiLaurentis – au profit de Jessica DiLaurentis.

Jessica DiLaurentis, bien sûr ! La mère d'Ali !

Spencer fixa l'écran un long moment. « Chère Jessica ».

« Avec tout mon amour ». « Je t'embrasse ». Tout cet argent. Le Fonds de recherche Alison-DiLaurentis. La jeune fille relut le premier message. *Je suis désolé que nous ayons été interrompus chez toi ce soir. J'ai hâte que nous soyons de nouveau seuls.* Elle vérifia la date de dernière modification du document. Le 20 juin, trois ans et demi plus tôt.

— Mince alors, chuchota-t-elle, perplexe.

Elle avait fait de son mieux pour oublier cet été caniculaire et funeste, mais tant qu'elle vivrait, elle se souviendrait de cette date du 20 juin. C'était le début des grandes vacances après la 5e, le jour de leur soirée pyjama.

Et de la disparition d'Ali.

19

LES SECRETS NE RESTENT JAMAIS ENFOUIS ÉTERNELLEMENT

Lucy rabattit le dernier coin du drap sous le matelas et se redressa.

— Tu es prête? demanda-t-elle.

— Oui, répondit tristement Emily.

C'était vendredi matin. Emily devait quitter la ferme des Zook pour rentrer à Rosewood. Lucy ne l'accompagnerait pas jusqu'à la gare routière – seulement jusqu'à la nationale. Les amish avaient le droit de prendre le bus, mais Emily voulait cacher à Lucy qu'elle partait pour Philadelphie et non pour l'Ohio, d'où elle était censée venir. Après tout ce que la jeune fille lui avait confié, pas question de lui avouer qu'elle n'était pas amish. Pourtant, quelque chose lui disait que Lucy avait tout deviné et choisi délibérément de se taire. Ce qui était sans doute la meilleure solution.

Emily regarda autour d'elle. Elle avait déjà dit au revoir aux parents de Lucy, qui lui avaient demandé pour la millième fois si elle ne pouvait pas rester un jour de plus afin d'assister aux noces. Elle avait fait une dernière caresse aux vaches et aux chevaux – et réalisé qu'ils allaient lui manquer. En fait, beaucoup de choses de la communauté amish allaient lui manquer : la quiétude nocturne, l'odeur du fromage frais, les cris des animaux... Ici, tous les gens qu'elle croisait lui souriaient et la saluaient, bien qu'elle ne soit pas des leurs. Pas de risque qu'une telle chose arrive à Rosewood.

Emily et Lucy poussèrent la porte. Le froid mordant les fit frissonner. L'odeur de pain chaud préparé pour le mariage flottait dans l'air. Toutes les familles de la communauté participaient aux préparatifs. Les hommes étrillaient les chevaux pour le cortège ; les femmes accrochaient des guirlandes de fleurs sur la porte de la maison de Mary, et des enfants disciplinés ramassaient les détritus alentour. Au loin, Emily entendait les violonistes répéter leurs morceaux.

Lucy marchait d'un pas léger, sifflotant tout bas. Depuis qu'elles avaient parlé de Leah, elle semblait soulagée, comme si elle avait enfin pu poser un sac très lourd. Emily, en revanche, se sentait oppressée et faible, dépossédée de l'espoir qu'elle avait eu de revoir Ali vivante.

Les deux jeunes filles dépassèrent l'église, un bâtiment trapu et banal, dépourvu de symboles religieux. Quelques chevaux étaient attachés à des poteaux, leur souffle dégageait un nuage de vapeur dans l'air glacial. Le cimetière se trouvait derrière l'église ; une grille en fer forgé en délimitait les contours.

Soudain, Lucy s'arrêta.

— Ça t'ennuie si on fait un petit détour? (Elle tripota nerveusement ses gants de laine.) Je crois que j'ai envie de voir Leah.

Emily consulta sa montre. Son bus partait dans une heure.

— Pas du tout.

Le portail grinça lorsque Lucy le poussa. L'herbe sèche bruissait sous les souliers des deux filles. Devant elles s'alignaient des pierres tombales grises et toutes simples sous lesquelles reposaient des bébés, des vieillards et l'intégralité de la famille Stevenson. Emily ferma les yeux pour se pénétrer de l'idée que tous ces gens étaient morts… et Ali aussi.

Ali est morte. Emily tenta de s'en persuader. Elle occulta les détails macabres du décès de son amie – le dernier battement de son cœur, son dernier soupir, ses os devenus poussière. Au lieu de ça, elle imagina la vie excitante d'Ali dans l'au-delà. Une vie faite de plages sublimes, de journées sans nuages, de cocktails de crevettes et de gâteaux à la pâte d'amande – sa pâtisserie préférée. Tous les garçons craquaient pour elle, toutes les filles voulaient lui ressembler – même Audrey Hepburn et la princesse Diana. Elle était toujours Alison DiLaurentis la fabuleuse, et elle régnait sur les cieux comme elle avait régné sur la Terre.

— Tu vas beaucoup me manquer, Ali, souffla Emily tout bas.

Le vent emporta ses paroles. Emily prit quelques grandes inspirations et attendit de voir si elle se sentait différente – plus sereine. Mais son cœur était toujours aussi serré, et sa tête la faisait encore souffrir comme si quelque chose de vital lui avait été arraché.

Rouvrant les yeux, elle vit que Lucy l'observait, quelques allées plus loin.

— Ça va ?

Emily se força à hocher la tête et contourna quelques sépultures de guingois, entourées de touffes d'herbe sèche.

— C'est la tombe de Leah ?

— Oui, acquiesça Lucy en glissant les doigts le long de la pierre.

Emily s'approcha et baissa les yeux. La dalle en marbre

gris comportait une simple inscription. « Leah Zook ». Devant les dates qui suivaient, Emily cligna des yeux. La sœur aînée de Lucy avait disparu le 19 juin, trois ans et demi auparavant. La veille du soir où Ali s'était volatilisée. *Wouah*…

Puis Emily remarqua une étoile à huit branches au-dessus du nom de Leah. Elle eut une illumination. Elle avait déjà vu ce motif quelque part. Récemment.

— C'est quoi? demanda-t-elle en le désignant.

Le visage de Lucy s'assombrit.

— Le symbole de notre communauté. Mes parents voulaient absolument qu'il figure sur la pierre tombale. Moi, j'étais contre. Ça me fait penser à lui.

Un corbeau se posa un peu plus loin en agitant ses ailes noir de jais. Une rafale de vent agita le portail du cimetière, qui émit un grincement de protestation.

— « Lui »? interrogea Emily. Qui ça?

Le regard de Lucy se fixa sur un arbre squelettique qui se dressait, solitaire, dans le lointain.

— Le petit ami de Leah.

— Celui avec qui elle n'arrêtait pas de se disputer? demanda Emily. Celui que tu n'aimais pas?

Le corbeau prit son envol et s'éloigna à tire-d'aile.

Lucy opina.

— Quand il est parti pour sa *rumspringa*, il s'est fait tatouer ce motif sur le bras.

Emily fixa la tombe quand une pensée atroce lui vint à l'esprit. Elle regarda de nouveau la date de la disparition de Leah. 19 juin, trois ans et demi plus tôt…

Tout à coup, un souvenir s'imposa à elle, une image claire et détaillée : celle d'un homme assis dans une chambre d'hôpital, les manches retroussées jusqu'aux coudes dans la lumière crue des néons. À l'intérieur du poignet, il portait la même étoile à huit branches.

Ainsi, il y avait bel et bien un lien. « A » avait une bonne raison d'envoyer Emily à Lancaster. Quelqu'un était passé ici avant elle, quelqu'un que la jeune fille connaissait bien.

Levant les yeux vers Lucy, Emily lui agrippa les épaules.

— Comment s'appelait le petit ami de ta sœur? demanda-t-elle sur un ton pressant.

Lucy prit une grande inspiration, comme pour se donner la force de prononcer un nom depuis longtemps banni de sa bouche.

— Il s'appelait Darren Wilden.

20

𝒞HAMP DE MINES

Hanna se remettait du gloss Bliss devant le miroir de la salle de bains et brossait ses cheveux auburn pour leur donner du volume. Iris entra, se planta à côté d'elle et lui sourit.

— Salut, salope.
— Ça va, pouffiasse ? répliqua Hanna.

C'était devenu leur routine matinale.

Nul n'aurait pu deviner qu'elles avaient veillé presque toute la nuit pour écrire des lettres à Mike et à Oliver (le petit ami d'Iris) et examiner à la loupe les stars en maillot dans *People*. Comme d'habitude, les cheveux très blonds d'Iris ondulaient gracieusement dans son dos. Les cils d'Hanna paraissaient allongés grâce au mascara Dior emprunté à son amie, qui avait apporté des tonnes de maquillage. Certes, le vendredi était le jour de la thérapie de groupe ; ça ne signifiait pas pour autant qu'il fallait se négliger !

Alors qu'elles sortaient de leur chambre, Tara, Ruby et Alexis leur emboîtèrent le pas. De toute évidence, elles les attendaient dans le couloir.

— Hé, Hanna, je peux te parler une seconde ? lança Tara sur un ton geignard.

Iris fit volte-face.

— Hanna n'a pas envie de te parler.

— Elle peut me le dire elle-même, non ? répliqua Tara. À moins que tu lui aies fait un lavage de cerveau, à elle aussi ?

Les filles avaient atteint la banquette située dans le renfoncement de la baie vitrée. Cette dernière donnait sur les jardins, à l'arrière du Sanctuaire. Plusieurs boîtes de Kleenex étaient posées là ; il devait s'agir d'un endroit où les jeunes patientes aimaient venir pleurer.

Hanna jeta un coup d'œil méprisant à Tara. Visiblement rongée par la jalousie, cette pauvre nulle essayait de monter Hanna et Iris l'une contre l'autre. Mais Hanna ne croyait pas un mot de ce qu'elle racontait. C'était tellement ridicule !

— Nous essayons d'avoir une conversation privée, aboyat-elle. Privée, comme dans « interdite aux phénomènes de foire ».

— Vous ne vous débarrasserez pas si facilement de nous, cracha Tara. Nous aussi, nous avons TG aujourd'hui.

La grande porte en chêne de la salle de thérapie se dressait un peu plus loin. Hanna leva les yeux au ciel et se retourna. Malheureusement, Tara disait vrai : toutes les filles de leur étage avaient une séance commune ce matin-là.

Hanna ne comprenait pas l'intérêt de cette pratique. Les séances individuelles ne la dérangeaient pas trop ; lors de son entretien avec le Dr Foster la veille, elle n'avait évoqué que les soins du visage proposés par le Sanctuaire, sa relation toute neuve avec Mike Montgomery et tout ce qui lui apportait son amitié plus récente encore avec Iris. Pas une fois elle n'avait mentionné Mona ou le nouveau « A », et il n'était pas question qu'elle dévoile ses secrets à Tara et à sa bande de trolls.

Iris lui jeta un coup d'œil et remarqua son expression maussade.

— Ça va aller, lui assura-t-elle. Contente-toi de hausser les épaules de temps en temps. Ou dire que tu es indisposée et que tu n'as pas envie de parler.

Le Dr Roderick (elle aimait qu'on l'appelle « Felicia ») était la femme énergique, joyeuse et sophistiquée qui animait la séance. Elle passa la tête dans le couloir et adressa un grand sourire aux filles.

— Entrez, entrez! chantonna-t-elle.

Les patientes obtempérèrent.

Des canapés et des fauteuils de cuir rembourrés étaient disposés en cercle au centre de la pièce. Une petite fontaine gazouillait dans un coin; des sodas et des bouteilles d'eau minérale étaient alignés sur une table en acajou, contre un mur. Il y avait une montagne de boîtes de mouchoirs et, près de la porte, une corbeille de frites en mousse comme celles qu'Hanna, Ali et les autres utilisaient autrefois dans la piscine des Hastings. Des tambourins, des flûtes et des bongos se disputaient les étagères. *Qu'est-ce qu'on va faire, monter un groupe folklorique?* ricana intérieurement Hanna.

Une fois les patientes installées, le Dr Roderick ferma la porte et s'assit à son tour.

— Bon, dit-elle en ouvrant un énorme registre relié de cuir. Aujourd'hui, après avoir raconté notre semaine, nous allons jouer au Champ de Mines.

Les filles poussèrent des grognements. Hanna regarda Iris.

— Qu'est-ce que c'est?

— Un exercice de confiance, expliqua son amie en levant les yeux au ciel. Felicia éparpille dans la pièce des objets censés représenter des bombes et des mines. On fait des équipes de deux. Une fille a les yeux bandés, et l'autre la guide pour qu'elle ne se blesse pas.

Hanna grimaça. Son père payait mille dollars par jour pour ça?

Le Dr Roderick frappa dans ses mains pour faire taire les protestations des patientes.

— Mais d'abord, nous allons dire comment nous nous sentons. Qui veut commencer?

Silence général. Hanna se gratta la jambe, se demandant si elle préférerait une manucure française ou un masque capillaire au spa du Sanctuaire, le soir. Face à elle, une fille très mince aux cheveux noirs, Paige, se rongeait nerveusement les ongles.

Le Dr Roderick attrapa ses genoux avec ses mains et poussa un soupir de lassitude. Puis son regard se posa sur Hanna.

— Hanna! s'exclama-t-elle gaiement. Bienvenue parmi nous! Les filles, c'est la première séance en groupe d'Hanna. Faisons en sorte qu'elle se sente à l'aise et en sécurité.

Hanna recroquevilla ses orteils dans ses bottines Proenza Schouler.

— Merci, marmonna-t-elle, tête baissée.

Le bruit de la fontaine lui donnait envie d'aller aux toilettes.

— Tu te plais ici?

La voix du Dr Roderick montait et descendait. Elle faisait partie de ces gens qui ne cillent jamais mais sourient en permanence. Elle ressemblait à une pom-pom girl sous psychotropes.

— C'est génial, répondit Hanna. Je m'amuse beaucoup.

Le Dr Roderick se rembrunit.

— C'est bien de s'amuser, mais y a-t-il quelque chose dont tu souhaiterais discuter avec le groupe?

— Pas vraiment, dit Hanna sèchement.

Le Dr Roderick fit une moue déçue.

— Hanna est ma camarade de chambre, intervint Iris. On discute beaucoup, et cet endroit lui fait du bien. Au moins, elle ne s'arrache pas les cheveux comme le faisait Ruby.

Alors, toutes se tournèrent vers Ruby, justement en train de tirer sur une de ses mèches. Hanna adressa un sourire reconnaissant à son amie pour avoir fait diversion.

Mais après s'être intéressée un instant à Ruby, le Dr Roderick revint à Hanna.

— Alors, Hanna, tu veux nous dire pourquoi tu es ici ? Je t'assure que parler, ça aide beaucoup.

Hanna balança son pied dans le vide sans répondre. Si elle se taisait assez longtemps, le Dr Roderick finirait bien par lâcher prise. Puis elle entendit une fille prendre une grande inspiration.

— Hanna a des problèmes parfaitement classiques – je dirais même, banals et ennuyeux, lança Tara d'une voix haut perchée, vibrante de mépris. Comme toutes les filles parfaites, elle a un rapport malsain à la nourriture. Son père ne l'aime plus, mais elle essaie de l'oublier. Oh, et son ex-meilleure amie était une garce. Rien de très intéressant.

Satisfaite, Tara se laissa aller dans son fauteuil, croisa les bras sur sa poitrine et jeta à Hanna un coup d'œil qui signifiait : « Tu l'as bien cherché. »

Iris renifla.

— Bravo Tara. Tu nous as bien espionnées. Tu as des oreilles – de merveilleuses petites oreilles de rat. Je te félicite !

— Les filles ! lança le Dr Roderick sur un ton d'avertissement.

Hanna ne voulait pas faire le plaisir à Tara de répliquer,

mais alors qu'elle ressassait ce que cette pauvre débile venait de lui asséner, elle blêmit.

— C... comment peux-tu être au courant pour ma m... meilleure amie ? balbutia-t-elle.

Elle revit le visage de Mona, les yeux brillants de rage alors qu'elle enfonçait l'accélérateur.

Surprise, Tara cligna des yeux.

— C'est évident, répliqua Iris, glaciale. Elle a gardé l'oreille collée contre la porte de notre chambre toute la nuit.

Le cœur d'Hanna s'emballait. Une saleuse passa devant le Sanctuaire en rugissant. Le bruit de sa lame frottant contre la chaussée fit frémir Hanna. La jeune fille dévisagea Iris.

— Mais je n'ai jamais rien dit à propos de mon ex-meilleure amie, fit-elle remarquer. Tu te souviens de quelque chose ?

Iris se gratta le menton.

— Non, admit-elle. Mais j'étais crevée. Je me suis peut-être assoupie un moment.

Hanna passa une main sur son front. Elle ne comprenait pas comment Tara pouvait être au courant pour Mona. La veille, elle avait pris un Valium supplémentaire pour dormir ; avait-elle parlé dans son sommeil ? Elle ne comprenait plus rien.

— Tu ne voulais peut-être pas évoquer cette amie, Hanna, dit le Dr Roderick en se levant et en se dirigeant vers elle. Mais parfois, notre esprit et notre corps prennent l'initiative d'exprimer ce qui nous tourmente, que nous le voulions ou non.

Hanna la foudroya du regard.

— Je ne raconte pas ma vie sans m'en rendre compte. Je n'ai pas le syndrome de Tourette. Je ne suis pas folle.

— Inutile de t'énerver, dit gentiment le Dr Roderick.
— Je ne m'énerve pas ! hurla Hanna.

Effarée, le Dr Roderick recula. La tension gagna les autres patientes. Une fille nommée Megan toussa « psychopathe » dans son poing. Hanna sentit sa peau la picoter.

Le Dr Roderick regagna son siège et feuilleta son registre.
— Bien. Continuons. (Elle tourna une page.) Euh… Gina. Tu as parlé à ta mère cette semaine ? Comment ça s'est passé ?

Mais tandis que la thérapeute interrogeait les autres, l'esprit d'Hanna refusa de s'apaiser, comme si une minuscule écharde était plantée dans son cerveau et refusait d'en sortir. Quand elle fermait les yeux, la jeune fille se retrouvait dans le parking de l'Externat de Rosewood, incapable de s'enfuir alors que le SUV de Mona lui fonçait dessus.

Non ! cria-t-elle intérieurement. Elle ne voulait pas recommencer, pas ici, pas maintenant… jamais, en fait. Elle se força à ouvrir les yeux. Son regard se brouilla ; le visage des autres filles se tordit comme dans une glace déformante.

N'y tenant plus, Hanna tendit un doigt accusateur vers Tara.
— Dis-moi comment tu as su, pour Mona !

Le silence se fit dans la pièce. La perplexité plissa le front bourgeonnant de Tara.
— Pardon ?
— C'est « A » qui t'a parlé d'elle ? demanda Hanna.

Tara secoua lentement la tête.
— Qui ?

Le Dr Roderick se leva, traversa la pièce et toucha le bras d'Hanna.
— Tu sembles perturbée, ma chérie. Tu devrais peut-être aller te reposer dans ta chambre.

Mais Hanna ne bougea pas. Tara soutint son regard un moment, puis leva les yeux au ciel et haussa les épaules.

— Je ne sais absolument pas qui est Mona. Je croyais que ton ex-meilleure amie langue de vipère s'appelait Alison.

La gorge d'Hanna se noua. Elle se recroquevilla dans son fauteuil.

Iris tendit l'oreille.

— Alison ? C'est la fille pour qui tu gardes ce morceau de drapeau ? Pourquoi n'êtes-vous plus amies ?

Ce fut à peine si Hanna l'entendit. Elle dévisageait Tara.

— Comment sais-tu, pour Alison ? chuchota-t-elle.

À contrecœur, Tara plongea la main dans son répugnant fourre-tout en toile.

— Je l'ai lu là-dedans. (Elle jeta à travers la pièce un numéro de *People* qu'Hanna n'avait jamais vu. Le magazine atterrit au pied du fauteuil d'Hanna.) Je voulais t'en parler tout à l'heure, mais tu te trouves trop cool pour m'adresser la parole.

Hanna se jeta sur la revue et l'ouvrit à l'endroit où elle était cornée. « Une semaine de secrets et de mensonges » s'étalait en gros titre sur deux pages, et dessous, une photo d'Hanna, Spencer, Aria et Emily fuyant l'incendie dans les bois. « Les Jolies Petites Menteuses », pouvait-on lire en légende avant de toutes les citer une par une.

— Oh, mon Dieu, souffla Hanna.

Puis elle remarqua un encadré dans le coin en bas à droite : c'était le résultat d'un sondage. « Les Jolies Petites Menteuses ont-elles tué Alison DiLaurentis ? » Sur les cent personnes de Times Square interrogées, 92 avaient répondu « oui ».

— Au fait, j'adore ce surnom, gloussa Tara en croisant les jambes. « Jolie Petite Menteuse », ça te va comme un gant.

Les autres filles se massèrent autour du fauteuil d'Hanna

pour lire à leur tour, et elle se sentit incapable de les en empêcher. Ruby hoqueta. Une certaine Julie eut un claquement de langue désapprobateur. Quant à Iris... Elle semblait horrifiée et dégoûtée. L'assemblée venait de se retourner contre Hanna en un clin d'œil. Désormais, elle serait *cette fille*. Celle que tous soupçonneraient du meurtre de sa meilleure amie quatre ans plus tôt.

Le Dr Roderick arracha le magazine des mains d'Hanna.

— Où as-tu trouvé ça? demanda-t-elle sévèrement à Tara. Tu sais que la presse est interdite ici.

Tara baissa la tête d'un air penaud.

— Iris se vante toujours d'introduire *People* au Sanctuaire avant sa sortie en kiosques, marmonna-t-elle en arrachant l'étiquette de sa bouteille d'eau minérale. Je voulais juste voir si c'était vrai.

Iris se leva d'un bond, manquant renverser une lampe chromée posée près de son fauteuil. Elle fondit sur Tara.

— Ce numéro était dans ma chambre, espèce de garce! Je ne l'ai même pas encore lu! Tu as fouillé dans mes affaires!

— Iris. (Le Dr Roderick frappa dans ses mains pour tenter de ramener le calme. Une infirmière jeta un coup d'œil par l'étroite fenêtre de la porte d'entrée, se demandant sans doute si elle devait venir au secours de la thérapeute.) Iris, tu sais très bien que ta chambre est fermée à clé. Aucune autre patiente ne peut y entrer.

— Il n'était pas dans sa chambre, se défendit Tara. (Elle tendit un doigt vers le couloir.) Il était sur la banquette, dans le hall.

— Impossible! glapit Iris en se retournant. (Son regard passa du magazine que tenait le Dr Roderick au visage affligé d'Hanna.) Et toi! s'étrangla-t-elle. Tu veux faire croire que tu es parfaite, mais tu es aussi cinglée que tout le monde ici!

— Jolie Petite Menteuse, lança quelqu'un du fond de la pièce.

Une énorme boule se forma dans la gorge d'Hanna. Tous les regards étaient de nouveau braqués sur elle. Elle voulait se lever et partir en courant, mais elle se sentait collée au fauteuil.

— Je ne suis pas une menteuse, dit-elle d'une toute petite voix.

Iris ricana et la toisa d'un air dédaigneux, comme si Hanna venait de se couvrir d'acné purulente de la tête aux pieds.

— Si tu le dis.

— Les filles, arrêtez! (Le Dr Roderick tira Iris par la manche.) Iris, Tara, vous avez enfreint les règles et vous serez punies.

Elle fourra le *People* dans une des grandes poches de sa blouse, força Tara à se lever et entraîna les deux filles vers la porte. Avant de sortir, Tara jeta un coup d'œil à Hanna par-dessus son épaule et lui lança un petit sourire triomphant.

— Iris, implora Hanna tandis que son amie s'éloignait. Ce n'est pas ce que tu crois!

Iris se retourna sur le seuil et la fixa froidement, comme si c'était une étrangère.

— Désolée, mais je ne parle pas aux monstres.

Sur ces mots, elle suivit le Dr Roderick dans le couloir, laissant Hanna derrière elle.

21

Une vérité qui fait mal

Le bus Greyhound entra dans le parking de la gare routière de Lancaster. Sa destination, Philadelphie, était affichée en majuscules au-dessus du pare-brise. Emily hésita avant de monter à bord. Aussitôt, elle fut assaillie par l'odeur des housses de siège neuves et de désinfectant pour toilettes chimiques. Elle n'avait passé que quelques jours avec Lucy et sa famille, pourtant le bus lui semblait incarner une modernité agressive, presque monstrueuse.

Quand Lucy lui avait révélé l'identité du petit ami de sa sœur défunte, Emily avait gardé le silence. Lucy s'en était inquiétée à plusieurs reprises, mais Emily avait invoqué la fatigue. Qu'aurait-elle pu dire ? *Je connais l'ancien petit ami de ta sœur. Tu as raison : il est probable qu'il l'ait tuée – et jetée au fond d'un trou dans un jardin.*

Depuis, son cerveau se repassait en boucle – et à toute allure – ses souvenirs de cette période horrible. Le lendemain de la disparition d'Ali, après leur entrevue avec Mme DiLaurentis, Emily et ses amies étaient parties dans des directions opposées. Emily avait longé le trou où, des années plus tard, on retrouverait le corps d'une adolescente.

Ce jour-là, les ouvriers le remplissaient de béton. Leurs voitures étaient garées le long du trottoir, devant la propriété des DiLaurentis. Au bout de la file se trouvait un véhicule qu'Emily avait détaillé quelques secondes, il lui était familier. C'était une vieille berline noire, comme on en voyait dans les films des années 1960 ou 1970.

... La même berline qui s'était arrêtée devant l'Externat de Rosewood le jour où Ali avait affirmé publiquement qu'elle trouverait un morceau du drapeau de la Capsule temporelle. Après son altercation avec Ian, Jason DiLaurentis avait ouvert violemment la portière passager et s'était jeté sur le siège avant.

... La même berline qui roulait lentement dans la rue des DiLaurentis quand Emily et les autres avaient tenté de voler le morceau de drapeau d'Ali. Et voilà que la jeune fille se la remémorait, garée devant la maison de la disparue le jour où le béton avait enseveli un corps pour trois longues années.

C'était la voiture de Darren Wilden.

Le bus démarra quelques minutes plus tard, laissant derrière lui les champs verdoyants de Lancaster. Il n'y avait que quatre autres passagers, aussi Emily put-elle s'installer confortablement. Repérant une prise près de ses pieds, elle se pencha, brancha le chargeur de son portable et alluma celui-ci. L'écran du Nokia brilla en revenant à la vie.

Emily devait réagir à ce qu'elle venait d'apprendre, mais comment ? Si elle les appelait, ses amies la traiteraient de folle de croire Ali toujours vivante, et de s'être rendue à Lancaster en suivant les instructions de « A ». Emily ne pouvait pas non plus se tourner vers ses parents : ils la croyaient à Boston. Et elle ne pouvait pas avertir la police, Wilden en faisait partie.

Emily trouvait stupéfiant que le jeune homme ait été amish autrefois. Dans le fond, elle ne savait pas grand-chose de lui : juste qu'il avait une réputation de rebelle du temps où il fréquentait l'Externat de Rosewood, mais qu'il s'était assagi en entrant dans la police. Il devrait être assez facile de découvrir quand il avait quitté sa communauté et s'était inscrit à l'Externat. D'autant qu'à l'hôpital, dans la chambre de Spencer, il avait mentionné qu'il habitait chez son oncle à l'époque du lycée. Selon Lucy, il voulait que Leah rompe avec la communauté, elle aussi. Peut-être s'était-il mis en colère quand elle avait refusé. Peut-être s'était-il débarrassé d'elle pour de bon.

Puisqu'il était ami avec Jason, Wilden avait très bien pu parler avec Ali de ses rêves de fugue à elle. Peut-être lui avait-il promis de l'aider à s'enfuir, en la conduisant loin de Rosewood la nuit de sa disparition. Puis il avait jeté un corps dans le trou au fond du jardin des DiLaurentis, pour faire croire que c'était celui d'Ali – alors qu'en réalité, il appartenait à la fille qui lui avait brisé le cœur.

Tout collait. Ça expliquait pourquoi on n'avait jamais retrouvé Leah. Voilà comment Ali avait pu réapparaître dans les bois le samedi précédent, et pourquoi Wilden dissuadait les enquêteurs de vérifier si Ali était en vie : si ses collègues réalisaient que le cadavre découvert à l'automne n'était pas celui d'Alison DiLaurentis, ils seraient bien obligés de chercher à identifier à qui appartenait le corps. Ça expliquait pourquoi Wilden avait des doutes sur « A », et sur le fait que Ian détenait un secret sur les événements de cette nuit tragique. « A » avait raison depuis le début. Il y avait bel et bien un secret, mais il ne concernait pas la mort d'Ali. Il était lié à l'identité de la fille tuée à sa place.

Emily détailla les graffitis qui ornaient la paroi du bus,

sous la fenêtre. MIMI + CHRISTOPHER. TINA A UN GROS Q. Celui-ci était même illustré d'un dessin de fesses rebondies.

Ali était toujours vivante ; Emily l'avait toujours su. Mais où était-elle toutes ces années ? Une adolescente de treize ans ne pouvait pas survivre seule. À moins qu'un adulte ne l'ait recueillie. Pourquoi n'avait-elle jamais contacté Emily pour lui faire savoir qu'elle allait bien ? Peut-être parce qu'elle n'en avait pas eu envie. Parce qu'elle avait décidé d'en finir avec sa vie à Rosewood, y compris ses quatre meilleures amies.

Le téléphone d'Emily bipa, lui signalant la réception de trois textos. Les deux premiers messages venaient de sa sœur Caroline. Le dernier, envoyé par Aria, avait pour titre « Il faut qu'on parle ».

Une vieille femme assise à l'avant du bus toussa. Le Greyhound longea une ferme, une odeur de fumier envahit brièvement la cabine. Emily déplaça son curseur en se demandant par quel texto elle allait commencer. À cet instant, elle reçut un message d'un numéro inconnu. Le pouls de la jeune fille s'accéléra. Sûrement un texto de « A » – et pour une fois, elle avait hâte de savoir ce qu'il avait à lui dire.

Elle appuya immédiatement sur la touche de lecture.

C'était un MMS. La photo montrait un tas de papiers flous étalés sur une table. Le document du dessus était intitulé : « DISPARITION ALISON DILAURENTIS : CHRONOLOGIE ». Le suivant : « INTERROGATOIRE JESSICA DILAURENTIS, 21 JUIN, 22 H 30 ». Un autre au logo du « Sanctuaire d'Addison-Stevens », laissait voir le nom de DiLaurentis. Chaque papier était tamponné de l'inscription : « PROPRIÉTÉ DU DÉPARTEMENT DE POLICE DE ROSEWOOD. PREUVE. NE PAS EMPORTER ».

Emily hoqueta.

Puis elle aperçut une dernière feuille dissimulée sous les

autres. Elle plissa les yeux et s'efforça de déchiffrer le peu de texte visible. « ANALYSE ADN », disait le titre. En revanche, Emily ne put lire les résultats.

— Non, gémit-elle, prête à exploser.

Comme le bus passait sur une bosse, la jeune fille décolla de son siège. C'est alors qu'elle remarqua le message qui accompagnait la photo.

Tu veux voir par toi-même ? La salle des preuves se trouve à l'arrière du commissariat de police de Rosewood. Je laisserai la porte ouverte.

— A

22

ALI REVIENT – EN QUELQUE SORTE

Le vendredi après les cours, Noel passa chercher Aria chez Byron. Quand la jeune fille monta en voiture, il se pencha vers elle pour l'embrasser sur la joue. Et malgré sa nervosité, Aria sentit un frisson d'excitation courir le long de son échine.

Ils longèrent les rues tortueuses du Vieil Hollis et dépassèrent le terrain de jeu municipal ; sur le parking, gisaient toujours quelques sapins de Noël abandonnés. Ni l'un ni l'autre ne parlait, mais le silence était plus serein que gêné. Aria était reconnaissante de n'avoir pas à faire la conversation.

Son téléphone sonna au moment où ils s'engageaient dans l'ancienne rue des DiLaurentis. « Numéro masqué », disait l'écran. Aria répondit.

— Mademoiselle Montgomery ? gazouilla une voix de femme. Ici Bethany Richards de *Us Weekly* !

— Désolée, ça ne m'intéresse pas, dit très vite Aria en se maudissant d'avoir décroché.

Elle allait couper la communication quand la journaliste lança :

— Je voulais juste savoir si vous vouliez répondre à l'article de *People*.

— Quel article ? aboya Aria.

Noel lui jeta un coup d'œil inquiet.

— Celui dont le sondage affirme que 92 % des personnes interrogées pensent que vous et vos amies avez tué Alison DiLaurentis, gloussa Bethany Richards.

— Quoi ? s'étrangla Aria. Mais ce n'est pas vrai !

Elle raccrocha avec rage et laissa tomber son Treo dans son sac.

— Que se passe-t-il ? demanda Noel, anxieux.

— *People* a écrit que nous avons tué Ali, chuchota Aria.

Le jeune homme fronça les sourcils

— Doux Jésus !

Aria posa son front sur la vitre et regarda d'un œil un panneau indiquant la direction du jardin botanique de Hollis. Comment pouvait-on penser une chose pareille ? À cause de ce surnom ridicule que la presse leur avait donné ? Parce qu'elles refusaient de répondre aux questions indiscrètes des journalistes ?

Noel se gara dans l'impasse où habitaient autrefois les DiLaurentis. Les vitres étaient fermées, pourtant Aria sentit l'odeur de bois brûlé. Les branches noires et tordues ressemblaient à des membres difformes. Du moulin des Hastings, il ne restait plus qu'une carcasse calcinée. Mais le pire, c'était leur grange. La moitié de la bâtisse s'était écroulée, formant un misérable tas de planches carbonisées sur le sol. Le fer forgé de la porte, autrefois blanc cassé, et désormais couleur de rouille sale, ne tenait plus que par un seul gond. Elle se balançait doucement, comme sous l'impulsion d'un fantôme.

Noel aspira sa lèvre inférieure en détaillant la grange.

— On dirait la maison Usher, commenta-t-il.

Stupéfaite, Aria le dévisagea. Il haussa les épaules.

— Tu sais, cette nouvelle de Poe où un fou enterre sa sœur dans une vieille baraque en ruine qui fiche la trouille. Après ça, il a l'impression de devenir encore plus cinglé, mais en fait il s'avère que sa sœur n'est pas vraiment morte.

— Je n'arrive pas à croire que tu connaisses cette histoire, avoua Aria, ravie.

Noel parut blessé.

— Je suis en cours d'anglais renforcé, comme toi. Il m'arrive de lire, de temps en temps.

— Ce n'est pas ce que je voulais dire, rectifia très vite Aria – même si elle pensait le contraire.

Ils descendirent de voiture. Les nouveaux propriétaires de l'ancienne maison des DiLaurentis, les Saint-Germain, avaient emménagé après le cirque médiatique autour de la découverte du corps d'Ali – mais apparemment, ils étaient sortis, ce qui arrangeait bien les jeunes gens.

Puis Aria aperçut Spencer debout près de la boîte aux lettres des Hastings, une pile d'enveloppes à la main. Son amie la vit au même moment. Son regard passa d'Aria à Noel, elle parut perplexe.

— Que faites-vous là? lança-t-elle tout de go.

— Salut. (Aria se dirigea vers elle, contournant un massif de buis taillé. Elle se sentait nerveuse.) Tu as vu? Les gens croient que nous avons tué Ali.

Spencer grimaça.

— Oui, j'ai vu.

— Il faut qu'on trouve des réponses, et vite. (Aria désigna l'ancien jardin des DiLaurentis, toujours entouré de rubalise jaune.) Je sais que tu ne crois pas aux fantômes, mais une médium va tenter d'entrer en contact avec l'esprit d'Ali à l'endroit où elle est morte. Tu veux venir?

Spencer eut un mouvement de recul.

— Sûrement pas!

— Mais si ça marchait? insista Aria. Tu n'as pas envie de savoir ce qui s'est réellement passé?

Spencer arrangea les enveloppes qu'elle tenait pour en faire un petit tas bien aligné.

— Tu te berces d'illusions, Aria. Et tu ne devrais pas te montrer par ici. Les journalistes vont s'en donner à cœur joie.

Une rafale de vent gifla Aria, elle resserra son manteau autour d'elle.

— On ne va rien faire de mal. On va juste rester autour du trou.

Spencer claqua la petite porte de la boîte aux lettres.

— Je refuse de participer à cette mascarade.

— Comme tu voudras, répliqua Aria, indignée, et faisant volte-face.

Tout en rejoignant Noel à grandes enjambées, elle jeta un coup d'œil par-dessus son épaule. Spencer se tenait toujours près de sa boîte aux lettres, l'air triste et partagé. Aria aurait bien voulu qu'elle baisse sa garde pour une fois, qu'elle s'autorise à croire l'incroyable. Après tout, c'était d'Ali qu'il s'agissait. Mais au bout d'un moment, Spencer redressa les épaules, se détourna et se dirigea vers la porte de chez elle.

Noel attendait Aria sur le trottoir, près de l'autel dédié à Ali. Comme d'habitude, des tas de bougies et de fleurs accompagnaient des messages comme : « Tu nous manqueras » ou « Repose en paix ».

— On y va? demanda-t-il.

Aria acquiesça et rabattit son écharpe de laine sur son nez – l'odeur de brûlé la faisait larmoyer.

En silence, tous deux contournèrent la maison et traversèrent le jardin gelé pour gagner le bord de la propriété. Il était environ 16 heures, mais le ciel s'assombrissait déjà.

L'air était brumeux, et un brouillard s'épaississait autour du porche de derrière. Dans les bois, un croassement sinistre retentit.

Crac. Effrayée, Aria sursauta et se retourna. Une femme se tenait derrière elle, lui soufflant presque dans le cou. Elle avait des cheveux poivre et sel en bataille, des yeux globuleux, une peau parcheminée et des dents jaunâtres, à moitié gâtées. Ses ongles mesuraient trois centimètres. On aurait dit un cadavre tout juste sorti de sa tombe.

— Je suis Esméralda, se présenta-t-elle d'une voix basse, comme essoufflée.

Aria avait trop peur pour répondre. Noel s'avança.

— Voici mon amie Aria.

La femme toucha la main d'Aria. Elle avait des doigts squelettiques et glacés. Elle regarda en direction du trou.

— Venez. Elle attend pour vous parler.

Aria avait de plus en plus de difficulté à retenir ses sanglots.

Ils se rapprochèrent du fossé. Ici, il faisait encore plus froid. Le vent était tombé ; l'air paraissait étrangement immobile et le brouillard plus dense encore. Comme si le trou figurait l'œil d'un cyclone, ou un portail vers une dimension parallèle.

Aria prit une grande inspiration, et il lui sembla humer une légère odeur de savon à la vanille. *Je dois me tromper*, se reprit-elle, s'efforçant de garder son calme. *Ali n'est pas là. C'est impossible. Je me laisse juste happer par l'atmosphère.*

— Bien. (Esmeralda prit la main de la jeune fille et l'entraîna vers le bord.) Regardez au fond. Nous devons l'appeler ensemble.

Aria se mit à trembler. Jamais encore elle n'avait regardé dedans. Elle jeta un coup d'œil paniqué à Noel, resté en retrait. Le jeune homme hocha la tête pour l'encourager. Alors, Aria prit son courage à deux mains et baissa les yeux.

Son cœur battait la chamade; elle avait froid. Le trou était sombre, plein de mottes de terre et de béton brisé. Il faisait environ trois mètres de profondeur. Deux morceaux de Scotch jaune gisaient au fond. Même si le corps d'Ali avait été porté depuis longtemps, Aria aperçut un creux à l'endroit où une masse allongée avait reposé très, très longtemps.

Elle ferma les yeux. Ali était restée là des années, sous le béton. Peu à peu, son corps s'était décomposé. Sa peau s'était détachée de ses os. Son beau visage s'était dissous. De son vivant, c'était une personne captivante, attirant tous les regards. Mais dans la mort, elle avait été silencieuse et invisible. Des années durant, elle était restée cachée dans son propre jardin. Et elle avait emporté avec elle le secret de ce qui s'était réellement passé.

Aria tendit la main en arrière. Noel s'approcha rapidement pour la prendre. Ses doigts se refermèrent sur ceux de la jeune fille, il les pressa en un geste réconfortant.

Esmeralda demeura longtemps dans la même position, prenant de grandes inspirations gutturales, faisant rouler sa tête et se balançant sur ses talons. Puis elle commença à se tordre. Comme si quelque chose s'emparait de son corps, s'infiltrait sous sa peau et contrôlait ses membres. Aria eut du mal à respirer. Stupéfait, Noel était tétanisé.

Quand Aria parvint enfin à décrocher son regard de la médium, elle vit de la lumière dans la chambre de Spencer. Debout derrière sa fenêtre, la jeune fille observait toute la scène.

Finalement, Esmeralda releva la tête. Elle paraissait rajeunie, et affichait un sourire moqueur.

— Salut, lança-t-elle d'une voix tout à fait différente.

Aria hoqueta. Noel frémit. C'est bien la voix d'Ali.

— Tu voulais me parler? lança-t-elle sur un ton d'ennui suprême. Tu n'as droit qu'à une seule question, alors, tâche de trouver la bonne.

Un chien hurla dans le lointain. Une porte claqua de l'autre côté de la rue, et quand Aria se retourna, elle crut voir Jenna Cavanaugh passer devant la baie vitrée de son salon. Il lui sembla qu'une odeur de savon à la vanille s'élevait du trou. Se pouvait-il qu'Ali soit face à elle, et la regarde à travers les yeux de cette femme? Si c'était le cas, qu'était-elle censée lui demander? Ali avait caché tant de choses à ses amies : sa liaison avec Ian, ses problèmes avec Jason, la vérité sur l'accident de Jenna... Mais une interrogation prenait le pas sur toutes les autres.

— Qui t'a tuée? finit par chuchoter Aria d'une voix tremblante.

Esmeralda plissa le nez comme si c'était la question la plus stupide du monde.

— Tu es sûre que tu veux le savoir?

Aria se pencha en avant.

— Oui.

La médium baissa la tête.

— J'ai peur de le dire à voix haute, balbutia-t-elle avec la voix d'Ali. Je vais plutôt te l'écrire.

— D'accord, acquiesça très vite Aria.

— Et ensuite, tu partiras. Je ne veux plus être dérangée.

— Pas de problème.

Esmeralda plongea une main dans son sac et en sortit un petit carnet en cuir et un stylo. Elle griffonna quelque chose, arracha la page, la plia en deux et la tendit à Aria.

— Maintenant, va-t'en, grogna-t-elle.

Aria s'éloigna à reculons, trébucha et faillit tomber. Elle ne sentait plus ses jambes. Faisant volte-face, elle s'élança vers la voiture de Noel. Le jeune homme était juste derrière elle. Quand ils s'arrêtèrent, il la prit dans ses bras. Ils demeurèrent enlacés en silence, trop choqués pour parler.

Aria jeta un coup d'œil à l'autel d'Ali. Une bougie éclairait le dernier portrait scolaire de la disparue. Le large sourire d'Ali et son regard fixe lui donnaient un air de possédée.

Aria repensa à l'histoire évoquée par Noel, *La Chute de la maison Usher*. Comme la sœur ensevelie dans cette vieille demeure, le corps d'Ali était resté prisonnier du béton pendant trois longues années. L'âme quittait-elle l'enveloppe charnelle au moment du décès ou... beaucoup plus tard? Celle d'Ali s'était-elle échappée du trou quand l'adolescente avait rendu son dernier soupir, ou seulement quand les ouvriers avaient mis au jour son cadavre décomposé?

Le papier donné par Esmeralda reposait toujours dans la paume d'Aria. Lentement, la jeune fille le déplia.

— Tu veux que je te laisse seule un moment? demanda Noel d'une voix douce.

Aria déglutit.

— Non, ça va.

Elle avait besoin de la présence du jeune homme. Elle avait trop peur de lire la réponse.

La feuille crissa entre ses doigts. Les lettres étaient rondes et pleines – l'écriture d'Ali. Aria déchiffra les mots. Quatre seulement, qui la glacèrent jusqu'à la moelle :

Ali a tué Ali.

23

TANT QUE ÇA RESTE DANS LA FAMILLE...

Une heure plus tard, assise à son bureau, Spencer regardait dehors. Les lampes du porche projetaient une lumière étrange sur la grange en ruine et la forêt ravagée. Des gardes forestiers avaient attaqué les arbres morts à la tronçonneuse, ne laissant qu'une pile de bois noirci sur la pelouse. Une équipe de nettoyage avait fouillé la carcasse de la grange et déposé les meubles rescapés dans le patio. Le tapis rond sur lequel Spencer et les autres s'étaient assises le soir où Ali les avait hypnotisées gisait près des marches de la terrasse ; autrefois blanc, il avait pris la couleur brune des marshmallows trop cuits.

Il n'y avait plus personne au bord du trou. De sa fenêtre, Spencer avait observé l'intervention de la médium, qui n'avait pas duré plus de dix minutes. Elle aurait voulu savoir ce qu'Aria avait appris, mais sa fierté l'emportait sur sa curiosité. La médium rappelait la vieille folle qui traînait sur le campus de la fac de Hollis en affirmant qu'elle pouvait parler aux arbres. Spencer espéra que la presse n'apprendrait pas ce qu'Aria venait de faire : elles avaient déjà l'air assez dingues comme ça !

— Salut, Spence.

La jeune fille sursauta. Son père se tenait sur le seuil de sa chambre, encore vêtu du costume prince-de-galles qu'il portait pour aller au travail.

— Tu veux regarder les moulins en vente sur Internet avec moi ?

M. et Mme Hastings avaient décidé de remplacer le moulin détruit dans l'incendie par un nouveau modèle qui fournirait une partie de l'électricité de la maison.

— Euh...

Spencer éprouva du regret. Quand son père lui avait-il demandé de prendre part à une décision familiale la dernière fois ?

Pourtant, elle n'arrivait pas à le regarder en face. La lettre trouvée sur son ordinateur défilait dans son esprit comme les dernières nouvelles au bas de l'écran de télé. *Chère Jessica, je suis désolé que nous ayons été interrompus... J'ai hâte que nous soyons de nouveau seuls. Avec tout mon amour, Peter.*

Difficile de ne pas en tirer d'horribles conclusions. Spencer imaginait son père et Mme DiLaurentis assis ensemble sur le canapé d'angle beige dans le salon d'Ali – ce même canapé sur lequel les filles se vautraient pour regarder *American Idol* –, se bécotant comme les couples impudiques dans les couloirs de l'Externat.

— J'ai des devoirs à faire, mentit-elle tandis que la salade de poulet grillé de son déjeuner s'agitait dans son estomac.

Son père eut l'air déçu.

— D'accord. Plus tard, peut-être.

Il se détourna et descendit l'escalier.

Spencer poussa un long soupir. Elle avait besoin de parler à quelqu'un. C'était un secret trop grave et trop pesant ; elle devait se confier. Elle composa le numéro de Melissa sur son téléphone. Après plusieurs sonneries, l'appel bascula sur sa boîte vocale.

— C'est Spencer, dit la jeune fille d'une voix chevrotante. Il faut que je te raconte quelque chose à propos des parents. Rappelle-moi.

Désespérée, elle raccrocha. « Où est maman ? » avait répété Melissa à leur père la nuit de la disparition d'Ali. « Il faut la trouver. » Selon la lettre de M. Hastings à Mme DiLaurentis, ils s'étaient vus ce soir-là. Et si Mme Hastings les avait surpris ensemble ? Et si c'était pour cette raison qu'elle ne voulait plus jamais parler de cette nuit ?

Imaginer son père avec la mère d'Ali était toujours aussi choquant. Spencer frissonna. Elle n'arrivait pas à y croire.

Les bois étaient étrangement immobiles. Un mouvement sur la droite attira l'attention de Spencer, qui fit pivoter son fauteuil. Elle aperçut quelque chose de jaune à la fenêtre de l'ancienne chambre d'Ali. Puis quelqu'un alluma la lumière. Maya Saint-Germain, la fille qui habitait là désormais, traversa la pièce et se laissa tomber sur son lit.

Le téléphone de Spencer vibra. Elle poussa un petit hoquet de surprise. Ce n'était pas Melissa. Elle avait reçu un texto.

Spencer, c'est toi ?

Intriguée, la jeune fille fixa le pseudonyme de l'expéditeur. MilieudeterrainUSCroxx. C'était Ian.

Avant qu'elle ait réagi, un autre message s'afficha.

C'est Melissa qui m'a filé ton pseudo. Ça ne t'ennuie pas ?

Les pensées de Spencer se brouillèrent. Ainsi, Ian et Melissa étaient bel et bien restés en contact.

Je ne suis pas sûre de vouloir te parler, tapa-t-elle rapidement. *Tu avais tort à propos de Jason et de Wilden. Et quelqu'un a essayé de nous tuer.*

Le jeune homme répondit aussitôt.

Je suis vraiment désolé. Mais tout ce que je t'ai dit était vrai. Wilden et Jason me détestaient. Ils avaient l'intention de me tomber dessus ce soir-là. Ils n'ont peut-être pas fait de mal à Ali, mais je sais qu'ils cachent quelque chose.

Spencer poussa un grognement.

Si ça se trouve, c'est toi qui as tué Ali, et tu essaies de faire retomber la faute sur nous. À cause de toi, la police nous a à l'œil, et tout Rosewood nous déteste.

Encore une fois, je suis désolé. Mais je n'ai pas tué Ali, je te le jure. Il faut que tu me croies.

Les rideaux jaunes de Maya ondulèrent de nouveau. La main de Spencer se crispa sur son téléphone. Désormais, elle était incapable de situer Ian au moment de la disparition d'Ali – et Melissa ne le pouvait pas non plus.

Puis une idée lui vint. Ian était avec Melissa ce fameux soir, celui de la dispute. Il savait peut-être ce qui s'était passé.

J'ai une question qui n'a rien à voir, tapa-t-elle très vite. *As-tu vu ou entendu ma sœur se disputer avec mon père la nuit de la mort d'Ali ? Ils étaient dans l'entrée, et elle lui criait dessus, mais je ne sais pas pourquoi. Elle t'en a parlé ?*

Le curseur clignota. Spencer pianota impatiemment sur son sous-main Tiffany en attendant la réponse de Ian. Vingt longues secondes s'écoulèrent avant le message suivant du jeune homme.

Il vaudrait mieux que tu discutes de ça avec tes parents.

Spencer se mordit la lèvre.

Je ne peux pas, répliqua-t-elle. *Si tu sais quelque chose, dis-le.*

Il y eut une nouvelle pause prolongée. Deux corbeaux jaillirent des bois incendiés et allèrent se percher sur un poteau téléphonique. Le regard de Spencer dériva depuis la grange en ruine jusqu'au trou entouré de Scotch jaune dans le jardin voisin. Ses nerfs étaient à vif. Elle avait sous les yeux l'espace entier dans lequel Ali avait vécu ses dernières heures.

Finalement, un nouveau message apparut sur l'écran de son téléphone.

Melissa et moi dormions au salon, avait écrit Ian. *Je me souviens qu'à un moment, elle s'est levée pour parler à ton père. Elle est revenue bouleversée. Elle m'a dit qu'elle soupçonnait votre père d'avoir une liaison avec la mère d'Ali. Que votre mère venait juste de le découvrir. Elle a ajouté : « J'ai peur qu'elle fasse une bêtise. »*

Quel genre de bêtise ? répondit aussitôt Spencer, le cœur battant la chamade.

Aucune idée.

— Mon Dieu, dit la jeune fille à voix haute.

Où sa mère avait-elle surpris les deux amants ? M. Hastings et Mme DiLaurentis se trouvaient-ils dans la cuisine de cette dernière, prenant le risque d'être vus depuis l'extérieur ?

Spencer se massa les tempes. Le lendemain de la disparition d'Ali, Mme DiLaurentis avait fait venir les amies de sa fille pour leur demander si celle-ci n'avait pas surpris une conversation dans la maison, car elle avait cru l'apercevoir sur le seuil. Et si Ali avait vu les deux amants, elle aussi ? Elle avait pu entrer par-derrière, longer discrètement le couloir jusqu'à la cuisine et les trouver ensemble. Si cela lui était arrivé, Spencer savait très bien ce qu'elle-même aurait fait : elle aurait tourné les talons et serait immédiatement ressortie.

Ali avait peut-être réagi de la même façon. Puis... elle avait été tuée.

Le téléphone de Spencer vibra de nouveau.

Et désolé de te l'apprendre, mais je savais déjà pour cette liaison avant que Melissa m'en parle. Deux semaines plus tôt, j'avais vu votre père avec Mme DiLaurentis. Et je l'avais accidentellement révélé à Ali. Je n'avais pas l'intention de le faire, mais elle sentait que je lui cachais quelque chose. Elle m'a tiré les vers du nez.

Spencer tint son Sidekick à bout de bras. Ali était au courant ?

— Doux Jésus, murmura-t-elle.

Elle reçut un nouveau message.

Je ne t'ai jamais dit pourquoi Jason me cherchait ce soir-là, pourquoi il voulait me faire ma fête. J'espérais ne pas y être obligé. Mais c'était parce que j'avais parlé de la liaison de vos parents à Ali. Elle l'avait vraiment mal pris, et Jason pensait que je le lui avais dit pour la blesser. Wilden et lui me détestaient déjà pour un tas d'autres raisons ; ça a été la goutte d'eau qui a fait déborder le vase.

Avant que Spencer puisse digérer toutes ces révélations, d'autres mots apparurent sur l'écran de son téléphone.

Et il y a autre chose que j'ai toujours trouvé bizarre. Tu as remarqué à quel point vous vous ressembliez, Ali, Melissa et toi ? C'est peut-être pour ça que vous me plaisiez toutes les trois.

Spencer fronça les sourcils. La tête lui tournait. Ce que Ian sous-entendait s'insinua dans son cerveau. *C'est vrai : Ali ne ressemblait absolument pas à son père.* Elle n'avait pas hérité de ses cheveux frisés, ni de son nez aquilin. D'un autre côté, contrairement à Jason, elle n'avait pas non plus le long nez pointu de sa mère. Le sien était petit et légèrement retroussé au bout. Comme celui de M. Hastings... et, plus effrayant encore, comme celui de Spencer.

Spencer repensa à ce que ses parents lui avaient dit à l'hôpital : Olivia l'avait portée, mais génétiquement, elle était bien leur fille à tous les deux. Si ce que Ian sous-entendait était exact, Ali et elle étaient liées par le sang. Demi-sœurs...

Puis Spencer se remémora autre chose.

Elle se leva d'un bond et promena un regard vague à la ronde. Soudain, elle courut vers le bureau de son père – qui, par chance, était vide. Elle prit le livre de l'année de Yale sur l'étagère et le retourna. Le vieux Polaroïd tomba sur le tapis persan. Spencer le ramassa et le détailla.

Malgré le flou de l'image, il était impossible de se méprendre sur ce visage en forme de cœur et ces cheveux blonds comme les blés. Spencer aurait dû le voir tout de suite. Ce n'était pas Olivia, mais Jessica DiLaurentis. Une Jessica DiLaurentis très enceinte.

Fébrile, Spencer retourna le cliché et regarda la date écrite au dos. Le 2 juin, presque dix-sept ans auparavant. Quelques semaines avant la naissance d'Ali.

Spencer mit une main sur son ventre pour contenir un haut-le-cœur. Si sa mère était au courant pour la liaison de son père, c'était logique qu'elle ait détesté Ali. Ça avait dû la rendre folle de savoir que le fruit de son mariage raté vivait dans la maison voisine – et pis encore, que tout le monde l'adorait. Qu'elle pouvait avoir tout ce qu'elle voulait.

En fait, si les soupçons de Mme Hastings avaient été confirmés cette affreuse nuit de juin, trois ans et demi plus tôt, elle avait peut-être perdu la tête. Cela avait dû la pousser à commettre un acte irréfléchi et irréparable, qu'elle cherchait à dissimuler par tous les moyens.

« Ne parlons plus jamais de cette nuit », avait-elle dit à Spencer. Et le lendemain de la fameuse soirée pyjama, juste après que Mme DiLaurentis avait fini d'interroger les amies d'Ali, Spencer avait trouvé sa mère assise à la table de la cuisine, tellement perdue dans ses pensées qu'elle n'avait pas entendu l'adolescente l'appeler. Peut-être parce qu'elle était tourmentée par la culpabilité – horrifiée par ce qu'elle venait de faire à la demi-sœur de sa propre fille.

— Oh, mon Dieu, croassa Spencer. Non.
— Quoi, non?

Spencer fit volte-face. Sa mère se tenait sur le seuil, vêtue d'une robe de soie noire et d'escarpins Givenchy argentés.

Un couinement étranglé s'échappa de la bouche de Spencer. Puis le regard de sa mère passa du livre, resté ouvert sur le bureau, au Polaroïd que la jeune fille tenait dans sa main. Spencer fourra immédiatement la photo dans sa poche, trop tard.

Le visage de Mme Hastings s'assombrit. Elle traversa la pièce d'un pas vif et toucha le bras de Spencer. Ses mains étaient glacées. À la vue de ses yeux plissés, Spencer frissonna de peur.

— Prends ton manteau, Spence, ordonna Mme Hastings d'une voix étrangement calme. On va faire un tour en voiture.

24

$\mathcal{N}$OUVELLE RÉVÉLATION AU SANCTUAIRE

Hanna ouvrit les yeux. Elle se trouvait dans une chambre d'hôpital aux murs vert petit pois. Un gros bouquet de fleurs trônait sur sa table de chevet et, près de la porte, flottait un ballon BON RÉTABLISSEMENT au visage souriant, des bras et des jambes en accordéon. Le même ballon que son père lui avait offert lorsqu'elle s'était fait renverser par Mona. La couleur des murs était la même, elle aussi.

Hanna aperçut une pochette de soirée argentée sur son oreiller. Depuis quand ne s'en était-elle pas servie ? Ah oui : depuis la soirée des dix-sept ans de Mona. La nuit de son accident.

Hanna hoqueta et voulut s'asseoir. Elle remarqua alors que son bras était plâtré. Avait-elle voyagé dans le temps ? Était-elle retournée dans le passé, n'avait-elle jamais quitté cette chambre d'hôpital ? Les derniers mois n'avaient-ils été qu'un affreux cauchemar ?

Puis elle aperçut une silhouette familière au-dessus d'elle.
— Salut, Hanna, lança Ali sur un ton chantant.

Elle paraissait plus grande et plus âgée, son visage était plus anguleux et ses cheveux blonds plus foncés. Une trace de suie maculait sa joue, comme si elle venait juste de sortir des bois en feu.

Hanna cligna des yeux.

— Je suis morte?

Ali gloussa.

— Mais non, andouille. (Puis elle pencha la tête sur le côté comme pour écouter un bruit lointain.) Je ne peux pas rester, mais j'ai quelque chose à te dire. Elle en sait bien plus que tu ne le penses.

— Quoi? s'exclama Hanna.

Ali prit une expression rêveuse.

— Autrefois, c'était ma meilleure amie. Mais tu ne peux pas lui faire confiance.

— Qui ça, Tara? demanda Hanna, perplexe.

Ali soupira.

— Elle te veut du mal.

Hanna lutta pour dégager ses bras de sous les draps.

— De qui parles-tu? Qui me veut du mal?

— Elle veut te blesser comme elle m'a déjà blessée.

Des larmes roulèrent sur les joues d'Ali – d'abord salées et transparentes, puis épaisses et sanglantes. L'une d'elles tomba sur le visage d'Hanna. Brûlante, elle lui rongea la peau telle une goutte d'acide.

Hanna se redressa en sursaut, haletante. Elle porta une main à son visage, mais elle n'avait plus mal. Les murs qui l'entouraient étaient bleu pâle. Le clair de lune filtrait à travers la grande fenêtre. Il n'y avait ni fleurs sur sa table de chevet ni ballon dans le coin. Le lit voisin du sien était vide et encore bordé. L'éphéméride d'Iris, qui montrait « une paire de chaussures par jour », indiquait toujours la date du vendredi. Hanna avait dû s'assoupir.

Iris n'était toujours pas revenue à la chambre depuis l'incident de la séance de thérapie de groupe. Hanna se demanda si on l'avait enfermée quelque part pour la punir d'avoir enfreint le règlement en faisant entrer des magazines au Sanctuaire. La honte l'avait empêchée d'aller déjeuner à la cafétéria : elle ne voulait pas donner à Tara la satisfaction de constater qu'elle l'avait privée de sa seule amie. Elle n'avait vu personne d'autre que Betsy, l'infirmière qui lui administrait ses médicaments, le Dr Foster, qui s'était excusée pour ce qui venait de se passer, et George, l'homme à tout faire qui était venu prendre les magazines d'Iris pour les jeter.

La chambre était si silencieuse qu'Hanna pouvait entendre le bourdonnement de sa lampe de chevet. Son rêve semblait si réel ! Elle avait vraiment eu l'impression qu'Ali se tenait devant elle. « Elle en sait bien plus que tu ne le penses, lui avait dit son amie. Elle veut te blesser comme elle m'a déjà blessée. » Ali visait sans doute Tara et ce qu'elle avait fait pendant la thérapie de groupe. Cette pauvre nulle était beaucoup plus maligne qu'elle n'en avait l'air.

Une clé tourna dans la serrure, et la porte de la chambre s'ouvrit dans un grincement.

— Oh. (À la vue d'Hanna, le regard d'Iris s'assombrit.) Tu es là.

— Où étais-tu passée ? hoqueta Hanna. Tu vas bien ?

— Impeccable, répondit froidement Iris.

Elle alla vers le miroir pour examiner son visage.

— Je ne savais pas que j'allais t'attirer des ennuis, bredouilla Hanna. Je suis vraiment désolée que Felicia ait confisqué tes magazines.

Le regard d'Iris croisa le sien dans le miroir. Tout son visage n'exprimait que déception.

— Le problème, ce n'est pas les magazines, Hanna. Je t'ai

tout dit de moi, mais il a fallu que je découvre tout de toi dans *People*. Tara était au courant avant moi !

Hanna se tourna sur le lit et laissa pendre ses jambes dans le vide.

— Je suis désolée.

Iris croisa les bras sur sa poitrine.

— Ça ne suffit pas. Je croyais que tu étais normale, et tu ne l'es pas.

Hanna pressa les pouces sur ses paupières closes.

— Il m'est arrivé plein de choses affreuses, balbutia-t-elle. Tu en as entendu une partie tout à l'heure. (Elle raconta la nuit de la disparition d'Ali, sa transformation, la façon dont « A » l'avait harcelée et dont Mona avait essayé de la tuer.) Tout le monde autour de moi est cinglé, mais je suis normale, je te le jure. (Elle laissa tomber ses mains sur ses cuisses et fixa les yeux d'Iris dans le miroir.) Je voulais tout te dire, mais je n'ose plus faire confiance à personne.

Iris demeura figée un long moment, tournant toujours le dos à Hanna. Dans un léger sifflement, la prise désodorisante Glade branchée dans un coin lâcha une bouffée de vanille. Hanna avait l'impression que l'univers entier conspirait pour lui rappeler Ali.

Enfin, Iris se tourna vers elle.

— Mon Dieu, Hanna. (Elle poussa un grand soupir.) C'est horrible.

— Oui, acquiesça Hanna.

Alors, elle fondit en larmes. Comme si elle lâchait la tension et la peur contenues depuis des mois. Elle avait cru qu'en faisant semblant d'avoir surmonté toute cette histoire avec « A » et Mona, ses souvenirs finiraient par s'estomper. Mais ce n'était pas le cas. Elle était si furieuse contre Mona que ça lui faisait physiquement mal. Elle en voulait à Ali d'avoir été si mauvaise avec Mona au point que celle-ci était devenue vicieuse et impitoyable. Et elle s'en voulait à elle-même d'être tombée dans le piège de l'amitié de Mona – et d'Ali.

— Si je n'avais pas été amie avec Ali, rien de tout cela ne serait arrivé, se lamenta-t-elle, la poitrine secouée par de gros sanglots. J'aurais voulu ne jamais la rencontrer.

— Chut. (Iris lui tapota les cheveux.) Tu ne le penses pas vraiment.

Mais Hanna le pensait. Tout ce qu'Ali lui avait apporté, c'était quelques mois de béatitude puis des années de souffrance.

— Ça n'aurait pas été si terrible que je reste grosse et moche, non? (Au moins, personne n'aurait été blessé dans l'histoire.) Je méritais peut-être ce que Mona m'a fait. Comme Ali a dû chercher ce qui lui est arrivé.

Iris se laissa tomber sur son lit. La jeune fille réalisa trop tard la portée de ses paroles. Iris se releva et lissa sa jupe.

— Le personnel nous force à regarder *Ella au pays enchanté* dans la salle de projection. (Elle leva les yeux au ciel et grimaça.) Si tu veux, je peux dire que tu ne te sens pas bien. Tu devrais te reposer. Je comprendrais que tu n'aies pas envie de voir Tara et compagnie pendant un moment.

Hanna faillit acquiescer, mais son estomac gargouilla. Elle redressa les épaules. C'était vrai : quelques secondes plus tôt, elle n'avait aucune envie de voir Tara et les autres, maintenant qu'elles savaient tout. Mais soudain, cela n'avait plus d'importance. Tout le monde ici était dingue.

— Je vais venir, décida-t-elle.

Iris sourit.

— Prends ton temps.

La porte se referma derrière elle.

Hanna sentit son pouls se calmer. Elle se tamponna les yeux avec une poignée de Kleenex, glissa ses pieds dans ses pantoufles Ugg et se dirigea vers le miroir. Il faudrait une sacrée couche de maquillage pour dissimuler qu'elle avait pleuré.

Elle aperçut alors le sac Chanel en cuir noir d'Iris sur le bureau. Le coin d'un magazine en dépassait. Hanna tira dessus et eut du mal à en croire ses yeux rougis. C'était le dernier numéro de *People*, qui contenait le fameux article.

Elle eut une illumination. N'avait-on pas confisqué tous les magazines d'Iris ? Elle chercha en toute hâte la page consacrée aux Jolies Petites Menteuses. « Une semaine de secrets et de mensonges ». Elle parcourut le texte du regard. Il y avait des détails sur leur amitié avec Ali, leurs démêlés avec « A » *alias* Mona, leur découverte du corps de Ian Thomas et l'incendie auquel elles avaient échappé de justesse. Et le sondage selon lequel 92 % des personnes interrogées les accusaient du meurtre Ali.

Puis Hanna remarqua un encadré sur le côté. « Où est donc passée Hanna Marin ? » interrogeait un titre en gras. « Vous n'allez pas le croire ! » En dessous, il y avait une photo de la façade du Sanctuaire.

Le sang d'Hanna se figea dans ses veines.

Il y avait la liste de ses médicaments : le Valium, les somnifères... Son emploi du temps détaillé, ce qu'elle mangeait au petit déjeuner, le temps qu'elle passait sur le tapis de course, la fréquence à laquelle elle écrivait dans son carnet de bord alimentaire. Et plus bas encore, une photo floue d'elle en legging et en T-shirt, tirant la langue devant un mur couvert de graffitis. On y voyait distinctement son majeur dressé, ainsi que la fille à côté d'elle.

— Oh, mon Dieu, souffla Hanna.

Elle fixa le magazine, toute retournée. Pendant la thérapie de groupe, elle avait accusé Tara. Mais quelque chose clochait. Même si Tara avait réussi à mettre la main sur le jetable d'Iris, certains détails étaient trop précis. Seule une personne qui passait chaque minute de la journée en compagnie d'Hanna pouvait les connaître.

Avant de lancer le numéro de *People* à travers la pièce, Hanna vit autre chose sur la photo. Derrière sa tête, juste à droite du puits à vœux d'Iris, un autre dessin du même style et de la même couleur se détachait. Il représentait une fille au visage en forme de cœur, avec une bouche parfaite et des yeux immenses.

Retenant son geste, Hanna approcha le magazine de son visage et le scruta jusqu'à loucher. C'était le portrait craché de quelqu'un qu'elle connaissait bien, qu'elle avait cru voir dans les bois la semaine précédente.

Soudain, la voix chantante d'Ali résonna dans sa tête. « Elle veut te blesser comme elle m'a déjà blessée. »

Ce n'était pas de Tara qu'il s'agissait mais d'Iris.

25

ℒes adieux d'Aria

Une heure après la séance avec Esmeralda, Aria se gara devant la grille du cimetière Saint-Basil. Un clair de lune argenté baignait les pierres tombales et les mausolées majestueux. Deux vieux lampadaires éclairaient l'allée de brique. Une brise légère agitait les saules aux branches dénudées. Aria connaissait par cœur le chemin menant à la tombe d'Ali, mais cela n'allait pas lui faciliter la tâche.

« Ali a tué Ali. » C'était stupéfiant – choquant, même – et cela culpabilisait Aria. Qu'on ait assassiné Ali, c'était une chose – un événement tragique mais imprévisible. Un suicide, en revanche, aurait pu être évité. Ali aurait pu demander de l'aide.

Malgré tout, Aria demeurait sceptique. Elle avait du mal à croire son amie coupable d'une chose pareille. Ali paraissait si joyeuse, si insouciante… Mais le jour où Mme DiLaurentis les avait interrogées, après avoir quitté les autres, Aria avait descendu l'allée du garage et remarqué que le couvercle d'une des poubelles était tombé. En se penchant pour le ramasser, elle avait aperçu un flacon de médicaments vide sur les gros sacs en plastique noir. L'étiquette à moitié arrachée était libellée au nom d'Ali, mais celui du médicament n'y figurait plus.

Sur le coup, Aria n'y avait pas prêté attention. À présent, ce souvenir avait son importance. Si c'étaient des antidépresseurs ou des anxiolytiques ? Si Ali en avait avalé toute une poignée le jour de leur soirée pyjama, parce qu'elle se sentait incapable de continuer ? Elle aurait pu descendre dans le trou de son plein gré, s'allonger dans le fond, croiser les mains sur sa poitrine et attendre que les comprimés agissent. Mais c'était impossible à prouver : on avait retrouvé le corps trop tard pour chercher des traces de médicaments dans son sang.

Tu m'évites ? avait demandé Ali à Aria par texto avant de mourir. *Je veux te parler.* Mais Aria avait ignoré presque tous ses messages. Elle en avait assez que son amie la torture au sujet de la liaison de Byron. Cependant, Ali voulait peut-être lui parler d'autre chose. Comment ne pas y avoir pensé plus tôt ?

Elle avait quitté Noel moins d'une heure auparavant, pourtant Aria sortit son portable et l'appela. Le jeune homme répondit tout de suite.

— Je suis au cimetière, lui dit-elle.

Elle n'ajouta rien, supposant que Noel comprendrait pourquoi.

— Ça va aller, lui assura-t-il. Tu te sentiras mieux après, je te promets.

Aria tripota le plastique du bouquet de fleurs qu'elle avait acheté, en chemin. Elle ne savait pas trop ce qu'elle allait dire à Ali, ni quel genre de réponses elle espérait. Mais à ce stade, elle était prête à tout pour se sentir mieux. Elle déglutit et pressa le Treo contre son oreille.

— Ali voulait me dire quelque chose, mais je l'ai ignorée. C'est ma faute.

— Bien sûr que non, répliqua Noel pour l'apaiser. (La ligne crépitait.) J'ai parfois le même sentiment à propos de mon frère mais j'ai tort. Je n'aurais rien pu faire pour l'empêcher de se tuer. Et Ali avait d'autres amies. Elle aurait pu s'adresser à Spencer, à Hanna ou même à ses parents. Elle ne l'a pas fait.

— Je te rappelle plus tard, d'accord? dit Aria d'une voix enrouée par les larmes.

Elle raccrocha, saisit le bouquet de fleurs, ouvrit la portière et s'engagea dans l'allée du cimetière. L'herbe mouillée glissait sous ses pieds. Quelques minutes plus tard, elle avait gravi la colline et s'approchait de la tombe d'Ali. On avait déposé des fleurs fraîches au pied de celle-ci et collé une photo de la disparue sur la pierre.

— Aria?

La jeune fille sursauta. Un frisson parcourut son échine. Jason DiLaurentis se tenait près d'elle, sous un imposant sycomore. Persuadée qu'il allait se mettre en colère, Aria se raidit. Mais le jeune homme resta planté là, promenant un regard nerveux à la ronde. Il portait un épais blouson noir à capuche, un pantalon et des gants foncés. Pendant une seconde, Aria se demanda s'il allait braquer une banque.

— S... salut, balbutia-t-elle enfin. Je voulais juste... parler à Ali. Ça ne te dérange pas?

Jason haussa les épaules.

— Pas du tout.

Il s'éloigna pour lui laisser un peu d'intimité, mais Aria le rappela :

— Attends !

Jason s'arrêta, posa la main sur un tronc d'arbre et attendit.

Aria réfléchit à ce qu'elle allait dire. Une petite semaine auparavant, quand ils sortaient ensemble, Jason l'avait encouragée à lui parler d'Ali, se plaignant que tout le monde était trop gêné pour prononcer le nom de sa sœur en sa présence. Aria se frotta les mains sur son jean.

— Ces derniers jours, nous avons fait de sacrées découvertes sur Ali, dit-elle enfin. Beaucoup de choses pénibles. Je suis certaine que ça a été dur pour toi aussi.

Du bout de sa chaussure, Jason donna un coup de pied dans une motte de terre.

— Ouais.

— Et parfois, on ne sait pas ce qui se passe dans la tête des gens, poursuivit Aria, revoyant Ali faire une pirouette dans l'herbe peu avant sa mort, toute contente à l'idée de leur soirée pyjama. Il ne faut pas se fier aux apparences. Tout le monde a quelque chose à cacher.

Jason ne répondit pas, continuant à éparpiller la terre devant lui.

— Mais ce n'est pas ta faute, acheva Aria. Personne n'est responsable.

Et soudain, elle le crut vraiment. Si Ali s'était bel et bien suicidée, et même si elle avait prémédité son geste, Aria n'aurait sans doute pas pu l'en empêcher. Ça lui brisait le cœur de ne pas avoir anticipé, et elle se désolait de ne pas savoir pourquoi Ali avait fait ça... mais peut-être devait-elle accepter la situation, pleurer Ali une bonne fois pour toutes et passer à autre chose.

Jason ouvrit la bouche pour parler, mais une sonnerie aiguë transperça l'air. Il sortit son portable de sa poche.

— Je dois répondre, s'excusa-t-il en regardant l'écran.

Aria lui dit au revoir de la main tandis qu'il se détournait et descendait la colline dans l'obscurité. Puis elle fit face à la tombe d'Ali. « Alison Lauren DiLaurentis », était gravé sur la pierre. Rien d'autre. Ali avait-elle deviné que le jour de la soirée pyjama serait son dernier sur Terre, ou avait-elle agi sur un coup de tête, parce qu'elle ne supportait plus sa vie?

La dernière fois qu'Aria l'avait vue, Ali voulait hypnotiser ses amies, mais Spencer s'était levée d'un bond et avait tenté d'ouvrir les stores de la grange, arguant qu'il faisait beaucoup trop noir à l'intérieur.

— Il faut de l'obscurité, avait répliqué Ali. C'est comme ça que ça fonctionne.

Quand elle s'était retournée, Aria avait entrevu son visage. Elle n'avait pas l'air manipulatrice et dominante, mais fragile et effrayée. Quelques secondes plus tard, Spencer l'avait chassée... et Ali était partie. Elle avait cédé, chose inédite, comme si toute sa détermination s'était évaporée.

Aria s'agenouilla dans l'herbe et toucha le marbre froid de la pierre tombale. Ses yeux se remplirent de larmes brûlantes.

— Je suis désolée Ali, chuchota-t-elle. Quoi qui ait pu se passer, je suis navrée.

Un avion passa dans le ciel. Le parfum des roses posées sur la tombe d'Ali chatouilla les narines d'Aria.

— Je suis désolée, répéta-t-elle. Tellement, tellement désolée...

— Aria? appela une voix haut perchée.

La jeune fille sursauta. Une lumière l'aveugla. Ses mains tremblèrent, et l'espace d'un instant, elle fut certaine que c'était Ali. Puis le faisceau s'écarta légèrement. Une enquêtrice s'agenouilla près d'Aria. Elle portait des lunettes à monture noire et un bonnet de ski du département de police de Rosewood.

— Vous êtes bien Aria Montgomery?
— O... oui, balbutia la jeune fille.

La femme lui toucha le bras.

— Venez avec moi!

Aria rit nerveusement et se dégagea.

— Pour quoi faire?

Le talkie-walkie de la femme bipa à sa ceinture.

— Il faudrait que vous ayez une petite conversation avec les gars du central.

— Que se passe-t-il? protesta Aria. Je n'ai rien fait.

La femme esquissa un demi-sourire.

— Alors, pourquoi êtes-vous si désolée? (Elle jeta un coup d'œil à la tombe d'Ali. Visiblement, elle avait entendu Aria parler à son amie défunte.) Peut-être parce que vous nous dissimulez des preuves?

Aria secoua la tête. Elle ne comprenait pas.

— Des preuves?

La femme flic la toisa d'un air condescendant.

— Une certaine bague.

La gorge d'Aria s'asséchait. Instinctivement, la jeune fille serra son sac en peau de yak contre elle. La chevalière de Ian était toujours nichée dans la poche intérieure. Aria avait été si occupée à rentrer en contact avec Ali que ça lui était sorti de l'esprit.

— Je n'ai rien fait de mal!

— Mmmh, marmonna la femme flic, insensible à ses protestations. (Elle saisit les menottes accrochées à sa ceinture et jeta un coup d'œil à Jason, qui se tenait quelques pas plus loin.) Merci de nous avoir prévenus qu'elle était là.

Aria en resta bouche bée. Elle se retourna et dévisagea Jason.

— Tu les as avertis que j'étais là? s'exclama-t-elle. Pourquoi?

Le jeune homme secoua la tête, les yeux écarquillés.

— Quoi? Je n'ai rien...

— M. DiLaurentis a dit tout ce qu'il savait à l'agent de service, coupa la femme. Il n'a fait que son devoir civique, mademoiselle Montgomery. (Elle arracha le sac des mains d'Aria et lui mit les menottes.) Ne lui en voulez pas, c'est vous qui avez mal agi. Vous et vos amies.

Aria commençait à comprendre. Cette femme suggérait-elle qu'on la soupçonnait de…?

— Tu as tout inventé! cria-t-elle en foudroyant Jason du regard.

— Aria, tu ne comprends pas, se défendit le jeune homme. Je n'ai pas…

— Venez, la pressa la femme flic.

À présent, Aria avait les bras attachés dans le dos. Elle vit remuer les lèvres de Jason mais n'entendit pas ce qu'il disait.

— Et depuis quand la police croit-elle des malades mentaux? jeta-t-elle à la figure de la femme flic. Ignorez-vous que Jason a fait plusieurs séjours en hôpital psychiatrique?

La femme pencha la tête sur le côté, perplexe. Jason émit un gargouillis.

— Aria… (Sa voix se brisa.) Non. Tu te trompes complètement.

Aria fronça les sourcils. Jason semblait consterné.

— Que veux-tu dire? aboya-t-elle.

La femme flic l'empoigna sans ménagement.

— Allons, mademoiselle Montgomery. Il faut y aller.

Mais Aria fixait toujours Jason.

— Je me trompe sur quoi?

Le jeune homme hésita.

— Parle-moi, supplia-t-elle.

Mais Jason resta planté là, se contentant de regarder Aria descendre la colline où l'attendait une voiture de patrouille aux phares éblouissants.

26

*L*ES PREUVES NE MENTENT PAS

Le voyage de Lancaster à Rosewood était censé se limiter à deux heures, mais Emily avait pris un bus qui s'arrêtait dans deux authentiques fermes hollandaises. Lorsqu'il l'avait enfin déposée à Philadelphie, le prochain car pour Rosewood ne partait pas avant trois quarts d'heure. Puis il était tombé dans les embouteillages de la voie express de Schuylkill.

Le temps d'atteindre la gare routière de Rosewood, Emily s'était rongé les ongles jusqu'au sang, et elle avait fait un énorme trou dans le vinyle de son siège. Il était presque six heures du soir ; de la neige fondue tombait en un rideau froid et mouillé. Les portes du bus s'ouvrirent et Emily dévala les marches à la hâte.

La ville était immobile et silencieuse, comme morte. Un feu passa au vert, mais aucune voiture ne démarra. Le restaurant Ferra's Cheesesteaks était ouvert, mais il n'y avait pas un client à l'intérieur. Une odeur de café fraîchement moulu s'échappait du Café Licorne, mais le rideau de fer était baissé.

Emily se mit à courir sur la chaussée humide, tout en prenant garde à ne pas glisser dans ses bottines amish à la semelle ridiculement fine. Le commissariat ne se trouvait qu'à quelques blocs de là. Le bâtiment principal était allumé, là où Emily et les autres s'étaient rendues après avoir compris que Mona Vanderwaal était l'ancien « A ». L'arrière du complexe, où le nouveau « A » voulait qu'elle se rende, ne comportait aucune fenêtre : impossible, donc, de savoir s'il y avait quelqu'un. Emily aperçut une grande porte métallique maintenue entrouverte par une tasse de café. Elle hoqueta. « A » avait tenu sa promesse.

Un long couloir s'étendait devant la jeune fille. Tout au bout brillait un panneau « Sortie ». L'endroit sentait le désinfectant industriel. Le seul bruit était le bourdonnement – léger mais agaçant – du néon fixé au plafond. Emily s'entendait respirer, et cela la rendait nerveuse.

Elle laissa courir ses doigts le long des murs tandis qu'elle longeait le couloir, s'arrêtant devant la porte de chaque bureau pour lire le nom sur la plaque. « Archives ». « Entretien ». « Réservé au personnel ». Et enfin : « Preuves » Son cœur fit un bond dans sa poitrine.

Elle jeta un coup d'œil par la petite fenêtre qui se découpait dans la porte. La pièce était longue et étroite, remplie d'étagères, de classeurs, de dossiers et de cartons. Emily pensa aux documents sur la photo envoyée par « A » : l'interrogatoire de Mme DiLaurentis, la chronologie des événements le soir de la disparition d'Ali, la feuille marquée « Sanctuaire Truc » – un nom à consonance religieuse – et enfin, les résultats de l'analyse ADN certifiant sans doute que le corps retrouvé au fond du trou n'était pas celui d'Ali, mais de Leah.

Soudain, une main s'abattit sur l'épaule d'Emily.
— Que fais-tu là ?

La jeune fille sursauta et se retourna. Un flic en uniforme du département de police de Rosewood la tenait par le haut du bras, les yeux flamboyants. Au-dessus de lui, le panneau rouge « Sortie » projetait des ombres sanglantes sur ses joues.

— Je..., bredouilla Emily.

L'homme fronça les sourcils.

— Tu n'as rien à faire ici! (Puis il la scruta plus attentivement, et quelque chose passa sur son visage.) Hé, je te connais!

Emily voulut se dégager, mais il la tenait fermement.

— Tu es l'une des filles qui affirment avoir vu Alison DiLaurentis dans les bois. (Il afficha un sourire satisfait et approcha son visage de celui d'Emily. Son haleine sentait les beignets à l'oignon.) Justement, nous te cherchions.

La peur noua le ventre d'Emily.

— C'est Darren Wilden que vous devriez chercher! Le corps retrouvé dans le trou n'est pas celui d'Alison DiLaurentis : il appartient à une dénommée Leah Zook. Wilden l'a assassinée et jetée là-dedans. C'est lui le coupable!

Mais le flic éclata de rire et saisit ses menottes pour lui attacher les mains dans le dos.

— Ma jolie, dit-il en entraînant une Emily horrifiée dans le couloir, la seule coupable ici, c'est toi.

27

Ça, c'est de l'amour !

Mme Hastings refusa de révéler à Spencer où elles allaient, se contentant de lui dire que c'était une surprise. Les majestueuses demeures de leur impasse défilèrent, suivies par le vaste domaine de Springton et la très huppée auberge du Cheval Gris. Spencer sortit ses billets de son sac et les classa par numéro de série. Sa mère avait toujours été une conductrice muette, concentrée sur la route et la circulation. Mais aujourd'hui, c'était différent, et Spencer se sentait à cran.

Elles roulèrent presque une demi-heure. Les étoiles brillaient dans la nuit noire, et tous les porches étaient éclairés. Quand elle fermait les yeux, Spencer revoyait l'affreuse nuit de la disparition d'Ali. La semaine précédente, son esprit avait chassé une vision de son amie et de Jason, debout à la lisière des bois. À présent, les contours de l'image se brouillaient, et la personne que Spencer avait prise pour Jason lui apparaissait plus mince, plus féminine.

Quand Mme Hastings avait-elle fini par rentrer à la maison ? Avait-elle questionné M. Hastings sur sa liaison avec la mère d'Ali ? Lui avait-elle avoué ce qu'elle venait de faire ? Peut-être était-ce pour cela qu'il avait versé une somme aussi exorbitante au Fonds de recherche Alison-DiLaurentis : une famille aussi impliquée ne pouvait pas être responsable de la disparition d'Ali.

Le portable de Spencer vibra, la faisant sursauter. La jeune fille déglutit et sortit son Sidekick de son sac. « 1 nouveau message ».

Ta sœur compte sur toi pour tout arranger, Spence. Sinon, toi aussi, tu auras du sang sur les mains.

— A

— Qui est-ce ? demanda Mme Hastings en freinant au feu.

Détachant son regard du 4×4 qui la précédait, elle jeta un coup d'œil à Spencer. Celle-ci plaqua hâtivement une main sur l'écran de son téléphone.

— Personne.

Le feu passa au vert, et Spencer ferma de nouveau les yeux.

Ta sœur. Elle en avait longtemps voulu à Ali, mais plus maintenant. Ali et elle avaient le même père ; le même sang coulait dans leurs veines. Cet été-là, Spencer avait perdu bien plus qu'une amie. Elle avait perdu un membre de sa famille.

Mme Hastings sortit de la route et gara sa Mercedes dans le parking de chez Otto, le plus ancien et le meilleur des restaurants italiens de Rosewood. Une lumière dorée enveloppait la salle à manger, et Spencer pouvait presque humer une odeur de pain à l'ail, d'huile d'olive et de vin rouge.

— On dîne ici ? demanda-t-elle d'une voix tremblante.

— Pas seulement, répondit sa mère en s'humectant les lèvres. Viens.

Le parking était bondé. Dans le fond, Spencer aperçut

deux voitures de police – et, derrière, une berline noire dont descendirent des jumelles blondes. Âgées d'environ treize ans, elles portaient les mêmes doudounes, bonnets de laine blancs et bas de jogging marqués « ÉQUIPE DE HOCKEY SUR GAZON DE KENSINGTON » sur la jambe droite. Autrefois, Spencer et Ali s'amusaient aussi à porter le même survêtement de l'équipe de hockey. Spencer se demanda si on les avait jamais prises pour des jumelles. Sa gorge se serra.

— Maman, bredouilla-t-elle.

Mme Hastings se tourna vers elle.

— Oui ?

Dis quelque chose, hurla une voix dans la tête de Spencer. Mais les mots restaient bloqués.

— Elle est là !

De l'autre côté du parking, deux silhouettes éclairées par des lampadaires agitèrent joyeusement les bras. M. Hastings avait ôté son costume pour enfiler un pantalon de toile et un polo bleu. Près de lui, Melissa souriait dans sa robe bleue, une pochette en satin coincée sous le coude.

— Désolée de ne pas t'avoir rappelée, dit-elle alors que Spencer et sa mère les rejoignaient. J'avais peur de gaffer et de gâcher ta surprise.

— Quelle surprise ? susurra Spencer, qui avait la tête ailleurs.

Elle jeta un nouveau coup d'œil aux véhicules de police. *Dis quelque chose*, hurla la voix dans sa tête. *Ta sœur compte sur toi !*

Mme Hastings se dirigea vers la porte du restaurant.

— On y va ?

— Et comment ! acquiesça M. Hastings.

— Attendez ! protesta Spencer.

Ses parents s'arrêtèrent et se retournèrent. Les cheveux de Mme Hastings brillaient dans la lumière des lampadaires. Les joues de M. Hastings étaient rougies par le froid. Tous deux lui adressèrent un sourire interrogateur. Et soudain, Spencer réalisa qu'ils n'avaient aucune idée de ce qu'elle était sur le point de dire. Sa mère n'avait pas vu la photo de Jessica DiLaurentis. Elle ignorait que Spencer et Ian conversaient encore par messagerie instantanée quelques secondes plus tôt.

Pour la première fois, Spencer se sentit désolée pour ses parents. Elle aurait voulu jeter une couverture sur eux pour les protéger contre toute cette histoire. Elle aurait préféré ne jamais découvrir la vérité.

Mais c'était trop tard.

— Pourquoi avez-vous fait ça? demanda-t-elle.

Mme Hastings fit un pas vers elle, ses talons hauts claquant sur le trottoir.

— Pourquoi avons-nous fait quoi?

Alors, Spencer remarqua que les policiers étaient assis dans leurs véhicules de patrouille. Elle baissa la voix.

— Je sais ce qui s'est passé la nuit où Ali est morte, dit-elle en fixant sa mère. Tu as découvert la liaison de papa avec Mme DiLaurentis – tu les as vus ensemble chez elle Et tu as compris qu'Ali était ma... que papa était son...

La tête de Mme Hastings partit en arrière comme sous l'effet d'une gifle

— Quoi?

— Spencer! s'écria M. Hastings, consterné. Qu'est-ce qui te prend?

Les mots se déversèrent de la bouche de Spencer en cascade. La jeune fille remarqua à peine que le vent avait forci et qu'il lui mordait la peau.

— Est-ce que ça a commencé pendant vos études, papa? Est-ce pour cette raison que tu as toujours tu que M. DiLaurentis était à Yale en même temps que toi – parce qu'à l'époque déjà, il se passait quelque chose entre toi et Jessica ? Est-ce pour cela que tu ignorais les parents d'Ali ?

Une autre voiture pénétra dans le parking. M. Hastings ne répondit pas. Il resta planté là, vacillant, comme étourdi. Melissa lâcha sa pochette et se dépêcha de la ramasser. Elle avait la bouche ouverte et le regard vitreux.

Spencer se tourna alors vers sa mère.

— Comment as-tu pu lui faire ça ? C'était ma sœur. Et toi, papa, comment as-tu pu dissimuler qu'elle était ta fille ?

Mme Hastings blêmit. Elle cligna lentement des yeux, comme si elle se réveillait. Puis elle se tourna vers son mari.

— Toi et... Jessica ?

M. Hastings ouvrit la bouche pour répondre, mais seul un borborygme inintelligible en sortit.

— Je le savais, chuchota Mme Hastings d'une voix étrangement calme. (Un muscle tressaillit dans son cou.) Je t'ai posé la question un million de fois, mais tu as toujours nié. (Puis elle se jeta sur son mari et se mit à le frapper avec son sac Gucci.) Et tu la voyais chez elle ? Combien de fois ? Qu'est-ce qui t'a pris ?

C'était comme si tout l'air s'était évaporé du parking. Les oreilles de Spencer bourdonnaient, et il lui semblait que la scène se déroulait au ralenti. Les choses ne se passaient pas du tout comme prévu. Sa mère se comportait comme si elle ignorait tout. Spencer repensa aux messages de Ian. Était-il possible que sa mère n'ait rien su du tout, qu'elle apprenne seulement la vérité sur la liaison de son mari avec Jessica DiLaurentis ?

Mme Hastings cessa enfin de s'acharner sur son époux. Celui-ci tituba en arrière, haletant. De la sueur perlait sur son visage.

— Avoue ! glapit sa femme. Pour une fois dans ta vie, dis-moi la vérité ! Est-ce que Spencer a raison ?

Les secondes suivantes parurent une éternité.
— Oui, admit enfin M. Hastings, tête baissée.
Melissa poussa un cri aigu. Mme Hastings gémit. M. Hastings se mit à faire les cent pas nerveusement. Spencer ferma les yeux.

Quand elle les rouvrit, Melissa avait disparu, et sa mère toisait son père d'un air furieux.

— Combien de temps cela a-t-il duré? demanda-t-elle, une veine bleue palpitant sur sa tempe. Et étais-tu son père?

Les épaules de M. Hastings tremblaient. Un son guttural, étranglé, s'échappa de ses lèvres. Il se couvrit le visage de ses mains.

— Pour les enfants, je n'ai su que plus tard.

Mme Hastings recula, grimaçant et serrant les poings.

— Quand je rentrerai tout à l'heure, je veux que tu aies fait tes valises et que tu sois parti, gronda-t-elle.

— Veronica...

— Va-t'en!

M. Hastings hésita, puis obtempéra. Quelques instants plus tard, le moteur de sa Jaguar rugit et il sortit en trombe du parking, laissant sa famille derrière lui.

— Maman...

Spencer voulut poser une main sur l'épaule de Mme Hastings.

— Laisse-moi tranquille, aboya celle-ci en s'affaissant contre la façade du restaurant.

Un air d'accordéon guilleret s'échappait des haut-parleurs extérieurs. Un rire strident éclata dans le restaurant.

— Je croyais que tu savais, se justifia Spencer, désespérée. Je croyais que tu l'avais découvert la nuit de la disparition d'Ali. Tu semblais tellement distraite le lendemain, comme si tu avais fait quelque chose d'inavouable. J'ai cru que c'était pour ça que tu ne voulais plus parler de cette nuit.

Sa mère lui fit face, le regard fou et le rouge à lèvres à moitié effacé.

— Tu as vraiment cru que j'avais tué cette fille? Ma parole, mais tu me prends pour un monstre!

— Non, non, couina Spencer. J'ai juste...

— Tu n'as rien du tout, coupa sa mère en lui agitant un index sous le nez avec tant de colère que la jeune fille recula et marcha dans un massif de fleurs. Tu sais pourquoi je t'ai dit qu'il ne fallait plus parler de cette nuit? Parce que ta meilleure amie a disparu. Parce que tu ne penses plus qu'à ça et que ça détruit ta vie. Parce que je trouve que tu devrais passer à autre chose. Pas parce que je l'ai assassinée!

— Je suis désolée, gémit Spencer. C'est juste que... Melissa n'arrivait pas à te trouver ce soir-là, et elle avait l'air si...

— J'étais sortie avec des amis! tonna sa mère. Je suis rentrée tard. Et la seule raison pour laquelle je m'en souviens encore aujourd'hui, c'est parce que la police me l'a demandé environ cinquante fois dans les jours qui ont suivi.

Quelqu'un toussa derrière elles. Melissa s'était effondrée près d'un arbuste taillé. Spencer lui saisit le bras.

— Pourquoi n'as-tu pas cessé de répéter à papa qu'il fallait trouver maman?

Melissa secoua la tête, perplexe.

— Quoi?

— Vous étiez à la porte ce soir-là, et tu n'arrêtais pas de dire : « Il faut trouver maman. Il faut trouver maman. »

Melissa dévisagea sa sœur sans comprendre. Puis elle écarquilla les yeux, la mémoire lui revenait.

— Tu veux dire, quand j'ai annoncé à papa que j'aurais besoin qu'on me conduise à l'aéroport pour prendre mon vol pour Prague? dit-elle faiblement. Je savais que j'aurais la gueule de bois, mais en gros, il m'a répondu que c'était tant pis pour moi. Que j'aurais dû y penser avant de me soûler.

Désorientée, elle fixa Spencer en clignant des yeux.

Un couple accompagné d'une petite fille descendit d'un minivan. L'homme et la femme se prirent par la main en souriant. Le pouce à la bouche, la fillette jeta un regard intrigué à Spencer avant de suivre ses parents à l'intérieur.

— Mais ..

La tête de Spencer lui tournait. L'odeur d'huile d'olive qui émanait du restaurant lui paraissait tout à coup putride et écœurante. Elle scruta le visage affligé de sa sœur.

— Tu ne te disputais pas avec papa parce que maman avait découvert qu'il la trompait? Tu n'es pas allée voir Ian pour lui annoncer « Mon père a une liaison avec Mme DiLaurentis, et je crains que ma mère ait fait une bêtise »?

— Ian? répéta Melissa en haussant les sourcils. Je ne lui ai jamais dit une chose pareille. Quand t'a-t-il raconté ça?

Spencer se figea.

— Aujourd'hui. Par messagerie instantanée. Je croyais que toi aussi, tu étais toujours en contact avec lui.

— Quoi? explosa Melissa.

Désorientée, Spencer se prit la tête à deux mains. Les paroles de Ian, de Melissa et de sa mère se mélangeaient dans un tourbillon, se tordant et fusionnant entre elles jusqu'à ce que la jeune fille ne puisse plus distinguer la vérité. Était-ce seulement avec Ian qu'elle avait échangé des messages, ou avec quelqu'un qui se faisait passer pour lui?

— Mais maman et toi, vous avez passé la semaine à faire des messes basses, insista Spencer, cherchant désespérément à se justifier.

— Parce que nous organisions un dîner en ton honneur.

Mme Hastings releva la tête. Il n'y avait plus de colère dans sa voix, juste une immense lassitude. Avec un soupir dégoûté, Melissa s'éloigna.

— Andrew et Kristen Cullen nous attendent à l'intérieur. Nous voulions t'emmener voir la nouvelle production de *De l'importance d'être fidèle* au Walnut Street Theater.

Spencer eut la chair de poule. Son estomac se tordit. Ses parents s'étaient décarcassés pour lui démontrer leur amour, et elle avait tout gâché.

Des larmes ruisselèrent sur ses joues. Bien sûr que sa mère n'avait pas tué Ali! Elle ignorait tout de la liaison de son mari avec Mme DiLaurentis. L'émetteur des messages lui avait menti.

Une ombre s'abattit sur la jeune fille. Elle se retourna et vit un policier aux cheveux gris et à la mine sévère. Son arme de service brillait à sa ceinture.

— Mademoiselle Hastings, lança-t-il en secouant la tête. Vous allez devoir m'accompagner.

— Qu… quoi? s'exclama Spencer. Pour quelle raison?

— Vous devriez coopérer, murmura l'homme.

Sans un mot, il écarta Mme Hastings, passa derrière Spencer et lui mit les bras dans le dos. La jeune fille sentit le contact froid et dur du métal sur ses poignets.

— Non! protesta-t-elle.

Tout allait trop vite. Elle regarda par-dessus son épaule. Sa mère restait plantée là, du mascara plein les joues, stupéfaite.

— Pourquoi faites-vous ça? demanda Spencer.

— Communiquer avec un criminel en fuite est un délit très grave, répondit le policier. Collusion après les faits. Et nous avons vos messages instantanés pour le prouver.

— Lesquels?

Les messages qu'elle avait échangés avec Ian. Un des

policiers avait-il entendu sa conversation avec sa famille ? Melissa l'avait-elle dénoncée ?

— Vous ne comprenez pas, dit Spencer sur un ton suppliant. Je ne conspirais avec personne ! À mon avis, ces messages ne venaient même pas de Ian !

Mais le policier ne l'écoutait pas. Il ouvrit la portière arrière de son véhicule, posa une main sur la tête de Spencer et la poussa à l'intérieur. Puis il prit le volant et sortit du parking, sirène hurlante, vers le commissariat de Rosewood.

28

ET MAINTENANT, LAQUELLE DES DEUX EST LA PLUS CINGLÉE?

Hanna fonça dans le couloir du Sanctuaire, dépassa la cafétéria et s'arrêta devant la porte d'Iris.

— Laisse-moi entrer, Iris! aboya-t-elle.

Elle pressa son oreille contre la porte mais n'entendit aucun bruit à l'intérieur.

Elle cherchait Iris depuis une heure, mais sa camarade de chambre restait introuvable. Elle n'était pas dans la salle de projection en train de regarder *Ella au pays enchanté* avec les autres patientes. Ni dans la cafétéria, à la salle de gym ou au spa.

Agacée, Hanna s'adossa à la porte verrouillée. Il y avait quelques graffitis sur le chambranle. Dans le coin en haut à gauche, Hanna aperçut le nom de Courtney flanqué d'un smiley qui faisait un clin d'œil. Elle mourait d'envie d'entrer dans le repère secret d'Iris et de revoir le dessin d'Ali – elle ne comprenait pas comment elle avait pu passer à côté la première fois.

Hanna était certaine qu'Iris connaissait Ali, mais elle

ignorait comment. Par l'intermédiaire de Jason, peut-être ? De son propre aveu, Iris avait testé différents hôpitaux psychiatriques ; peut-être avait-elle séjourné au Radley du temps où Jason y était également soigné. Elle aurait pu rencontrer Ali alors que celle-ci rendait visite à son frère, et nouer avec elle une amitié qui avait capoté.

Le lendemain de la disparition d'Ali, Mme DiLaurentis avait bombardé ses amies de questions auxquelles elles n'avaient pu répondre. « Ali vous a-t-elle parlé de quelqu'un qui lui faisait des misères ? » À Rosewood, personne n'aurait osé s'en prendre à Ali, mais dans un asile... Le jour où Hanna et Ali procédaient à des essayages dans le dressing de cette dernière, c'était peut-être Iris qui lui avait fait une blague téléphonique. Elle était peut-être furieuse qu'Ali puisse aller et venir librement alors qu'elle-même était enfermée à l'hôpital. Ou juste jalouse.

« Iris est complètement malade. Tâche de ne pas la contrarier », avait conseillé Tara à Hanna quelques jours plus tôt dans le couloir. Hanna aurait dû l'écouter.

Et si... et si Iris avait tué Ali ? Après tout, elle avait dit à Hanna qu'elle était sortie de l'hôpital au moment de la disparition. Hanna repensa à la lettre barrée sur le morceau de drapeau d'Ali. Ça pouvait être un « J », mais aussi un « I ». « I » comme « Iris ». « A » avait-il envoyé Hanna au Sanctuaire pour qu'elle découvre la vérité au sujet d'Iris ? Iris était-elle « A », et avait-elle attiré la jeune fille dans un piège ?

« Elle te veut du mal », avait dit Ali.

Hanna rebroussa chemin en courant, ses tongs Tory Burch claquant contre la plante de ses pieds. Une infirmière l'arrêta lorsqu'elle tourna à l'angle du couloir.

— Il est interdit de courir, ma chérie.

Hanna s'arrêta, hors d'haleine.

— Avez-vous vu Iris ?

L'infirmière fit non de la tête.

— Non, mais elle est sans doute en train de regarder la télé avec les autres. Tu devrais y aller toi aussi. Il y a du pop-corn.

Hanna avait envie de la gifler pour lui effacer son sourire jovial.

— Il faut trouver Iris. Je ne plaisante pas.

Le sourire de la femme se figea. Une lueur apeurée passa dans ses yeux, comme si Hanna était folle à lier. Puis la jeune fille aperçut un téléphone rouge sur le mur.

— Je peux l'utiliser ? implora-t-elle.

Elle devait appeler le département de police de Rosewood pour tout raconter.

— Désolée, ma petite, mais il est débranché jusqu'à 16 heures le dimanche. Tu connais les règles. (L'infirmière la prit gentiment par le coude et l'entraîna vers les chambres des patientes.) Tu devrais te reposer un peu. Betsy va t'apporter un masque d'aromathérapie pour les yeux.

Hanna se dégagea brutalement.

— Il. Faut. Que. Je. Trouve. Iris. C'est une meurtrière. Elle veut me faire du mal, à moi aussi.

— Ma chérie...

L'infirmière avisa le bouton d'alarme que le personnel pouvait utiliser en cas de problème avec une patiente.

— Hanna ?

Hanna se retourna. Iris se tenait à dix pas d'elle, nonchalamment appuyée contre le distributeur d'eau fraîche. Ses cheveux blonds scintillaient, et ses dents étaient très blanches, presque bleues.

— Qui es-tu vraiment ? chuchota Hanna en marchant vers elle.

Iris fit une moue boudeuse.

— Que veux-tu dire par là ? Je suis Iris, Iris la fabuleuse.

Hanna eut un choc parce que Iris répétait l'ancien mantra d'Ali.

— Qui es-tu ? répéta-t-elle plus fort.

L'infirmière s'avança et s'interposa entre les deux filles.

— Hanna, ma chérie, tu m'as l'air très agitée. Calme-toi.

Mais Hanna l'ignora. Elle scruta les grands yeux brillants d'Iris.

— Comment as-tu connu Alison ? cria-t-elle. Tu étais à l'asile avec son frère ? C'est toi qui l'as tuée ? C'est toi, « A » ?

— Alison ? répéta Iris d'une voix légère. Ton amie assassinée ? Celle dont tu souhaitais la mort ? Ali qui, selon toi, a mérité ce qui lui est arrivé ?

Hanna recula, bien consciente que l'infirmière se tenait toujours derrière elle. Quelques secondes passèrent.

— C'était juste… des paroles en l'air. Je ne le pensais pas. Et je t'ai dit ça sous le sceau du secret. Quand je croyais qu'on était amies.

Iris rejeta la tête en arrière et éclata d'un rire sardonique.

— Amies ! hulula-t-elle comme si c'était irrésistible.

Les mains d'Hanna se mirent à trembler. Cette scène lui était douloureusement familière. Ali riait de la même façon de ses problèmes de boulimie. Mona aussi, quand les coutures de la robe d'Hanna avaient craqué sur la piste de danse à sa soirée d'anniversaire. Hanna était le souffre-douleur de tout le monde, la fille que les gens prenaient un malin plaisir à piétiner.

— Dis-moi comment tu l'as connue, gronda-t-elle.

— Qui ça ? lança Iris avec ironie.

— Dis-le-moi !

Iris gloussa.

— Je ne sais absolument pas de qui tu parles.

Quelque chose à l'intérieur d'Hanna s'agita, se débattit et finit par éclater. Au moment où la jeune fille se jetait sur

Iris, un grand « boum » résonna derrière elle. Un groupe d'infirmières et de vigiles fit irruption par une porte latérale, et deux bras musclés ceinturèrent Hanna.

— Emmenez-la ! cria une voix.

Quelqu'un traîna Hanna dans le couloir et la plaqua contre le mur du fond. Une vive douleur traversa l'épaule de la jeune fille, qui résista.

— Lâchez-moi ! Que se passe-t-il ?

Le visage d'un vigile apparut sur le côté.

— Ça suffit, gronda-t-il.

Il y eut un cliquetis, et Hanna sentit du métal froid autour de ses poignets.

— Ce n'est pas moi que vous cherchez ! glapit-elle. C'est Iris ! C'est une meurtrière !

— Hanna ! la tança sèchement l'infirmière.

— Pourquoi personne ne m'écoute ? s'égosilla Hanna.

Les vigiles la poussèrent devant eux dans le couloir. Toutes les autres patientes se tenaient massées devant l'entrée de la salle de projection, observant la scène bouche bée. Tara avait l'air ravie. Alexis se mordillait les phalanges. Ruby détailla Hanna en gloussant.

La jeune fille se retourna tant bien que mal pour foudroyer Iris du regard.

— Comment as-tu connu Alison ?

Mais pour toute réponse, elle n'eut droit qu'à un sourire mystérieux.

Les vigiles lui firent franchir une porte et longer un couloir inconnu. Ici, le sol était recouvert de linoléum déprimant, et l'éclairage fourni par des néons qui bourdonnaient. Une étrange odeur flottait dans l'air, comme si les murs étaient en train de pourrir.

Une haute silhouette en uniforme de police apparut au bout du couloir et regarda calmement Hanna s'approcher.

Bientôt, la jeune fille le reconnut : c'était le chef de la police de Rosewood. Son cœur se gonfla d'espoir. Enfin, quelqu'un qui allait l'écouter !

— Bonjour, mademoiselle Marin, la salua-t-il.

Hanna poussa un soupir de soulagement.

— J'allais justement vous appeler, lâcha-t-elle. Dieu merci, vous êtes là. La meurtrière d'Alison se trouve au Sanctuaire. Je peux vous conduire à elle immédiatement.

Le chef de la police fit claquer sa langue d'un air désapprobateur.

— Me conduire à elle ? Elle est bien bonne, mademoiselle Marin. (Il se pencha vers elle. Le panneau « Sortie » projetait une lumière écarlate sur son visage.) Vu que vous êtes en état d'arrestation.

29

Marionnettiste

Lorsqu'ils arrivèrent au commissariat de Rosewood, la policière libéra Aria et la poussa dans une salle d'interrogatoire obscure.

— On viendra vous chercher plus tard.

Aria tituba à l'intérieur, et sa hanche heurta le bord d'une table en bois. Lentement, sa vision s'accoutuma à la pénombre. La pièce était petite, sans fenêtre, et elle empestait la sueur. Quatre chaises entouraient la table. Aria se laissa tomber sur la plus proche et se mit à pleurer en silence.

La porte grinça, et quelqu'un d'autre entra en titubant : une fille aux longs cheveux auburn, pantalon de yoga noir, T-shirt rayé à manches longues et ballerines dorées. Aria se leva d'un bond.

— Hanna ? s'écria-t-elle.

Son amie leva la tête.

— Oh, dit-elle d'un ton morne. Salut.

Ses yeux étaient vides. Elle avait une petite coupure près de la bouche. Elle promena un regard nerveux dans la pièce

— Qu'est-ce que tu fais ici? hoqueta Aria.

Les lèvres d'Hanna s'écartèrent lentement, en un sourire sarcastique.

— La même chose que toi. Apparemment, nous avons conspiré pour tuer Ali. Nous avons aidé Ian à s'échapper et fait entrave à la justice.

Aria se prit la tête dans les mains. Comment était-ce possible? Comment la police pouvait-elle croire une chose pareille?

Avant qu'elle ne trouve une réponse, la porte s'ouvrit de nouveau. Deux autres personnes furent poussées à l'intérieur. Spencer portait un fourreau vert et des escarpins noirs, tandis qu'Emily arborait une robe à fleurs, des bottines et un petit bonnet de coton blanc. Aria les dévisagea, bouche bée. Ses amies lui rendirent son regard. Toutes restèrent muettes l'espace de quelques secondes.

— Ils croient que c'est nous qui l'avons fait, finit par chuchoter Emily, tête baissée comme si elle parlait à la table. Ils croient que nous avons tué Ali.

— Les flics ont découvert que Ian communiquait avec nous, avoua Spencer. Je lui ai parlé un peu plus tôt dans la journée. Et ils ont cru... qu'on était de mèche. Cela dit, je ne suis pas certaine que la personne avec qui nous discutions était réellement Ian. Je pense plutôt que c'était « A ».

— Mais tu nous as juré que c'était Ian! protesta Aria.

— C'est ce que je croyais, se défendit Spencer. À présent, je n'en suis plus certaine du tout. (Elle fronça les sourcils.) Les flics disent qu'ils sont au courant pour la bague de Ian. Tu la leur as donnée?

— Non. Mais j'aurais peut-être dû. Ils en ont déduit que je cachais un affreux secret.

— Comment ont-ils pu savoir pour la chevalière? se

demanda Hanna, tout en fixant une tache noire sur le linoléum.

— Jason DiLaurentis était au cimetière tout à l'heure, répondit Aria. D'après la femme qui m'a arrêtée, c'est lui qui les a prévenus, mais il jure que non. Je ne sais plus quoi penser. Je ne vois vraiment pas comment il aurait pu être au courant pour la chevalière.

Elle repensa à l'autre chose que Jason lui avait dite lorsqu'elle lui avait révélé son passé de malade mental. « Tu te trompes complètement. » Mais à quel sujet ?

— Wilden lui a peut-être dit, souffla Hanna. Il a pu nous entendre en parler à l'hôpital. Après tout, il était dans le couloir.

Aria s'affaissa sur sa chaise et regarda une araignée escalader laborieusement le mur de parpaings gris.

— Ça n'a pas de sens, répliqua Spencer. Wilden est flic. Il n'en aurait pas parlé à Jason : il aurait géré le problème lui-même.

— Et pourquoi aurait-il attendu plusieurs jours pour me faire arrêter ? renchérit Aria. Et puis, je croyais qu'il était de notre côté.

Emily ricana.

— Ben voyons.

Aria lui jeta un coup d'œil, remarquant pour la première fois combien sa tenue était bizarre.

— Peux-tu m'expliquer pourquoi tu es déguisée en Laura Ingalls ?

Emily mordit sa lèvre fendillée.

— « A » m'a envoyée dans une communauté amish, puis m'a dit d'aller piquer le rapport d'analyse ADN au commissariat. (Ses yeux verts s'écarquillèrent.) Mais je me suis fait prendre.

Aria secoua la tête. Pas étonnant que les flics les croient

coupables. Ils avaient sans doute imaginé qu'Emily voulait détruire des preuves.

— Mais, les filles, Wilden a menti au sujet de l'ADN du corps retrouvé dans le trou, poursuivit Emily. Ce n'est pas celui d'Ali : c'est celui d'une fille amish appelée Leah Zook.

Spencer en resta bouche bée.

— Tu crois toujours qu'Ali est vivante ?

— Je l'ai vue, s'obstina Emily en se recroquevillant contre le mur. Je sais que ça paraît fou, mais c'est la vérité, Spencer. Je ne peux pas laisser tomber. J'ai essayé d'en parler à la police, en vain.

Spencer ricana.

— Tu m'étonnes !

Aria plissa le nez.

— Emily, c'était bien Ali dans ce trou. Elle s'est suicidée. Voilà ce que « A » m'a aidée à découvrir.

Spencer se retourna vers Aria.

— C'est ce que t'a dit la médium ?

— C'est possible, se défendit Aria. C'est une explication qui en vaut une autre.

— Non. En réalité, c'est une folle du nom d'Iris qui a tué Ali, intervint Hanna d'une voix forte, en passant les doigts dans ses cheveux pour les démêler. « A » m'a conduite à elle.

Alors, Emily, Aria et Hanna fixèrent Spencer, attendant qu'elle leur expose sa propre théorie. Spencer avait la chair de poule.

— « A » m'a dit que ma mère avait tué Ali parce que... mon père avait une liaison avec Mme DiLaurentis. Ali était ma sœur.

— Quoi ? s'étrangla Aria.

Emily se contenta de fixer Spencer. Hanna semblait sur le point de vomir dans la corbeille à papier posée dans un coin.

— Mais ma mère n'a rien fait, se hâta d'ajouter Spencer. Elle n'était même pas au courant de la liaison. J'ai sans doute brisé le mariage de mes parents. « A » ne faisait que jouer avec moi. Je pense qu'il nous manipule toutes depuis le début.

Les autres filles se raidirent. Aria eut l'impression qu'elle venait de recevoir un uppercut à la tempe. Oui, « A » les avait toutes manipulées. Il était derrière tout ceci. Jason n'avait pas parlé aux policiers de la chevalière de Ian – c'était « A » qui l'avait fait. Peut-être même avait-il déposé la bague dans les bois afin qu'Aria la découvre. Il avait envoyé Emily chercher le rapport d'analyse ADN afin de la dénoncer à l'agent de garde. Et il avait parlé à la police des messages de Ian pour faire croire que les quatre filles étaient de mèche avec l'assassin présumé d'Ali.

« A » se jouait d'elles depuis le début. Il tirait les ficelles comme un marionnettiste. À présent, elles étaient en prison pour un meurtre qu'elles n'avaient pas commis.

Aria promena un regard à la ronde. À en juger par leur expression, ses amies étaient parvenues à la même conclusion.

— « A » est notre pire ennemi, chuchota-t-elle.

Elle chercha son Treo dans sa poche. « A » leur avait sûrement envoyé un texto de groupe pour se moquer de leur crédulité. Quelque chose du genre : « Je vous ai bien eues ! » ou : « Alors, qui est-ce qui rigole maintenant ? »

Puis Aria se souvint : la police avait confisqué son portable, et probablement aussi celui de ses amies. Si « A » leur avait envoyé un message, elles ne le sauraient pas.

30

ENFIN LIBRES

Environ une demi-heure plus tard, quelqu'un frappa à la porte. Les filles sursautèrent. Le cœur d'Emily bondit dans sa poitrine. Cette fois, leur compte était bon. On allait les interroger, puis les jeter en prison.

Une femme agent de police jeta un coup d'œil dans la pièce. Elle avait des cernes violets et une tache de café sur sa chemise.

— Rassemblez vos affaires, les filles. Vous êtes libres.

Le choc fut tel qu'aucune d'elles ne réagit. Puis Emily s'affaissa de soulagement.

— C'est vrai?

— Vous avez trouvé « A »? s'enquit Aria.

— Que s'est-il passé? demanda Hanna en même temps.

La femme resta de marbre.

— Toutes les charges qui pesaient contre vous ont été abandonnées. (Mais elle semblait mal à l'aise, comme si elle voulait ajouter quelque chose.) Disons que les circonstances ont changé.

Emily suivit les autres hors de la pièce, tout en retournant cette phrase dans sa tête. « Les circonstances ont changé » ? Ça ne pouvait signifier qu'une seule chose.

— Le corps dans le trou n'était pas celui d'Ali, n'est-ce pas ? s'exclama-t-elle, pleine d'espoir. Vous l'avez retrouvée !

Ainsi, ils l'avaient écoutée quand elle leur avait dit que Wilden était un assassin !

Spencer donna un coup de coude à Emily.

— Tu veux bien arrêter avec ça ?

— Non, aboya la jeune fille.

« A » les avait peut-être envoyées en prison, mais sa théorie était juste quand même. Emily le savait ; elle le sentait au plus profond de son cœur. Elle reporta son attention sur la femme agent de police, qui les précédait d'un pas énergique.

— Ali va bien ? Elle est saine et sauve ?

— Vous rentrez chez vous, répondit la femme, ses clés tintant à sa ceinture. C'est tout ce que je peux vous dire.

À l'accueil, un autre agent leur rendit leurs effets personnels. Pensant qu'Ali lui avait peut-être envoyé un texto, Emily consulta son Nokia. Mais pas de nouveau message – pas même un petit mot railleur de « A » se félicitant qu'elle soit tombée dans son piège.

La femme appuya sur le bouton d'un Interphone, et une double porte s'ouvrit sur le parking du commissariat. Celui-ci était encombré de voitures de patrouille et de camionnettes de presse. Emily n'en avait pas vu autant depuis l'incendie dans les bois.

— Emily ! appela quelqu'un.

Darren Wilden courait vers elles depuis l'autre bout du parking, les pans de son blouson rembourré lui giflant la poitrine.

— Ils vous ont laissé sortir. Tant mieux. Je suis vraiment désolé.

Emily eut un mouvement de recul, et son pouls s'accéléra. Que faisait-il là? Pourquoi n'était-il pas en prison?

— Que se passe-t-il? demanda Aria en s'arrêtant près d'une voiture de police vide. Pourquoi nous ont-ils brusquement libérées?

Sans répondre, Wilden entraîna les quatre filles à l'écart de la foule.

— Réjouissez-vous simplement d'être tirées d'affaire. Nous allons vous ramener chez vous.

Emily planta ses pieds dans le sol.

— Je sais ce que vous avez fait, siffla-t-elle. Et je vais m'assurer que tout le monde l'apprenne.

Wilden fit volte-face et la fixa. Son talkie-walkie grésilla, mais il l'ignora. Enfin, il poussa un soupir.

— Tu te trompes, Emily. Je sais que tu es allée à Lancaster. Et je sais ce qu'on t'a poussée à croire. Mais je n'ai pas fait de mal à Leah. J'en aurais été bien incapable.

Emily devint livide.

— Quoi? Comment savez-vous où je suis allée?

Wilden contempla les lignes de peinture fluorescente des places de parking.

— Vous aviez raison au sujet de votre nouveau « A ». J'aurais dû vous écouter. À présent, nous savons tout.

Aria tapa du pied.

— Ah, maintenant, vous nous croyez? Vous n'auriez pas pu nous écouter la semaine dernière, avant qu'on soit sur le point de brûler vives dans une forêt en flammes?

— Et avant que « A » m'envoie au Sanctuaire d'Addison-Stevens? geignit Hanna. J'ai été enfermée chez les fous!

Emily sursauta. Le Sanctuaire d'Addison-Stevens. Ce nom figurait dans le dossier d'Ali. C'était un hôpital psychiatrique?

— Je suis navré de ne pas vous avoir crues, les filles, dit

Wilden en longeant un grillage de l'autre côté duquel s'alignaient les voitures garées ainsi qu'un bus scolaire blanc. C'était une erreur. Mais à présent, nous savons tout. Nous avons tous les messages qu'il vous a envoyés.

Les filles s'arrêtèrent net.

— « Il » ? couina Spencer. Donc, vous savez que c'est un homme ?

— Qui est-ce ? chuchota Hanna. Ian ?

À cet instant, la sirène d'une patrouille hurla. Des policiers se précipitèrent pour tirer quelqu'un de la banquette arrière. Il y eut des cris, des coups de pied, l'éclat d'un sourire. Puis le suspect fut entraîné dans le commissariat.

Lorsqu'ils passèrent devant elle, Emily aperçut brièvement un type efflanqué. Il était grand et blond, avec une moustache et des cheveux gras. L'estomac de la jeune fille se noua.

Un pli soucieux apparut entre les sourcils de Spencer.

— Sa tête me dit quelque chose, murmura-t-elle.

— Moi aussi, mais je n'arrive pas à me rappeler qui, chuchota Emily, cherchant frénétiquement.

Les journalistes se ruèrent pour prendre des photos et bombarder le suspect de questions.

— Depuis combien de temps aviez-vous prémédité votre geste, monsieur Ford ? cria l'un d'eux.

— Quel était votre motif ?

Et enfin :

— Pourquoi avez-vous tué Alison DiLaurentis ?

Aria agrippa la main d'Emily, dont les genoux mollirent.

— Qu'est-ce qu'ils ont dit ?

— Il a tué Ali, murmura Spencer. Ce type a tué Ali.

— Mais qui est-ce ? bredouilla Hanna.

— Venez, dit Wilden d'une voix bourrue en les poussant vers la sortie. Mieux vaut que vous ne voyiez pas ça.

Mais les filles restaient clouées sur place. Bouches bées, elles observaient le suspect. Celui-ci avait baissé la tête, révélant un début de calvitie. Un de ses lacets était défait et traînait par terre.

Emily se griffa les bras avec ses ongles. Ali était morte ? Mais... et Leah ? Et la fille qu'elle avait vue dans les bois ?

Les journalistes continuaient à hurler dans un brouhaha incohérent. Puis l'un d'eux cria plus fort que les autres :

— Et le corps qu'on vient de retrouver ? Êtes-vous également responsable de ce meurtre ?

Hanna se tourna vers Wilden.

— Un autre meurtre ?

— Oh, mon Dieu, gémit Emily, au bord de la nausée.

— Les filles ! dit sévèrement Wilden. Venez !

L'assassin présumé d'Ali avait atteint les marches du commissariat. Il tourna la tête, aperçut les filles et leur adressa un sourire malsain qui découvrit ses dents. Une de ses incisives était en or.

Emily eut un choc. Elle connaissait ce type. Trois ans et demi plus tôt, des ouvriers avaient commencé à verser du béton dans le trou au fond du jardin des DiLaurentis, le lendemain de la disparition d'Ali. Wilden se trouvait là... mais il n'était pas seul. Une fois que Mme DiLaurentis avait interrogé les quatre filles, Emily avait coupé à travers le jardin de derrière pour rejoindre les bois. Un des ouvriers l'avait suivie des yeux avec un sourire grimaçant. Il était grand, efflanqué et avait une dent en or.

Atterrée, Emily se tourna vers Spencer.

— Ce type ! C'est l'un des ouvriers qui ont bouché le trou du pavillon le lendemain de la disparition d'Ali. Je me souviens de lui.

Spencer blêmit.

— Je l'ai vu il y a quelques jours. Dans ma rue.

31

*U*ne très bonne et une très mauvaise nouvelle

Quatre bleus furent chargés de ramener les quatre amies chez elles. Spencer grimpa à l'arrière d'une voiture ; devant la puanteur qui régnait, elle réprima un haut-le-cœur. Un jeune homme brun se glissa derrière le volant, démarra et sortit du parking.

Les journalistes se bousculaient devant la porte du commissariat dans l'espoir d'apercevoir de nouveau l'assassin. Spencer scruta les fenêtres du rez-de-chaussée, mais tous les stores étaient tirés. Se pouvait-il que cet homme ait tué Ali ? Il était si étranger à toutes leurs histoires, comme sorti de nulle part...

Spencer agrippa la grille métallique qui séparait la banquette arrière du conducteur.

— Qui d'autre ce type a-t-il tué ?

Son chauffeur ne répondit pas.

— Comment avez-vous découvert que c'était lui l'assassin d'Ali ? insista Spencer.

Le jeune homme se contenta de monter le son de sa

Cibie. Frustrée, Spencer donna un coup de pied dans le dossier de son siège.

— Vous êtes sourd, ou quoi?

Le flic lui jeta un regard glacial dans le rétroviseur.

— J'ai reçu l'ordre de vous ramener chez vous. Un point c'est tout.

Spencer laissa échapper un petit gémissement. Elle n'était pas certaine de vouloir rentrer chez elle. Dans quel état allait-elle trouver sa famille? Son père serait-il toujours là? Ou se serait-il enfui pour rejoindre Mme DiLaurentis?

Tout cela était si incroyable, presque surréaliste. D'un instant à l'autre, Spencer allait se réveiller dans son lit et réaliser que ce n'était qu'un rêve. Mais une première minute s'écoula, puis une deuxième, sans qu'elle s'arrache au cauchemar qu'elle était en train de vivre.

Soudain, elle réalisa quelque chose. Quand sa mère avait supplié son père de dire la vérité, il avait bredouillé : « Pour les enfants, je n'ai su que plus tard. » « Les enfants », pas seulement « Ali ». Était-ce une erreur ou une révélation supplémentaire? Jason était-il le fils de M. Hastings – et donc le demi-frère de Spencer?

Ils traversèrent le centre-ville de Rosewood, un quartier coquet dédié au shopping avec des rues pavées de brique, bordées de magasins de meubles chic, d'antiquaires et de glaciers. Spencer plongea la main dans sa gibecière dorée Kate Spade et trouva son Sidekick au fond. Curieusement, elle n'avait pas reçu de nouveau texto de « A ».

Elle appela chez elle, mais personne ne répondit. Puis elle tapa l'adresse du site Internet de CNN sur son clavier. Si l'officier Motus et Bouche Cousue ne voulait rien lui dire, elle s'informerait ailleurs.

Bien entendu, la nouvelle qui faisait la une était l'arrestation d'un nouveau suspect dans l'affaire Alison DiLaurentis.

« Les Jolies Petites Menteuses lavées de tout soupçon », clamait le sous-titre. Spencer cliqua sur la vidéo d'accompagnement. Une journaliste brune se tenait devant l'autel dédié à Ali – les photos, les bougies, les fleurs et les animaux en peluche entassés sur le trottoir devant son ancienne maison. Des gyrophares tournoyaient à l'arrière-plan. La femme avait les yeux rougis comme si elle avait pleuré.

— L'affaire Alison DiLaurentis vient enfin de s'achever, annonça-t-elle gravement. La police a arrêté un homme sur la foi de preuves écrasantes.

Une photo en noir et blanc, un peu floue, de l'ouvrier blond apparut à l'écran. Il buvait une bière dans le parking d'une épicerie de nuit. Il s'appelait Billy Ford. Comme Emily le soupçonnait, il faisait partie de l'équipe qui avait creusé les fondations pour le pavillon des DiLaurentis près de quatre ans auparavant. Les enquêteurs pensaient qu'il harcelait Ali à l'époque.

Rongée par la culpabilité, Spencer ferma les yeux. « Dieu merci, les ouvriers ne sont pas là, avait dit Ali quand elles étaient passées devant le lieu des travaux le jour de leur soirée pyjama. Ils n'arrêtent pas de me harceler. » Sur le coup, Spencer avait pensé qu'elle se vantait : « Ha ha, même les vieux craquent pour moi. » Mais en fait...

— Après qu'un autre corps a été découvert ce matin, poursuivit la journaliste, les enquêteurs ont reçu une information liant les deux meurtres. Leurs recherches les ont conduits jusqu'à M. Ford. Sur son ordinateur portable, ils ont trouvé des photos d'Alison DiLaurentis, mais aussi des **quatre filles surnommées les « Jolies Petites Menteuses » : Spencer Hastings, Aria Montgomery, Hanna Marin et Emily Fields.**

Spencer se mordit le poing.

— Dans sa fourgonnette, M. Ford conservait également

les archives d'une correspondance sous forme de textos, de MMS et de messages instantanés envoyés sous le pseudonyme MilieudeterrainUSCroxx, ajouta la journaliste.

Spencer appuya son front contre la vitre et regarda défiler les arbres aux branches nues. Ses souvenirs flous de la nuit où Ali avait été assassinée lui revinrent à l'esprit. Après leur dispute devant la grange, Ali avait couru vers les bois. Spencer avait entendu un gloussement familier et un bruissement de végétation. Puis elle avait aperçu deux silhouettes distinctes : Ali et... quelqu'un d'autre.

« Dans les bois, j'ai vu deux personnes blondes », avait dit Ian à Spencer le soir où il était venu la voir chez elle pour la convaincre de son innocence. Spencer détailla la photo de Billy Ford sur le minuscule écran de son Sidekick. Il était blond. Et c'était lui le nouveau « A », le manipulateur qui avait accusé Jason, Wilden et même Mme Hastings. Mais comment pouvait-il savoir autant de choses sur eux ? Qui était-il ? Quel lien avait-il avec toute cette affaire ?

L'écran du portable de Spencer clignota. « 1 nouveau message ». La jeune fille appuya sur la touche « Lecture ». C'était un texto d'Andrew Campbell, son petit ami.

J'ai entendu dire que tu avais été arrêtée... et relâchée. Tu vas bien ? Tu es chez toi ? Tu sais ce qui se passe dans ta rue ?

Spencer se radossa à la banquette tandis que les lumières des lampadaires filaient sur les côtés. Comment ça, « dans sa rue » ?

Un autre texto arriva, envoyé par Aria.

Que se passe-t-il ? Ta rue est barrée. Il y a des voitures de police partout.

Une horrible idée commença à se former dans la tête de Spencer. Et si la nouvelle victime... ?

La voiture tourna brusquement dans l'impasse des Hastings. Une dizaine de véhicules identiques étaient garés en travers de la chaussée, gyrophares en marche. Les voisins étaient dans leur jardin, hébétés. Des agents de police s'affairaient près de la maison de Spencer.

Melissa!

— Oh, mon Dieu! gémit Spencer.

Elle poussa la portière et sortit de la voiture.

— Hé! protesta son chauffeur. Vous n'avez pas le droit de descendre tant que nous ne serons pas devant votre garage!

Mais Spencer l'ignora. Les jambes douloureuses, elle s'élança vers les lumières éblouissantes. Sa maison était droit devant. Elle franchit le portail et remonta l'allée en courant. Tous les sons s'évanouirent. Les formes se brouillèrent devant elle. Elle sentit un goût de bile dans sa bouche.

Puis une silhouette se découpa sous le porche, une main en visière pour se protéger contre l'éclat des lampes. Les genoux de Spencer cédèrent. Un gargouillis sourd s'échappa de sa gorge. Elle s'affaissa dans l'herbe.

Melissa se précipita vers elle, la releva et l'étreignit avec force.

— Oh, Spence, c'est horrible!

Spencer tremblait de partout. Les hurlements des sirènes résonnaient dans sa tête. Désorientés et effrayés, les chiens du voisinage se mirent à aboyer.

— C'est vraiment affreux, sanglota Melissa sur l'épaule de sa cadette. Cette pauvre fille...

Spencer recula. L'air était glacial, toujours chargé d'une odeur âcre de fumée et de bois brûlé.

— Quelle fille?

Melissa tressaillit et lui prit la main.

— Tu veux dire que tu n'es pas au courant?

Elle désigna la rue. Les policiers ne s'affairaient pas devant chez les Hastings, mais devant la maison d'en face. Le jardin de celle-ci était entouré de Scotch jaune. Debout dans l'allée, Mme Cavanaugh poussait des cris déchirants. Un berger allemand vêtu d'un gilet bleu se tenait près d'elle, reniflant le sol. Un petit autel avait déjà commencé à se former sur le trottoir – photos, bougies et fleurs. Quand Spencer vit le nom écrit à la craie vert pâle, elle tituba.

— Non. (Elle jeta un coup d'œil implorant à Melissa, espérant que tout ceci n'était qu'un cauchemar.) Non !

Puis elle comprit.

Quelques jours plus tôt, en regardant par la fenêtre de sa chambre, Spencer avait vu un type en combinaison de plombier traîner dans l'allée des Cavanaugh. Une jolie fille était passée devant lui, il l'avait suivie des yeux tel un prédateur, un sourire grimaçant avait révélé sa dent en or.

Bien sûr, la fille ne l'avait pas vu. Elle n'avait pas su qu'elle devait se méfier de lui. Parce qu'elle était aveugle.

Horrifiée, Spencer se tourna vers Melissa.

— Jenna ?

Sa sœur acquiesça, les joues ruisselantes de larmes.

— Ils l'ont trouvée dans une tranchée au fond du jardin, à l'endroit où les plombiers remplaçaient une canalisation percée, dit-elle. Il a tué Jenna comme il avait tué Ali.

À venir...

Pauvre, pauvre Jenna Cavanaugh. J'aurais volontiers pitié d'elle, mais c'est trop tard. *Finito. Over.* Elle est tombée comme une mouche. Vous trouvez ça cruel ? Tant pis !

Évidemment, les Jolies Petites Menteuses vont accuser le coup. Aria regrettera de ne pas avoir interrogé Jenna sur les fameux « problèmes de famille » d'Ali. Emily pleurera parce que... eh bien, c'est Emily. Hanna portera une robe noire à l'enterrement pour avoir l'air plus mince. Et Spencer continuera à se réjouir que sa sœur soit vivante.

Et la suite, alors ? On a retrouvé un deuxième cadavre, collecté un échantillon d'ADN, procédé à une arrestation et pris des photos d'identité judiciaire. Mais qui figure dessus : moi ? Suis-je le grand méchant Billy Ford, ou quelqu'un d'autre ? Pour le savoir, il faudra continuer à me lire, parce que je n'ai pas l'intention de révéler mon dernier secret.

Du moins, pas tout de suite.

Bisous,
— A